藥香賢妻

5

完

風文創
369

靈溪 著

目錄

第六十三章

翌日一早，段高存就打發了六個人過來，四男兩女，個個都很年輕，大概也就是二十歲上下，而且模樣都長得很周正，其中四個是宮中太醫的助手和宮中女醫，還有兩個是軍隊中的軍醫。

無憂大致瞭解了一下他們都有很好的基礎醫療知識，而且都很勤奮好學，個個都是可塑之才，無憂能夠收到他們做徒弟也很高興。從這日起，無憂開始給他們授課。授課中，無憂先瞭解這六個人的特點，以便之後對他們因材施教。

幾日後，無憂坐在涼亭裡的石桌前給其中兩名女學生講課。

「經過這兩日對妳們的瞭解，妳們在婦科和產科方面的基礎很牢固，也能獨力治療許多病患，所以在普通的產科和婦科方面我已經沒有什麼好教妳們的了，現在就傳授一些妳們從來沒有接觸過的治療方法。第一就是當孕婦難產的時候進行的剖腹生產手術，第二就是病人大出血的時候進行的輸血，第三就是治療不孕不育。前兩項是在產科和婦科方面很容易碰到的情況。」無憂對那兩位女學生說。

聽到許多新鮮的詞，其中一個女學生好奇地問：「剖腹生產手術是什麼？」

這些都是現代詞彙，難怪她們不明白，無憂笑著解答道：「就是孕婦不能經由產道產出嬰兒，我們就在她的子宮上劃開一道口子把嬰兒取出來。」

聽到這個解釋，兩個女學生都目瞪口呆地盯著無憂看，然後都難以置信地道：「師傅，這……這人還能活嗎？我連聽都沒有聽說過。」

無憂笑道：「當然可以。如果沒有見過的人肯定以為我在危言聳聽，不過我是妳們的師傅，說話當然是負責任的。我曾經做過這樣的手術，我會先向妳們傳授這方面的經驗，如果碰到這樣的患者，我會示範給妳們看。」

「嗯，嗯。」兩個女學生都還難以置信，不過都點頭了。

這時候，無憂喝了一口茶水，不經意地抬頭，忽然看到前面不遠處的樓閣上窗子開著，彷彿一眨眼便有個人影在窗前閃了一下，隨後便再也看不見。起初，無憂還沒有在意，又和兩個女學生說了一會兒話，接著就感覺有些不對，再次抬頭看，只見那窗子還是開著，不過一個人影也沒有。她忽然想起來最近幾天她都在這裡授課，那扇窗子卻是一直都開啟著，難道……

隨後，無憂先對那兩個女學生又講了許多，然後留了作業讓她們回去多想多看，有什麼不懂的明日再過來問她。最後，無憂吩咐連翹先回去，她則是一個人去了樓閣的方向。

本來，段高存在這裡坐了很久，忽然看到無憂的眼光朝這邊看來，他立刻躲了起來，心想——好在她沒有發現。又坐了好一會兒，見她們的授課散了，他也喝了兩口茶水，便邁步從樓梯上下來。剛下了樓梯，邁出樓閣的大門，卻看到前面不遠處一株花卉下面站著一個白色的影子，他不由得一愣，頓住腳步。

今日，她穿了白色暗紋的褙子，頭髮簡單地綰著，頭上只有一根她每日都戴在頭上的簪子，很是清新樸素。他知道她是在等他，不由得心中一緊，便邁步走了過去。

剛走到她的面前，無憂便抬頭對著魁梧的他，用一種帶著諷刺的語氣道：「世子不是說平時日理萬機嗎？怎麼今日……每天都有這樣的雅興到千夜大人的府上來觀賞花園裡的景色？」

聽到這帶著嘲諷意味的話，段高存立刻就明白她已經發現自己幾乎天天來這裡偷看她了。他很大方地承認道：「雖然日理萬機，但是我每天也抽得出時間來這裡的，因為千夜府上的景色真的是很美。」最後兩個字他故意說得比較重。

聞言，無憂不禁有些氣惱，這個人還真是順著杆子往上爬了？隨後，她生氣地轉頭就走。

見她不說話就走，段高存立即上前攔住她的去路，道：「怎麼不說話就走了？」

無憂卻道：「跟一個不知道廉恥的人說話有什麼意思？」

他發現她氣惱的模樣還挺好看的，段高存笑嘻嘻地道：「廉恥對我來說沒有什麼意義，我只會順應我的心去做事。」

「你……呵呵……」段高存的話讓無憂先是對不上話來，後來她又忍不住一笑，心想——跟這個人講理真是講不通，他不但霸道、固執，還自以為是。不過他倒是固執得挺可愛的，試問能夠不顧任何束縛，讓自己的心引領著自己做事的人，這世間又有幾個呢？

看到她笑了，段高存也是抿嘴笑起來。忽然間，兩個人之間那種對立消失了，兩個人看著彼此彷彿也有一種惺惺相惜的感覺，隨後，段高存道：「妳會騎馬嗎？」

「會啊。」無憂直覺地回答。

「大理城外的景色很不錯，不如明日我帶妳去城外逛逛可好？」段高存忽然邀請道。

無憂蹙起了眉頭，心中還是有些躊躇。說實話，她有些猶豫，她在這裡是挺悶的，想出去逛逛，再說她也想看看古代的大理是什麼樣子。不過她現在被囚禁在這裡，還樂呵呵地跟人家出去玩，是不是很沒出息啊？讓人家還以為自己是樂不思蜀了。

看到無憂猶豫的樣子，段高存心中一喜，畢竟她沒有馬上拒絕，這麼說就是有希望的。他繼續努力道：「這些日子妳也憋壞了，我們大理的景色和風土人情是很有特色的，難道妳就不想去領略一下嗎？」

這麼一說，無憂便按捺不住了，忍不住答應道：「既然世子邀請，那我就不客氣了。」

翌日一早，無憂給幾個徒弟安排完功課之後，便和來接她的段高存出了千夜府的大門。由於段高存的身分特殊，兩個人是坐馬車出大理的城門後才分別下了車，千夜這時候早已經命人牽來兩匹馬兒。

段高存指著其中一匹比較矮小的棗紅色馬道：「這匹馬叫流雲，別看牠長得不怎麼高大，但是性格溫馴，跑起來也十分快速，很適合女子騎。」

無憂望著眼前長相健美的馬兒，說不出的喜歡，上前伸手摸了摸流雲的臉頰，流雲還衝自己叫了兩聲，很溫順的樣子。無憂不禁笑道：「這匹馬兒好像跟我挺投緣的。」

「既然投緣，那就送給妳好了，以後牠就是妳的了。」段高存上前摸著流雲的頭道。

無憂一愣，道：「送給我？」其實，她也是愛馬之人，以前沈鈞給她騎的那匹馬她也很喜歡。

「這是我特別為妳準備的，還怕妳不喜歡呢！」段高存繼續撫著馬的頭部。

「送就不必了，半年之內我倒是可以借用一下。」無憂喜歡地摸著馬兒的臉道。

段高存蹙了下眉頭，他當然明白她話裡的意思，他並沒有在意，而是說：「只要妳願意，牠什麼時候都可以屬於妳。」

無憂當然也聽出了他話裡的意思，她沒有搭話，抬起頭來，眼睛環顧了一下四周的景色。她的背後是古樸的大理城，前方是一條很寬闊的官道，兩旁是青山和綠水，不遠處就有零零星星的村莊，再加上頭頂上的藍天白雲，這裡真像一幅非常美麗的風景畫，如果在這裡迎風騎馬，肯定會很愜意。下一刻，她忍不住上前抓住韁繩，一躍便上了馬背，然後扯著韁繩對段高存說：「你不是說帶我來騎馬嗎？那就不要浪費時間了。」說完，便用馬鞭狠狠地抽了兩下馬屁股，馬兒長嘯一聲後，快速地朝前方官道上跑去。

今日，無憂身上穿的是黑色鑲大紅色邊的騎馬裝，一頭黑髮都盤在腦後，腦後還繫著紅色的絲帶，甚是英姿颯爽。看到她騎在馬上飛奔而去，段高存的眼睛一瞇，嘴角早已經抿起了微微的笑意，然後轉身飛躍上他那匹青色大馬，雙腿一夾，便向前去追前面那匹棗紅色的馬兒。

無憂坐在馬上，清風吹拂在臉上，耳邊都是呼呼的風聲。馬兒的速度很快，因為大理城外不像大齊京城的郊外，沒有那麼多的樹，大多是青草地，馬兒沒有任何阻礙物，尤其前方是一望無垠的草場，抬頭就能望見前面的山坡，路邊的野花爭相開放，讓人的胸懷更加開闊。她從來沒有騎這麼快過，心中多少有些害怕，嘴裡不禁快活地尖叫出聲。「啊……哈哈……」

聽到前面那歡快的笑聲，段高存都有些醉了。他不敢超越她，只是在她的身後尾隨著，因為他一眼就能看出她的騎術不怎麼精湛，馬兒又跑得快，他怕她會摔下來，所以欣賞著她的笑容的同時，他還擔任著保鏢的工作。

說實話，大理這個地方的風景確實很美，人也很淳樸，她還是很喜歡這個地方的。只是這裡並不是她的家，她時常會想起沈鈞，如果他能在這裡陪伴她，她還真不介意在這裡多待一些時間。

馬兒很快就衝上最高的山坡，無憂坐在馬背上，回頭望望後面，只見她站在附近最高的位置，大理的城池已經在好遠好遠之外，眼眸中看到的都是青色的綠草、野花和藍天白雲。當然，還有背後的他，坐在那匹青色大馬上的段高存，眼睛一直都沒有離開過她，尤其他此刻的眼眸幽暗異常，緊緊地盯著自己，無憂不禁臉色有些微紅，看看曠野上只有她和他，她心中還真有一絲不安。如果這個時候他對她有任何企圖，她一個弱女子，而他卻是馳騁在草原上的慓悍英雄，她是沒有任何反抗能力的，心中不免有些慌亂。

就在這時候，毫無任何徵兆地馬兒竟轉身朝另一側山坡下面飛跑而去，無憂低呼了一聲。「啊……」雙手緊緊地握住韁繩，朝下面一看，只見那一面的山坡好陡，馬兒跑得又快，她一下子便害怕起來。她的騎術真的是很一般，尤其現在是下坡的路，還非常陡峭，速度也就更快了，她的心怦怦跳了起來。

「無憂，小心！」跟在後面的段高存在她身後趕緊提醒。

可是，現在不是說句小心就可以平安無恙的，只感覺馬兒的速度越來越快，耳邊的風聲也越來越急促，無憂睜大雙眼，腦海中一片空白。終於，前方有塊石頭，馬蹄子踩在上面突然停住腳步，前蹄凌空而起，馬兒在空中仰頭長嘯。無憂在馬背上失去平衡，一下子便從馬上摔落下來。

一直跟在無憂身後的段高存見狀，立刻躍下飛奔的馬，飛身過去，在無憂的身體落到地面的那一刻，張開雙臂緊緊地把她抱在懷裡，自己的身體則直接撞擊在地上。

從馬上掉下來的無憂在緊急時刻閉上雙眼，她以為自己這次是非死即傷了，因為山坡真的很陡峭。下一刻，她的身體並沒有感覺到任何疼痛，而且身子倒在一個很有彈性的物體上。無憂睜開眼睛，驚慌失措的她看到段高存的臉。此刻，他躺在草地上，自己的身體則壓在他的身上，只見他的眉宇緊蹙著。

看到無憂睜開眼睛，段高存急切地問了一句。「妳沒事吧？」

這一刻，她能感覺到他身體的強壯，離他如此之近，讓她本能地有一些侷促和不自在。驚魂甫定之後，無憂搖了搖頭。「沒……沒事。」

「沒事就好。」聽到她說沒事，段高存放心地一笑。

無憂感覺此刻的姿勢真是太尷尬了，便趕緊推開段高存，起身坐在一旁的草地上，背對著他，理了理耳邊細碎的頭髮，不自覺地臉都有些紅了。

望著無憂的後背，段高存此刻卻是高興得很，因為他剛才在她臉上明顯地看到了害羞兩個字。下一刻，他剛想移動自己的身體，不想卻蹙著眉頭低呼了一聲。「啊！」

聽到背後的聲音，無憂馬上轉頭，看到段高存坐在草地上，他那青色的袍子上彷彿還有血跡。再仔細一看，只見他的左臂上竟然被石頭劃開了一個口子，袍子破了，血正往外流著。看到這種情況，無憂趕緊上前盯著他的傷口道：「你受傷了！」

看到她著急的模樣，段高存卻是扯了扯嘴角，露出了微微的笑意，道：「沒事，一點小傷而已。」

「還小傷？你的手臂被石頭劃開了一個大口子。」說罷，無憂趕緊用力撕下自己衣襟下面的一塊布，給他包紮起來。

這時候，段高存的眼睛一直都沒有離開過無憂，他的眼神直直盯著為自己包紮的她。過了一刻，無憂為他把傷口包紮好，才吁了一口氣道：「我先把傷口包紮起來，不過血還會流出來，我今日沒有帶藥箱，得趕快回去給你醫治才行。」

段高存卻突然抓住無憂的手，驚喜地道：「妳為什麼對我這麼緊張？妳是不是對我有一點感覺了？」

無憂抬頭望見段高存那帶著驚喜的眼神，不禁一皺眉頭，心想——他現在手臂上還不斷地流著血，卻一點都不在意，反而因為自己給他包紮傷口而如此高興，情這個字啊，真是傷人。下一刻，無憂只好冷淡地道：「我是大夫，治療病患是我應盡的責任，如果今日是別人，我也會關心的。」

聽到這話，段高存嘴角間的笑容慢慢隱去，過了一刻便道：「妳說的話我相信，因為當日我劫持妳的時候，妳看到我的傷還是不忘盡大夫的本分。」

「當日我也是留了私心的，因為不知道你的來路，怕我和我的下人受到傷害，在給你醫治的時候，還刻意讓你沒法子使內力。」無憂據實以告。

聽了這話，段高存笑道：「這事過了一日我便知道了，因為當時根本就不能使用功力。」

「好了，別說了，我趕快扶你回去吧，要不然會多流許多血的。」隨後，無憂便扶著段高存上了馬，兩個人騎著馬兒一前一後地往回去的路走著。

當馬車停靠在千夜府大門口的時候，千夜得到世子受傷的消息，已經在大門口等候了。

段高存下了馬車後，千夜趕緊上前攙扶，詢問著世子的狀況。段高存卻是擺擺手說自己沒事，無憂讓千夜扶著段高存往自己的房間而去，並叫人通知她的學生們也過來，叫連翹趕緊準備縫合傷口的工具和藥品。

不一會兒工夫後，段高存已經坐在無憂房間的八仙桌前，無憂的六個學生也都到場了，連翹也在一旁候命。無憂在眾人的注視下解開段高存的包紮，只見已經流了好多血，傷口被尖銳的石頭劃開一個大口子，看起來還滿嚴重的。

無憂對連翹道：「趕快清洗傷口，再上止血的藥物。」

「是。」連翹點了下頭後，立刻忙活起來。

這時候，無憂對那些學生道：「你們看清楚了，現在我要教你們的是縫合傷口，這是外科手術的基礎。縫合傷口之前，必須先清洗傷口，以免感染，再來就是要止血，止血有外用的藥物也有內服的藥物。現在世子的流血情況不算太嚴重，只要外用的藥物就好了。縫合傷口要用的針也必須先經過高溫消毒，縫合傷口所需的線，現在我們就用最常見的頭髮代替好了。」

幾個學生和千夜都在一旁認真地聽著，他們都感覺挺新鮮的，眼睛都盯著連翹清理世子的傷口。

一刻後，連翹很麻利地完成無憂交代的任務，然後道：「二小姐，傷口都清理好了，血也大致止住了。」

無憂看了看傷口的情況，說：「準備針和線。」

「是。」連翹把準備好的針和線拿過來。

隨後，無憂對她的幾個學生道：「你們注意看我的手法，有什麼不懂的過後可以問我。這個是麻藥，在傷口上撒一點，就會讓患者少受許多皮肉之苦。」說完，無憂給段高存上了麻藥，然後拿起已經被連翹穿好線的針，在傷口上認真地縫合起來。一旁的連翹則充當無憂的助手，很專注地配合著無憂。

無憂的手法很嫻熟，但是卻故意放慢了節奏，以求讓弟子們都能看明白。一旁的連翹也很得力，不時地遞上所需的物品，兩個人配合得很有默契，而且態度也很嚴謹，彷彿就像是現代醫院裡做手術的醫生一樣。

這時候，段高存的眼眸當然都在無憂身上，他發現她在醫治病人的時候那嚴謹的神情和嫻熟的動作非常讓人欣賞，這是一種他們形容不出來的現代職業女性的風采。一旁的千夜，眼光則落在了給無憂當助手的連翹身上，他的眼神漸漸地和段高存一樣，帶著一抹欣賞的光芒。

不多時，無憂完成所有的動作，並且為段高存包紮好了傷口。

弟子們都十分佩服，其中一個讚嘆地道：「師傅，這樣把傷口縫合起來，大概幾天後傷口就能完全癒合，而且用的麻藥也能減輕病人的痛苦，還有止血藥也用得很好，就算是我們大理的太醫也不能做得這麼好。」

聽到這話，無憂微笑道：「所謂術業有專攻，我只是比較擅長外科，而且見過這方面的病人也多。你們回去好好地體會一下，有什麼不懂的可以再來問我。今日的縫合術、麻藥的應用以及止血的辦法，在以後許多的外科手術中都會用到，所以你們一定要掌握這最基本的方法。」

「是，弟子告退了。」六個弟子應聲後便退了下去。

這時候，正在收拾藥箱的連翹一抬頭，不經意地看到一雙眼睛正打量著自己，當她看到那雙眼睛的主人是千夜的時候，不由得皺了一下眉頭，趕緊垂下頭去，繼續把東西一件一件地放進藥箱，只是動作比較慢些，也不似剛才那般麻利了。

千夜這時上前道：「世子，時辰早就過中午，不如傳飯吧？」

看看外面的天色，段高存道：「是餓了。就是不知道主人是不是會留飯？」說完，他轉頭望著坐在一旁喝茶休息的無憂。

無憂聽到這話，放下手中的茶碗，說：「這裡的主人是世子，並不是我。如果世子願意，當然能在自己的地方吃午飯。」

段高存明白無憂是婉轉地同意自己在這裡吃飯了，高興之餘，便吩咐一旁的千夜道：「趕快去傳飯。」

「是。」千夜見主子很高興，趕緊退出去，臨出門前，還在連翹的身上瞟了一眼。

連翹在收拾完藥箱之後，也悄然地退了出去。

一時間，屋子裡一下子安靜下來，兩人多少還有些不太適應，突然氣氛就有些侷促起來。

段高存掃了無憂一眼，然後便沒話找話說地打破了寧靜。「今日我可是當了妳的教學範例了。」

聽到這話，無憂道：「我可是在給世子培養醫學人才。」

「那是、那是，我要感謝妳才是。」段高存連連點頭。

「其實今日應該道謝的人是我，謝謝你不顧安危救了我，還讓你受了傷。」此刻，無憂真誠地向段高存道謝。

段高存低頭抿嘴一笑，說：「只要妳沒事就好。」

無憂張了張嘴，卻不知道要說什麼？對眼前人的這份真情她真的不能接受，只能辜負到底了。卻又不忍心再說什麼去傷害他。

兩人沈默了一刻，好在這時候連翹進來打破兩人間的尷尬，道：「世子、二小姐，午飯好了。」

段高存很高興，便說了一句。「拿酒來。」

聽到段高存竟然要喝酒，無憂趕緊抬頭制止道：「不行，你不能喝酒。」

段高存轉頭看了她一眼，似乎有些意外。無憂便垂下了頭，道：「世子，您剛剛用了麻藥，是不能喝酒的。」

段高存聽到這話，又瞟了無憂一眼，才說：「那就不喝了。」

連翹一怔，來了這些日子，感覺這個大理世子走到哪裡可都是一派的威風，別說有人敢對他說個不字，就是一個眼神都不敢不恭敬的，可是一看到二小姐彷彿就很緊張，人也變得溫和，還很聽二小姐話的樣子。

隨後，金花等人把午飯端進來，段高存和無憂兩人同桌用飯，有一句沒一句地說著話……

第六十四章

時光過得異常快，轉眼就已兩個月。

在這兩個月裡，無憂傳授給她的六個學生許多絕門醫術；縫合傷口，運用麻藥，鑑別血型，輸血，甚至剖腹生產手術她都讓學生們融會貫通，機緣巧合地還接了兩個難產的孕婦。

無憂在給孕婦剖腹生產，順利產下嬰兒、且母子平安的時候，眾人都只能用目瞪口呆來形容了，幾個學生至此對無憂簡直是到了頂禮膜拜的程度，段高段和千夜也是在心底佩服不已。

這日晌午時分，無憂剛剛給學生講完課，讓他們回去自己溫習體會，然後便坐在八仙桌前，伸手捶著自己的肩膀，道：「當個老師好累啊。」

這時候，金花和連翹等人端著飯菜往八仙桌上放，連翹笑道：「今兒有兩樣大理的菜，是您的徒弟孝敬的。」

無憂掃了一眼飯桌上的飯菜，笑道：「我這幾個徒弟不但對我的態度很恭敬，而且資質和悟性都不錯，他們其中的一、兩個也許以後會有大成就。」

「那當然，也不看看師傅是誰……」剛說一句，連翹忽然感覺胃裡一陣噁心，馬上伸手捂住嘴巴，轉身便跑出去。

見狀，無憂詫異地問金花：「連翹這是怎麼了？是不是吃壞了肚子？」

聽到這話，金花便據實回答道：「這幾日連翹都是這樣，奴婢問她，她就說是吃壞了肚子，可是也不可能連著幾天都吃壞肚子啊？」說話間，金花的眼中也透著疑惑的光芒。

聞言，無憂的臉色慢慢地沈下來，眉頭擰在一起。待連翹回來的時候，無憂仔細地端詳一下她的臉色，果然有些蒼白和焦黃，便問道：「連翹，妳這是怎麼了？」

聽到無憂問自己，連翹趕緊回答：「喔，我……這幾天吃壞了肚子，胃口總是不好。」

無憂看到連翹言詞有些閃爍，便道：「妳坐下，我幫妳把把脈。」

聽到無憂要給自己把脈，連翹緊張地道：「二小姐，奴婢沒事的。您不要擔心。」

「還是幫妳把把脈，沒事我才放心。」無憂堅持道。

連翹愣了一下，繼續笑道：「二小姐，奴婢真的沒事。看看您的徒弟們孝敬的這些菜可都涼了，您還是……」

「我說讓妳坐下。」見連翹彷彿就是不想讓自己給她把脈，無憂便沈著臉打斷了她的話。

看到無憂的臉色有些不好看，連翹不敢再說什麼，只好乖乖地坐在一旁。這時候，金花已經把脈枕拿了過來，放在八仙桌上，連翹把自己的手腕放在脈枕上，無憂伸手搭住連翹的脈搏。隨後，無憂的全部心神就集中在連翹的脈上，可是，她的臉色卻是越來越難看，眉宇也慢慢地擰成一個疙瘩，連翹的臉也是面如土色，眼神中透著一抹恐懼。

隨後，無憂轉頭對金花說了一句。「妳下去吧！」

「是。」金花見無憂的臉色不對，不敢多言，馬上退了出去。

金花退下去後，無憂鬆開連翹的手腕，望著連翹問：「是誰的？」

連翹縮回自己的手，手指攥著自己的衣袖，半天也沒有回答。見她垂著頭不說話，無憂著急地追問：「這到底是怎麼回事？妳和我來大理也不過三個月的時間，妳怎麼會有兩個月的身孕？這個孩子是在大理有的，到底是誰的？」

「我……」在無憂的質問下，連翹垂著頭低低地哭泣著，還是不說話。

見此，無憂有些氣惱，倏地站起身來，走到窗前，雙手交纏了一刻，又轉頭對連翹道：「妳明明日日都在我的身邊，妳是不是和誰有了私情？我怎麼會一點都沒有察覺？」

「不是私情……」連翹搖頭。

「那是怎麼回事？難道有人強迫妳？妳告訴我，我一定會給妳作主的。」聽到並不是有私情，無憂急切地走到連翹的身側問。

看到主子著急的模樣，連翹知道再也瞞不住了，只好和盤托出。「二小姐，其實兩個月前奴婢和您一同中了那個……催情藥……」

半晌後，無憂說：「這麼說妳肚子裡的孩子是千夜的？」

「嗯。」無憂點了點頭。

無憂蹙了下眉頭，說：「我不會讓妳白受這個委屈的。」無憂轉身走到大門前，伸手大力地打開房門，然後氣勢洶洶地走了出去……

大概半個多時辰後，金花突然跑進來對連翹道：「連翹姑娘，您快去看看吧，世子爺要砍千夜大人的頭呢！」

「什麼？怎麼會這樣?!」一聽這個消息，連翹馬上就站起來，拉著金花問：「我家小姐呢？」

「是薛姑娘把事情都告訴世子爺，世子爺震怒之下要殺了千夜大人。不過千夜大人倒是一點都不懼怕，說都是他的責任，還說他是真心喜歡妳，所以死而無憾。」金花趕緊道。

聽到這話，連翹不由得皺起了眉頭。

見連翹不言語，金花著急地道：「連翹姑娘，妳倒是說句話啊！千夜大人可就要被殺頭了，難道妳就一點都不喜歡我們大人嗎？妳再遲疑一下，大人的命可就沒了。」

連翹彷彿一下子決定了什麼，轉身就跑出去。

當連翹跑到大廳門口的時候，只見幾個侍從正拉住千夜的雙臂要把他拖出去。見狀，連翹便跑進去撲通一聲跪在地上，求道：「世子爺，請您饒恕千夜大人吧！」

看到連翹突然跑進來，坐在偏座上的無憂疑惑地站起來，蹙著眉頭道：「連翹，妳這是做什麼？」

坐在正座上的段高存，看到連翹跪在地上為千夜求情，眼眸一閃，雖然疑惑，卻伸手制止了那兩個要把他拖出去的侍衛，他當然看出了蹊蹺，更是不捨得就這樣殺了千夜，便問：

「連翹，我問妳，千夜可是玷污了妳？」

「我……」聽到這話，連翹支吾地說不上來。

「連翹，妳別害怕，要實話實說。」無憂在一旁說了一句。

千夜看到連翹難以啟齒的樣子，忍不住大叫道：「世子爺，您不要為難連翹姑娘，一切都是千夜自己的錯，您就砍了我的腦袋吧！」

「是你的錯，我當然會砍你的腦袋，不過我也不會冤枉一個好人。」段高存對千夜說罷，便用銳利的眼眸盯著跪在地上的連翹道：「連翹姑娘，請妳說實話，也要慎重，因為這可是關係到一條人命。」

連翹低頭想了一下，抬頭望著段高存道：「世子爺，用玷污這個詞也許不太適合，因為當日千夜大人看到我的時候……我是身中催情藥，可能我也有一些不當的動作……所以這件事不能算是……強迫吧？」說完，連翹又羞愧地垂下了頭。

「連翹……」無憂擰著眉頭盯著她看。

聽到連翹的話，段高存卻是面露喜色，畢竟連翹的這幾句話已經可以讓千夜免於一死了。

此刻，千夜卻是望著連翹，連連搖頭道：「連翹，妳為什麼要這麼說？其實都是我的錯，這樣會徹底毀了妳的名節。」

連翹哭泣地道：「總不能讓我看著你去死，我的名節早就沒了。」

「那妳以後怎麼辦？」千夜的一雙眼睛已經濕潤了。

「大不了就一輩子伺候二小姐。」連翹垂下眼簾道。

聽到他們的對話，無憂緩緩地坐下來，站在一旁的段高存卻對無憂微笑道：「無憂，妳看現在這種情況，是不是可以從輕發落千夜了？」

聞言，無憂淡淡地說：「好像事情沒有我想的那麼簡單，也許還有另一種處理的辦法。」

聽到這話，段高存掃了一眼跪在地上的千夜和連翹，問：「不知道妳所謂的處理辦法是……」

這時候，無憂抬眼和段高存的眼眸相撞，兩人似乎都心領神會了。隨後，無憂便道：「不管怎麼說，這件事的始作俑者也是千夜，他有不可推卸的責任。」

「不錯，既然如此，那就死罪饒恕，不過活罪卻是不能免除，就流放一千里好了。」段高存發話道。

聽到自己可以免死，僥倖之餘，千夜磕頭道：「多謝世子爺不殺之恩。」

聽到千夜還是要被流放，連翹一抬眼，和千夜的目光相碰，兩人都似乎有不捨之意。無憂看在眼裡，嘴角暗自抿了一下，然後端起茶碗來，裝作不經意地說了一句。「我的侍女連翹經過此事，名節受損，好在知道的人並不多，所以我想給她在大理找個好人家。世子，你的部下年輕才俊眾多，不如就請世子指一門好婚事了。」

千夜和連翹一聽，都傻眼地盯著無憂，兩個人都有些驚慌失措的樣子。

一旁的段高存道：「我的部下年輕才俊確實不少，既然連翹是妳的侍女，那我可要好好地給她安排一門婚事。讓我想想現在年紀相仿又沒有娶親的才俊到底還有誰……」說完，他仰頭望著房梁，佯裝在想的樣子。

連翹趕緊爬到無憂的跟前，伸手拽著無憂的裙子，道：「二小姐，連翹想在您身邊服侍一輩子，連翹真的不要嫁人。」說罷，便用手捂著自己的肚子，想給無憂一點暗示。她現在可是有身孕的人，怎麼能嫁人呢？再說她真的不想嫁給別人。

不過，無憂卻佯裝聽不懂連翹的話，低頭對連翹說：「連翹，咱們大齊的禮法森嚴妳不是不知道，一個失節的女人在大齊是很難生活下去的。大理的思想更開化一些，妳不如以後就留在大理，好在世子爺可以給妳作主嫁一門好人家。」

「可是……」無憂的話簡直讓連翹急死了。

這時候，千夜看到段高存想著人選的樣子，不由得著急起來，馬上衝口而出道：「世子爺，如果非要給連翹姑娘找男人，不如就讓千夜娶連翹姑娘好了，我以後一定會對連翹姑娘好的。」

聽到千夜的話，段高存和無憂對視了一眼，兩人都扯了一下嘴角，心想——終於把他的話給逼出來了。隨後，無憂放下手中的茶碗，說：「千夜大人，連翹雖然已經失身於你，但是我也不希望你是為了愧疚和贖罪而娶她，她想要的可是一個能夠真心待她好又喜歡她的男人。」

此刻跪在地上的連翹聽到千夜的話，都不敢抬起頭來，一隻手摸著自己的腹部，腦子卻有些亂糟糟的，心也禁不住怦怦直跳，耳朵卻仔細聆聽著千夜會說些什麼，因為她很在意無憂問他的那幾句話。

段高存又加了一把火，道：「是啊，無憂說得對。雖然你至今未娶正妻，但是如果你給不了人家幸福，也就不用勉強，我會為她安排一門好親事的。」

千夜馬上上前爬了兩步，道：「世子爺，千夜別的不敢說，但是在大理之內再沒有男人比我更喜歡連翹。雖然我和連翹認識的時間不長，也沒怎麼相處過，可我是真心喜歡連翹的，還望世子爺成全！」

無憂抿嘴一笑，垂著頭的連翹則詫異地抬起頭來望著千夜，早已經忘了剛才的羞赧和不好意思。

聽到這話，段高存忍住笑意，說：「你的心意我明白了，可是也得人家連翹姑娘和無憂同意才是。」

聽到段高存的話，千夜趕緊轉頭，面對面地問連翹：「連翹，妳到底願不願意嫁給我？」

看到千夜那急迫的神情，連翹卻是皺起眉頭。

看到連翹的猶豫，千夜馬上保證道：「妳嫁給我，以後我一定會好好對待妳的。連翹，妳說話啊，到底願不願意？」

「我……」連翹一個「我」字說了出來，便再也說不出別的話了。

這時候，無憂微笑道：「連翹，不要想其他的，重要的是妳的心，妳的心裡喜不喜歡千夜？如果喜歡，就不要錯過；如果不喜歡，那也不要勉強，其他的事情我都會為妳善後的。」無憂的話已經間接地說明不要考慮她，也不要考慮腹中的胎兒，只考慮自己喜不喜歡就好。

聽到無憂的話，連翹便淚如雨下，哽咽地道：「奴婢知道二小姐都是一心為奴婢著想，可是奴婢真的捨不得二小姐，多少年來咱們都是形影不離的，奴婢一個人留在大理，大理和大齊又相隔幾千里，那以後豈不是永遠也見不了了？」

聞言，無憂的眼圈也有些紅了，說：「只要妳過得好、過得幸福我就安心了，和妳在不在我身邊並沒有任何區別。」

「我……」連翹說不上話來，轉頭看看千夜，又看看無憂，真的是很難取捨。

這時候，無憂已經看出連翹其實已經對千夜動了感情，只是因為顧忌自己還沒有下定決心而已。無憂笑道：「其實你們這次可是雙喜臨門呢！」

千夜不解地看著無憂問：「薛姑娘，您這話是什麼意思？」

「還是讓連翹自己告訴你吧！」無憂微微一笑。

「連翹，到底怎麼回事？」千夜伸手拉住連翹的手問。

「我……我有喜了。」連翹羞赧地道。
「什麼？有喜了？我要當爹了?!」聽到這個爆炸性的消息，千夜先是傻了，然後便大喜過望，臉上不禁喜氣洋洋。
一旁的段高存聽到這話，也是有些詫異，隨即道：「還愣著做什麼，還不趕快把人扶起來，去籌備辦喜事。」
段高存的話提醒了千夜，千夜立刻小心翼翼地扶起連翹，兩人相視後甜蜜一笑，千夜立即稟告道：「世子爺、薛姑娘，小人一定會把婚事辦得熱鬧體面的。」
段高存笑了笑，道：「那是當然，你千夜不但是我的左膀右臂，並且在大理也是位高權重的人，婚禮自然不能馬虎。」
無憂望著連翹說：「婚禮只是個形式，只要妳和千夜婚後能夠幸福快樂才是最重要的。」
連翹的眼圈一紅，愧疚地道：「二小姐，奴婢……」
「好了，妳什麼都不必說了，妳的心思我自然明白。再說妳現在懷有身孕，不能大喜大悲，還要多多注意才是。」無憂囑咐道。
「是、是，小人這就扶連翹回去休息。」說罷，千夜便扶著連翹退了下去。
望著他們退下去後，段高存轉頭望著無憂笑道：「沒想到妳我偶然之間還能成就這樣一段姻緣。」

無憂品了一口茶，微微笑道：「是啊，我也是沒想到連翹的姻緣竟然會在這大理，這可能就是所謂的千里姻緣一線牽吧！」

「不錯，確實是千里姻緣一線牽。」段高存望著無憂別有深意地道。

聽到這話，無憂一怔。此刻，她當然是明白段高存所謂的千里姻緣一線牽，不僅是指千夜和連翹兩個。隨即，便趕緊起身道：「好了，事情既然弄清楚，我也回去了，我的幾個學生可是還等著我的指導呢！」

聞言，段高存默然無言，目送著無憂離去。

幾日後，千夜和連翹便成親了。千夜果然沒有食言，婚禮辦得極其隆重熱鬧，為連翹準備的妝奩也十分華貴周到。婚禮過後，連翹便成了千夜府邸的當家主母，千夜把整個府邸的家事都交給連翹掌管，看到他們夫唱婦隨，無憂也算了卻一樁心事。連翹比她還大上幾歲，這個年齡在大齊早已該兒女繞膝。百合和茯苓都有了好的歸宿，玉竹歲數還小，本來她還想為連翹找個合適的人，沒想到姻緣這件事還真是讓人措手不及。

時間過得很快，轉眼間又過了幾個月，離無憂和段高存約定的半年之期只剩下為數不多的日子。無憂每日都在偷偷數日子，當然對沈鈞的思念也越來越濃，只盼著日子一到就可以馬上回大齊，只是心中還是有所牽掛。

連翹已經懷孕六個月，她嫁給了千夜，並且馬上就要生育子女，所以她肯定要在大理生根，不會再和自己回到大齊。其實她和連翹一起長大，二十年來從沒有分開過，早已經如同自己的手足一般親近，而且以後相隔幾千里，恐怕再也難以相見，想到這裡，不禁有些傷感。不過還是慶幸連翹能找到千夜這樣的歸宿，畢竟對一個女人來說，能有個愛自己的丈夫，比什麼都來得重要。

當然，這半年多來她在大理的成就，還有她那六個徒弟在她的教導之下，都有了很大的進步，並且他們的醫術有了很深的基礎，他們以後肯定都能成為一代大家。最後，當然還有和段高存的這段友情，至少在她來說是把他當作至交好友。其實段高存這個人就像個不羈的梟雄，為人很重情義，有著雄才偉略，以後肯定是大理的一代明君。只是她心中多少也有些嘀咕，約定之期到了之後，不知他是否會信守承諾，派人送自己回大齊。雖然心中有許多想法，但無憂還是默默地等候著那一天的到來。

這日，無憂算是給學生們講授了最後一課，然後告訴他們她已經沒有什麼好教導的了，以後在醫術上只能靠他們自己去探索研究。弟子們對她很恭敬，給她恭恭敬敬地磕了三個響頭，並且把積蓄拿出來，共同出資為她購置一件碧綠玉如意作為答謝師傅教授絕技的謝禮。說實話，自己平生所學有了傳人，並且以後可能還會發揚光大，無憂心中甚是歡喜，還真有些捨不得這些徒弟。

午後時分，段高存便約無憂一同去大理城外騎馬。

段高存和無憂兩人快速地賽馬，笑聲飄蕩在整個草場。這幾個月來無憂常常會和段高存來這裡騎馬，她的騎術也是突飛猛進。說實話，她也很愛這裡的藍天、草場和風土人情，大理這個地方也可以算是她的第二故鄉了。

騎了好大一圈之後，兩個人才從馬上下來，分別牽著手中的韁繩，漫步在草地上，一邊走一邊說笑著。

「妳的騎術可是大有精進啊。」段高存笑道。

「這都是你這個師傅的功勞。」無憂笑著回答。

「其實還有許多絕技要傳授給妳，如果妳再學習半年，肯定就像咱們大理的姑娘一樣騎術精湛了。」段高存說。

無憂抿嘴一笑，望著前方的山坡說：「這些騎術我回大齊就夠用了，要知道大齊的姑娘很少有會騎馬的，我這樣的騎術，回去都可以說是鶴立雞群了。」她在暗示時候已經快到，她很快就要回大齊去了。

段高存沈默了，抿了抿嘴，望著前方，笑容慢慢消失在臉上。他當然明白無憂的話，快半年了，一向自負的他現在也越來越沒自信。這半年來，他可以說對無憂傾注了自己的全部感情，幾乎每天忙完了朝政都會到千夜的府邸上待半天，不管見不見得到無憂，這已經成了他的習慣。

見他半天不說話，無憂道：「今日我那六個徒弟送給我一柄碧玉如意，算是我教導他們半年的謝禮，而且還給我磕了三個響頭，弄得我挺不好意思的。」

「妳教授他們許多絕技，這也是他們應該的。」段高存說。

無憂轉頭望著段高存道：「還有幾日就到半年之期，你交給我的任務我也都完成了，希望你對我的徒弟們都滿意。」

段高存轉頭望著看向自己的無憂道：「妳是在提醒我半年之期已到，我該放妳回大齊了是嗎？」

無憂扯了一下嘴角，說：「我知道你其實一直都清楚地記得時間。」

「是的。」段高存點了下頭，眼睛盯著無憂髮髻上的那支簪子，她這半年多來一直都戴著它，才問：「如果我沒有猜錯，妳的這支簪子應該和沈鈞有關係吧？」

無憂伸手摸了一下髮髻上的那支簪子，它是這半年來她思念沈鈞唯一的念想。「這簪子是他臨行前留給我的，有它陪著就像他在我身邊一樣。」

無憂此刻的神情充滿了一個女人的溫柔，眼神中透出的那抹柔情充滿了對愛人的思念和眷戀，這種神情其實是段高存一直都希望看到的，只是此刻看到的卻是她對另一個男人的感覺，並不是對他的。他牽著韁繩的手暗自攥得緊緊的，心中的那抹嫉妒已經無以復加，但是他的面上仍舊隱忍著。「妳已經離開半年了，妳感覺他還會在等妳嗎？」

聽到這話，無憂抿嘴一笑，點頭道：「當然，這半年來他找不到我還不知道會急成什麼樣呢？」

無憂眉宇間的那抹擔憂讓段高存很不悅，隨後他又道：「半年的時間說長不長，可是也許會發生許多變故。如果妳回去以後，發現他並沒有像妳所想的那樣一心一意地念著妳，那妳怎麼辦？」

無憂一怔，盯著段高存，心中莫名一緊。說實話，這樣的想法她在潛意識裡也有過，不過她是絕對相信她和沈鈞的感情。下一刻，她很堅定地道：「不可能，他一定會一心一意地等我。」

段高存默然不語，眼眸半眯著，盯著前方的山坡。

無憂轉眼望著段高存，見他不說話，便道：「世子，半年之期馬上就要到了，你……」

「現在不是還沒到嗎？等真到了再說吧！」無憂的話沒有說完，段高存便馬上打斷了無憂的話。隨後，段高存便騎馬走了，無憂也只得轉身上了馬。

一連幾日，段高存都沒有出現過，甚至連千夜的府邸也沒有來過。眼看時限就要到了，無憂心裡不禁有些著急，但是也無計可施，只能默默地等待。

又過了兩日，連翹給無憂帶來了振奮人心的消息。

「妳說什麼？妳說世子真的要千夜選派人手護送我回大齊了？」聽到連翹的話，無憂都不敢相信自己的耳朵了。

看到無憂驚喜的模樣，連翹趕緊點頭道：「是啊、是啊，千夜剛剛告訴我的，說世子讓他選幾個得力的人選，兩日後就護送您回大齊呢！據說是要裝扮成商人，還記得世子前幾天送給您的那些東西嗎？據說就用那些東西組成一隊駝隊扮成商人去大齊，到了京都之後，那些東西就都送給您自己用、或者拿回去送人。」前幾天，段高存忽然派人送來許多大理的名產，什麼掛毯、白緞、乾花瓣和翡翠玉石等，她還覺得莫名其妙，為什麼送這麼多東西給自己，原來他是打這個主意。

無憂高興地道：「這麼說兩日後我就要離開大理了？」

看到無憂如此高興，連翹走上前去，很傷感地道：「只是我們就只剩兩天可以相聚了。這麼多年來，我一直都在您的身邊，要是您走了，我真的是沒有主心骨了。」

聽了這話，無憂勸慰道：「妳馬上要做娘了，以後還要做孩子的主心骨呢！如果以後有機會，我會再來大理看妳的，當然妳也可以回大齊去看看。」

「希望真能有那麼一天，沒想到這次從大齊來就留在了大理。」連翹感慨地道。

「都沒有想到妳的姻緣竟然是在大理。」無憂笑道。

「姻緣的事情真的是很難說，就說二小姐您，怎麼會想到嫁給姑爺，我也從來沒有想過會到這大理來，就連百合和茯苓也是沒有想到會有她們的姻緣。」連翹回想道。

「是啊。」無憂抿了抿嘴，忽然想起和沈鈞第一次見面的情景……

接下來的兩天，無憂一直沒有見到段高存，她很疑惑，為什麼以前每日都來的段高存都不再來了呢？她更加疑惑，原以為他不會這麼快放自己走的，怎麼一下子就打發人來說要送自己走？還有就是他竟然對自己避而不見，就連最後一面也不見。本來，無憂想向他辭行的，雖然這次大理之行全都因為段高存而起，但是在這裡的大半年他畢竟沒有為難自己，還對自己待若上賓，這次又信守承諾送她回大齊，自己在心裡還是很感激他的，而且畢竟以後連翹要終身留在這片土地上，她還想讓他多多照顧連翹。可是，無憂讓金花替自己通傳了兩次，段高存都以朝政繁忙為藉口婉拒了。

這時候，無憂知道段高存肯定是不想見自己了。也是，既然傷感還見什麼呢？無憂便買了一塊布料，麻煩千夜府邸中的裁縫縫製了一件袍子，算是給段高存的禮物吧！對於段高存這半年來的照顧，還有他對自己的一往情深，以及他那一駝隊的禮物，她也只能拿這件袍子作為自己的心意了，只希望他以後能夠一生平安。

第六十五章

轉眼到啟程的這一天，無憂肩上披著淡青色的繡花披風，一頭黑髮仍舊是輕輕地綰在腦後，打扮就像是普通的民間少婦，不過卻十分清新雅致。

轉身望一眼這間她住了大半年的房間，心想她這一生是再也不會回來了，心間多少有些悵然。一旁早早就過來送行的連翹紅著眼圈道：「二小姐，您一路可要保重啊。」

「放心吧，妳的身子已經很重了，妳自己也要多保重才是。以後我不在妳的身邊，萬事都要冷靜，不要魯莽行事，妳的性格太過剛直，好在千夜細心體貼，我也能放心。」無憂抓著連翹的手囑咐道。

「連翹都記下了。對了，世子爺這次派千夜親自護送您回大齊去，一路上您儘管放心，有事吩咐千夜就是了。」連翹趕緊說。

聽到千夜要親自送自己回大齊，無憂急切地說：「不行，千夜怎能護送我回大齊呢？一則他也算是大理的重臣，前往大齊，如果被人發現就太危險了。二則妳再有幾個月就生產了，這一路千里迢迢，一來一回還不知道要花多少時間，妳自己一個人在大理我怎能放心呢？不行，我馬上要去見世子，讓他收回成命。」

說完，無憂便要往外走，連翹見狀，趕緊把無憂拉住，道：「二小姐，就讓千夜跟著您

得到肯定的答覆，無憂足足看了段高存好一刻，才從驚訝中緩過神來，說：「那怎麼可以？你可是一國的世子，怎能離開這麼久？再說你這樣做有什麼意義？」

「當然有意義，妳是我段高存這輩子最愛的女人，我當然要親自護送妳回去，要不然這幾千里的路程我怎能放心？」段高存理所當然地道。

「可是……可是你這樣做是沒有任何意義的，你明白嗎？我不可能回報你的一往情深，你所想要的，我這輩子都不會給你。」無憂知道段高存可以說已經對自己情根深種，這大半年來她能感覺得到他對自己千依百順，細心體貼，呵護備至。說實話，她在心裡是很感動的，只是她的心中已經有了人，再也容不下第二個了。

段高存卻是一笑，伸手撩開窗簾，朝外面望著道：「其實這些天來我也一直都在想，內心也在掙扎，到底要不要信守承諾送妳回大齊，我知道如果不送妳回去，就算一輩子妳的心也不會留在大理，我留住妳一個空殼又有什麼用？但是我又捨不得送妳走，所以我就想了一個兩全其美的辦法，不如讓我護送妳回去，這樣我還可以多陪伴妳一段時間。」

面對如此情深的段高存，無憂也不知道該說什麼了，而且她也知道不管她說什麼，依段高存的性格，他都不會聽進去，看看外面那長長的駝隊，她知道他肯定已經謀劃了很長的時間。

看到無憂不知道說什麼的樣子，段高存卻笑道：「妳就不要再磨嘰了，要知道想讓大理世子親自護送，這是天大的榮耀，可不是人人都能有的殊榮。」

無憂知道她是不可能讓他改變主意了，只有微微一笑，說：「那看來我可以安心了，有大理世子護送，最少在大理境內我是什麼都不怕了。」

「沿途還可以盡情地欣賞我大理的風光。妳知道我大理統轄內有許多聞名的美景和美食，正好這一路可以讓我善盡地主之宜了。」段高存道。

「看來我不答應也不行了？」無憂開玩笑地說。

「當然。」段高存微微一笑。

一路上，無憂倒是也不寂寞了。有段高存相陪，每日裡他都會研究行進的路線，路上可以陪著自己說笑，一到有風景和美食的地方，都會停下來觀看和享用，倒是和旅行也差不多。

轉眼便過了六、七日，很快，他們就走到大理和大齊的邊境地帶。這日天色已經晚了，他們便停在一個半山谷處過夜，等明日再出發。

夜晚，天氣轉涼，山谷幽靜，月兒斜掛在樹梢，駝隊都停下來休息，四、五堆篝火前都聚集著人，廚子也在火堆上準備吃食，遠處還不時地傳來鳥兒的叫聲。

段高存和無憂坐在一堆篝火前，他們背後有幾個人正搭著一座臨時的帳篷，其餘的人都在不遠處的篝火前，還有幾個人充當哨兵，觀察著遠處的情況，無憂則是和段高存有一句沒一句地說著話。

披著一件披風的無憂坐在一塊石頭上，雙手捧著一杯熱茶，很顯然，她是有些冷的，手掌間的瓷碗持續提供著溫暖，眼睛望向遠處的山谷深處，不禁道：「這片山谷可真是幽靜啊。」

抬頭朝無憂看的方向瞟了一眼，段高存說：「這裡是大理和大齊的邊境地帶，地勢險要，所以很少有居民，來往的都是一些客商而已。」他一邊說一邊起身解下自己身上的黑色披風，披在了無憂的肩膀上。

感覺自己的肩膀一沈，無憂低頭一看，只見肩膀上多了一件黑色的披風，瞬間便感覺溫暖包圍了她。隨後，她眉頭一皺，抬頭一望，只見段高存正用一抹溫和的目光望著她看，她想把披風拿下來還給他，可是，段高存卻按住了她的肩膀不容她這麼做，並道：「這山谷裡晚上很冷，妳難道想生病嗎？要是生病的話，可是會影響咱們的行程。」

無憂這才打消把披風還給他的念頭，沈默了一刻，忽然道：「對了，我的一切你怎麼都知道？還有千夜一去大齊怎麼就找到我的？」這個問題無憂一直都想問段高存。

段高存神秘地一笑，說：「對立的兩個國家最重視的就是另外一個國家的情報。無論是大齊還是大理，在對方境內都安插了不少細作。」

無憂低頭一想也是，就是在現代也有好多間諜，便說：「我在沈家的時候很少出門，你們的細作還挺神通廣大。」記得那次她是去看姚氏的路上被千夜劫走的，要是等她出門一次，怎麼也要一、兩個月。

聞言，段高存一笑，說：「其實妳的一舉一動都在我的掌握之中。」

「什麼？你是什麼意思？難不成沈家……也有你們大理的細作？」聽到這話，無憂驚訝得很。

看到她震驚的樣子，段高存只是點了點頭。

「那個細作是誰？」看到他承認了，無憂的腦海中一一浮現沈家眾人的臉，想不出到底誰是細作。

段高存卻沒有回答她的問題，而是起身道：「天色不早了，早點休息吧！」隨後，他轉身走向自己的帳篷。

「欸……」無憂張了嘴，想追過去問，可是又停頓腳步，她知道這也算是國家機密吧？唉，看來她今夜是睡不好了，到底誰是間諜……

出了大理的邊境，經過了幾個軍事要塞之後，便是走一天也看不到一、兩個村子的無人區。直到又走了五、六日，才走到大齊比較繁華的地方。這日晚間，段高存等人投宿在一個小鎮上。

一間雅致的客房內，無憂站在窗子前，這是二樓，幾乎能望見整個小鎮的景色。其實也沒有什麼景色，一輪彎彎的新月下只能看到外面這個小鎮的輪廓。隨著離大齊的京城越來越近，她竟然也莫名地緊張起來。她也不知道為何要緊張，難道是太久沒有見過沈鈞了，對他真的有些沒有信心了嗎？總之，她也說不清楚了。

咚咚……咚咚……

這時候，房門突然敲響了，無憂收回思緒，喊了一聲。「進來。」

門吱呀一聲從外面推開，段高存手裡端著一盤糕點走了進來，並道：「見妳晚飯吃得很少，所以拿些糕點過來，萬一妳餓了，可以填補一下。」

「謝謝大哥。」無憂笑著道。自從進入大齊的邊境之後，他們都以兄妹相稱，不知不覺中她很自然地一看到他就稱呼大哥了。她對他完全的信任也是從這聲大哥開始的，他現在對自己的關懷似乎真的就跟兄長一樣，而且他看自己的眼神也充滿了親切，彷彿和以前深陷感情之中的那種眼神不一樣了。當然，這些悄然的變化也只有他們兩人心中感覺得到。

「妳還和我客氣？」說著，段高存便在八仙桌前坐下來。

無憂上前提起茶壺給段高存倒了一杯茶水，也順便給自己倒一杯，然後坐在段高存的對面笑道：「大哥這樣關心我，我當然要感謝一下了。」

「呵呵……」段高存笑了一笑後，低頭喝了一口茶，說：「明日晚間咱們就可以到揚州了。」

「揚州？好快啊。」煙花三月下揚州，現在大約也是三月的時節，揚州這個詞彷彿在她的腦海中很古老，在現代的時候就想去了，但是一直都沒有機會。

聞言，段高存說：「是很快。過了揚州，咱們再趕三、四日的路，大概就能到大齊的都城了。」

「這麼快？我以為最少還要六、七天的路程呢！」說這話的時候，無憂的心很迫切，彷佛想明日就趕到京都一樣。

段高存提議道：「揚州的瘦西湖很有名，不如明日晚間我們就住在揚州，後日在揚州停留一日遊玩一下吧？」

聽到這話，無憂搖頭道：「不了，我現在只想趕快回到京城，不想再耽擱時間了。」

段高存低頭想了一下，還是努力地道：「妳回到京城，再來揚州的機會可就渺茫了，今日就是順道的事，咱們也只晚一天到京城罷了。」

看段高存極力提議，無憂當然明白他這幾日越來越沈默寡言，她知道他感覺路程太短了，因為越早到京城就意味著他們越早分離，可是她和他畢竟沒有太多的交集，注定要分離的。雖然有些不忍心，無憂還是堅持地說：「大哥如果想在揚州遊玩，大可以在無憂回到京城後，你回程的時候再在揚州駐足。對了，無憂聽說揚州可是盛產美女的地方呢，說不定大哥還能有離奇的偶遇。」最後兩句，無憂為緩和氣氛，故意開了一個玩笑。

聽到這話，段高存卻是抿嘴一笑，說：「妳就會拿妳大哥窮開心，妳大哥現在可是再也看不上任何美女了。」

聞言，無憂勉強笑了笑，只好顧左右而言他。「大哥，離京城越來越近，你們一定要小心行事。到了京城儘量要低調，千萬不要招惹什麼是非。我一到達京城，你們不要久留，一定要趕快回程。」無憂對段高存的安全還是很擔憂的。

段高存點了下頭，說：「放心吧，我心裡有數。」隨後，他便起身告辭了。

果然，在揚州他們只住了一晚，雖然沒能遊覽瘦西湖，但段高存還是在不影響行程的前提下帶著無憂遊賞一下揚州的夜景。揚州的夜景在大齊非常有名，十里街燈也是耀眼奪目。第二日他們就啟程，時間過得異常快，轉眼間就過三、四日，他們已經到了京城門外。因為駝隊很引人注目，段高存便讓駝隊駐紮在京城外一間偏僻的客棧內。

這日前晌，他、千夜還有兩個侍衛以及無憂乘了兩輛馬車進入城門。

京城大街的店鋪和行人很多，馬車緩緩前行，段高存和無憂共乘一輛馬車，千夜和另外兩個侍衛坐在另一輛馬車上。在顫悠悠的馬車裡，段高存一直都沒有開口說話，離別的愁雲這幾日都一直籠罩在頭頂。

無憂轉眼望了望段高存，心中也有些傷感，微微笑道：「大哥，小妹就要回家去了，你回程要一路保重啊。」

「放心，這幾千里路對妳大哥來說小意思。」段高存笑道。

雖然他笑著，無憂感覺他的笑容裡似乎很勉強，轉而道：「大哥，如果能夠的話，就把小妹忘掉吧，也許忘了，你以後會更快樂一些。」

「我也想，可就是不知道做不做得到。」段高存嘆了一口氣道。

「把感情寄託在另一個人身上很快就會。」不是說失戀的良藥就是開始另一段感情嗎？這個辦法在古代應該也適用。

「呵呵，那我也要找到那個人才是。」段高存的嘴角一扯，露出了冷笑。

無憂溫婉地道：「聽說世子妃不但是大理第一美人，而且知書達禮，賢慧豁達，一直都是你的賢內助，你應該多關注她一下。只要你付出真心，許多女子都會是你的知音。」

「妳知道娜燕？」聞言，段高存眼眸一瞇，斜視著無憂。

看到段高存疑惑的表情，無憂笑道：「都是連翹對我說的，大概也是千夜告訴她的吧！說世子妃在大理可是人人誇讚的。」

段高存轉眼凝望著車窗外面的熙攘人群，彷彿在回憶著什麼，見他半天不說話，無憂喚了一聲。「大哥？」

隨後，段高存才收回目光，眼光中似乎帶著一抹歉意地道：「其實這些年來我很虧待於她，她確實是個賢內助，豁達優雅，我府邸內的一切都是她在打理，雖然我很少陪伴她，但是她一點怨言也沒有，反而處處為我著想。」

無憂擰了一下眉頭，說：「既然世子妃這麼好，那大哥為什麼……」

沒等無憂說完，段高存便說：「我和娜燕是屬於政治聯姻，娜燕身後的家族在大理不容小覷。所以一開始我也有所抵觸吧，正因為政治聯姻，我們彼此雖然都很尊重對方，但誰也不敢付出太多的真心。這就是生在帝王之家的苦楚，夫妻之間都不能完全信任和交付真心。」

無憂也很為段高存辛酸。這是她沒有想到的，他的婚姻並不是他託付真心就可以擁有幸福，裡面還包含著太多的政治因素。

看到無憂用同情的目光看著自己，段高存笑道：「不說這個了。」

「嗯。」無憂點了下頭，轉眼望著車窗外面，馬車已經行駛到她很熟悉的大街，大街上仍舊是熙熙攘攘，跟大半年前沒什麼兩樣，只是太久沒有看到，有些陌生的感覺。

「如果……我是說如果妳發現有什麼變故，妳會不會堅強地面對？」段高存問著無憂。

聽到這話，無憂蹙了眉頭，問：「大哥說的變故指的是什麼？」

「沈鈞。」段高存回答。

聞言，無憂先是一怔，然後急切地問：「大哥，你是不是知道什麼？是不是沈鈞出了什麼事？」

看到無憂急切的眼神，段高存趕緊說：「沒有，他很好。」

聽到沈鈞很安全，無憂笑道：「只要他平安，還能有什麼變故呢？」

看到無憂一點疑心都沒有，段高存便暗有所指地說：「大哥只是想說畢竟妳已經離家大半年，也許會面對許多妳沒想到的人和事。不管怎麼樣，妳要堅強面對，而且大哥都會在背後支持妳的。」

聞言，無憂望著段高存問：「大哥難道還要在京城逗留很久嗎？」

「最少要看到妳和以前一樣幸福快樂才可以。」段高存回答。

聽到這話，無憂擰了眉頭，想說什麼，但是知道說了也是白說，段高存的性情她還是很瞭解的。不過，段高存的這番情誼很讓她動容，她的心真的有一種沈重感。

轉眼間，馬車便緩緩地停了下來，前面的馬夫朝後面的車篷說了一句。「公子，沈家到了。」

無憂按捺不住心中的激動，伸手掀開窗簾，往外一看，只見馬車停靠在沈家大門口的斜對面。大概段高存也是怕太高調吧，所以她能看到沈家，但是沈家大門內的家丁卻注意不到他們。只見此時沈家高高的朱色大門仍舊如同往昔一般，從大門可以看到門裡的那座假山，此時正是陽春三月，柳絮紛飛，假山上還有泉水流下，格外好看。此刻，無憂撩著窗簾的手都有些顫抖，她真是一刻都不想再等，想立刻下馬車衝進去。

正在這時，大街上開始聚集不少人，不遠處的街頭也出現一隊人馬。只見一隊騎著高頭大馬的御林軍模樣的人朝這邊走來，後面還跟著好多宮中打扮的太監和宮女，他們或抬或提著許多繫著大紅花的物品，好像很莊重的樣子。看樣子是朝沈家這邊來的。這種陣勢無憂也曾經看到過，應該是宮中來下聘什麼的，可是沈家似乎也沒有什麼人可以跟皇家結親啊？啊，對了，沈家有個適婚年齡的就是彬哥兒，也是到了該結親的時候了。

正在這個空檔，街上看熱鬧的人越來越多，還有一群男女老少正站在無憂和段高存乘坐的馬車前，只聽到其中幾個婦人開始七嘴八舌地議論起來。

「這是宮裡的人吧？好大的排場啊！」

「是啊！妳沒看到前面都是御林軍，後面都是太監和宮女嗎？」

「聽說這次是公主下嫁呢！這沈家又重新風光了。」

「妳看看那些嫁妝，嘖嘖，這些都是一些平常的，而貴重的都是公主嫁過來的時候一起帶來，據說有好幾車都是金的銀的呢！」

「這位公主可是很受皇上寵愛的，皇上怎會虧待了呢！」

無憂正在疑惑之際，那幾個婦人又開始說了——

「妳們都不知道，我一個遠親在宮裡做事，這次下嫁的可是皇上最為寵愛的妹子碧湖長公主，而且這碧湖長公主可是改嫁的，身邊還有個幾歲的兒子呢！」

無憂不禁一怔。碧湖長公主？這次下嫁的是碧湖長公主？碧湖長公主和她的年齡相仿，再說又是改嫁，身邊還有兒子，這和彬哥兒也不般配啊。

隨後，一個男子的聲音傳來。「咱們沈大將軍娶碧湖長公主也算是門當戶對，畢竟沈大將軍前面也娶過一房。你們可能不知道，沈大將軍以前的原配夫人是當今賢妃娘娘的親妹子，不知怎的大半年前突然就失蹤了，這事可是一時傳得沸沸揚揚，聽說咱們大將軍能找的地方都找了，八成是沒有什麼指望了，所以才娶公主的吧！」

突然間聽到這話，無憂不禁傻了。什麼？她有沒有聽錯？碧湖長公主下嫁的是沈鈞？這……這怎麼可能？沈鈞和碧湖長公主？她一時間真的接受不了這個事實。

「唉，誰不想娶公主啊，而且還是特別受皇上寵愛的公主，那以後可就是皇親國戚了，仕途上也能平步青雲，傻子才會還想著前面的原配夫人呢！」

「不是都找了大半年嗎？也算是對得起那原配夫人了。」

一時間，無憂的耳朵彷彿聽不到任何人說話了，心慌意亂，根本就接受不了這個事實。這怎麼可能？沈鈞定然不會這麼做的，她只不過才失蹤半年多而已，難道才半年多他就放棄自己，放棄了他們的感情嗎？無憂喃喃地道：「不，他不會的……」

看到無憂六神無主的模樣，段高存眉頭蹙得緊緊的，伸手放下窗簾。輕聲道：「無憂，不管發生什麼事，妳一定要堅強面對。」

無憂抬眼看著段高存，忽然想起好像前幾日他也說過同樣的話，不由得用疑惑的目光盯著他看。

「為什麼……這樣看著我？」段高存被她看得有些不自在了。

「你是不是早就知道？」無憂盯著段高存問。

遲疑了一下，段高存點頭道：「是。」

「你還知道什麼？」無憂覺得段高存好像知道一切似的。

聞言，段高存很坦率地回答：「我只知道你們大齊皇帝想把他孀居的妹妹下嫁給沈鈞，好像沈鈞並不是很樂意。」

無憂有些氣惱地道：「不很樂意？現在不是連嫁妝都抬過來了？」

看到無憂很不悅的樣子，甚至還有幾分傷心，段高存便勸慰道：「妳也不要想太多了，畢竟你們皇帝金口玉言，他的話是不容違抗的，大概沈鈞也是身不由己。」

「身不由己？那他把我置於何地？」無憂本來前一秒鐘還在想像著和沈鈞再次重逢的情

景，可是後一秒鐘就被打擊得體無完膚。

「不如進去當面問問他的意思？我想你們的皇帝也應該是通情理的，再說妳的姊姊還是他最寵愛的妃子，如果知道妳平安回來，說不定他會收回成命。」段高存說。

此刻，無憂有些氣惱，索性道：「我不想進去。」

看她噘著嘴的樣子，段高存沈默了一刻，只得道：「那不如我們就去附近的客棧先住下再打算？」

「嗯。」無憂點了點頭。

見她點頭同意了，段高存便命令馬夫掉頭去附近的客棧投宿。

這一晚，段高存、無憂和千夜以及幾個侍衛便投宿在一家比較清幽的客棧內。一個晚上，無憂什麼也吃不下，早早一個人回了房間，坐在昏暗的燭火前，心裡百感交集……

翌日前晌，一個約莫二十歲穿藍色布衫的男子走進一間客棧，一直來到後院二樓，千夜朝一個房間指了指，道：「你的主子就在裡面。」

旺兒看了千夜一眼，選擇了相信，今兒一早有人拿了無憂的一張字條找到了他，並囑咐他不要告訴任何人。旺兒識得幾個字，也認識無憂的字跡，所以誰也沒敢告訴，便趕緊跟著這個人過來了。

推開房門後，旺兒往裡邊一看，只見自己的主子真的就坐在八仙桌前，他不由得呆愣了一下。然後趕緊反應過來，哭著跑進去，跪倒在無憂的面前，道：「旺兒給二小姐磕頭。二小姐，這些日子您是去哪裡了？讓奴才們真的是擔心死了，奴才們還以為再也看不到您了呢，嗚嗚……」

低頭看著在自己腳下哭泣的旺兒，無憂也是百感交集，眼圈禁不住也紅了起來。隨後，才低頭對旺兒道：「好了，我不是好端端地坐在這裡嗎？快起來說話吧！」

「是。」旺兒聽罷，趕緊一邊擦眼淚一邊站了起來。

無憂便問道：「我走後，家裡一切可好？」

旺兒趕緊回答道：「二小姐您不知道，您一被劫持，沈家和薛家可是都亂了套，甚至宮裡的娘娘都被驚動了。尤其是姑爺回來以後，廢寢忘食的足足找了您好幾個月，可是京城附近幾百里的地方都找遍了，也沒有您的消息，甚至都貼出告示懸賞萬金，也是一點您的消息都沒有！還有咱們家大奶奶都快把眼睛都哭瞎了。」

聽了旺兒的話，無憂有些坐不住了，趕緊問道：「大奶奶現在怎麼樣了？」

「還好，大爺一直勸著，畢竟身邊還有小少爺，這些日子才剛剛好了一些。」旺兒回答。

無憂才算略略鬆了一口氣，然後問：「那碧湖長公主下嫁的事情又是怎麼一回事？」問這話的時候無憂故作漫不經心地拿起茶碗喝一口茶，心中卻是想——她也想到沈鈞會不顧一切地尋找她，只是沒料到這麼快他竟然要另娶了。她以為最少也要她不見了三年五載以後，他才會動這個念頭吧？

聽到無憂的話，旺兒愣了一下，才小心翼翼地道：「二小姐，您……都知道了？」

看到旺兒一副不自在的樣子，無憂知道旺兒肯定是知道全部事情的，便追問道：「旺兒，你是跟著我嫁到沈家來的，不管什麼事都不要瞞著我，我不想做傻瓜，知道嗎？」

聞言，旺兒抬頭望望一臉正色的無憂，他也明白二小姐的脾氣，便點了點頭，回答：「二小姐，其實這事情也不能怪姑爺。自從姑爺從邊關回來後，皇上便因為咱們姑爺立了大功，不但官復原職，還加封為鎮國大將軍，更特別加封了爵位。可是姑爺這大半年來一直都沒有心思帶兵練兵，一直都在找您，人也消瘦不少，老夫人、大爺他們看在眼裡是急在心裡啊。所以老夫人從兩個月前就張羅著想給姑爺再說一門親事，可是姑爺死活不許，老夫人也就無計可施了。

「前些日子皇上忽然宣咱們姑爺入宮，說要把一直孀居的碧湖長公主下嫁給咱們姑爺，姑爺當然是不同意，聽說差點和聖上起爭執。不過過了些日子，皇上突然讓太監到咱們家裡下了聖旨，這親事是定了，昨兒宮裡還來人把碧湖長公主的一些嫁妝給送過來呢！昨晚姑爺回來見了，直接就鬧了半宿，說要進宮去找皇上評理，死活讓老夫人和大爺給攔下了。您說這聖旨都已經下了，皇上的話那可是金口玉言，哪能輕易改變呢！姑爺這一去，萬一惹惱了皇上，還不得罪該萬死啊！」

聽完旺兒的話，無憂的心倒是豁然開朗起來，她本來認為沈鈞並不會這麼快就見異思遷的，臉上也慢慢地有了一些笑容。只是心中難免苦惱，皇上已經下聖旨，沈鈞大概是不得不娶碧湖長公主了，這可怎麼辦？難道她真的要和公主共事一夫？不，這絕對不可能，婚姻中的三人行太痛苦了，她絕對不想嘗試。

看到二小姐低頭不語，不過臉色卻是好了許多，一旁的旺兒小心地問道：「二小姐，您這些日子是去哪裡了？還有當日劫持您的匪徒到底是什麼人？怎麼咱們姑爺查了這些日子也沒有什麼線索？還有今兒一早來找奴才的那個人到底是誰啊？對了，連翹呢？怎麼沒看到連翹？」說著，旺兒疑惑地轉頭望了望。

看到旺兒疑惑的樣子，無憂簡單地對他解釋道：「這些事情等我閒了再慢慢地告訴你。至於連翹麼，她嫁人了，以後就留在夫家，不會再回來了。」

「連翹姑娘嫁人了？」旺兒一臉驚訝。

無憂從頭上拔下這大半年來她一直戴在頭上的髮簪，遞給旺兒說：「你把這個拿給姑爺，讓他明日一早在城外的碧波亭等我。」

聽到吩咐，旺兒伸出雙手接過無憂手中的髮簪，然後抬頭疑惑地問：「二小姐，您怎麼不直接回沈家呢？」

「畢竟公主下嫁的聖旨已經下了，我現在回去肯定會引起軒然大波，我要和姑爺商議一下才好。」無憂回答。

「是。」旺兒又回稟一些家裡的事情，便帶著無憂給他的簪子回去了。

旺兒走後，段高存邁步走進來，看到無憂的臉上有些喜色，他不禁笑道：「這回妳該放心了吧？昨兒還胡思亂想呢，妳看妳昨晚肯定沒睡好，眼睛都有些腫了。」

無憂笑著伸手摸了一下眼瞼，然後道：「大哥，你就知道笑話我。」

段高存走近了，伸手握住無憂的肩膀，用一種兄長愛護妹子的語氣說：「不知道從什麼時候起，我能看到妳幸福快樂，我的心就很滿足了，好像我已經真的是妳大哥了。」

他的話讓無憂很感動，遂抬頭調皮地道：「那不如你我真的義結金蘭好了，我真的想要一個兄長呢，有兄長的感覺真的很幸福。」

「好。」聞言，段高存笑著點了點頭。

第六十六章

翌日一早，京城外的碧波亭還處在薄薄的煙霧中，陽光還沒有透出雲層，到處都還沒有人煙，遠處的河流滔滔不絕地奔流著。碧波亭內，一道黑色的身影一直站在亭子中，並不時地往四周望去，彷彿在尋找什麼，神情似乎有些焦急，手中捏著一支女人戴的簪子，不停地在亭子裡來回走動。

此刻，不遠處一棵粗大的樹幹後面站著一個穿著淺藍色暗紋褙子，下身著白綾裙子的纖細身影。她悄悄地端詳著亭子內的人，他的穿衣習慣仍舊和以前一樣，始終是一件黑袍，手裡好像捏著什麼東西，眼眸不斷地望向官道。看到沈鈞的這一刻，她的心立刻就能感受到他對自己的思念，看來前兩日她真的是有些苛求他了，其實他的心應該從來沒有變過。

無憂再也控制不住自己，朝碧波亭走去。這時候，亭子內的人眼睛迅速地捕捉到了朝這邊走過來的人影。當看到那抹淺藍色的身影時，沈鈞的身子一震。下一刻，兩人的腳步都不由自主地加快了。

隨後，兩道人影會合了，沈鈞伸出雙手重重地握住無憂的雙肩，眼神上下打量著她，急切地問：「無憂，妳到底去哪裡了？妳還好嗎？」

聽到他那急切的問話和緊張的眼神，無憂立刻就感覺到來自他那濃濃的關心和緊張。她的眼神也仔細端詳一下他的臉龐，感覺他瘦了一些，臉色還有些憔悴，尤其是下顎上還有一層鬍碴，大概是昨夜沒有睡好吧？

下一刻，她抬頭微笑道：「我很好。你大概好得不得了吧，聽說你要娶公主了？」說這話的時候，她的語氣裡帶著一絲酸意。

沈鈞一怔，趕緊解釋道：「無憂，妳聽我說，不是妳想像的那樣，我對妳是始終如一的。」

看到他緊張的臉色，無憂知道他說的是實話，但是心中還是有些不快，轉身背對著他道：「聖旨都下了，碧湖長公主的嫁妝都抬到你們沈家，你還要我怎麼想？」

沈鈞說話都有些磕巴了。「是……聖旨是下了，可並不是我樂意的，妳放心，我這就進宮面聖和皇上說清楚。我只有妳一個妻子，這輩子也不會再娶任何一個人。」說完，沈鈞轉頭朝亭子外走去。

看到他真的要去，無憂趕緊上前拉住他的手臂，急切地道：「你別衝動，你這樣去，聖上怪罪下來可不是好玩的。」

沈鈞卻有些氣惱地道：「我不衝動能怎麼樣？根本就不管我同不同意就下聖旨要我娶公主，還不許我去找他理論嗎？」

無憂卻微微笑了一下，道：「這說明當今聖上看重你，聖上不是都給你賜了兩次婚嗎？好像上一次也沒有問你同不同意吧？」

沈鈞忽然又笑了，說：「這種事一次就夠了，我都已經有妻子了，還讓我停妻再娶，總之我這兩日一定要去找聖上理論。」

看到沈鈞很堅定的樣子，無憂扯了扯嘴角，問：「你真的不想娶公主做駙馬？」

聽到無憂的問話，沈鈞有些氣惱地道：「妳怎這麼不相信我？難道妳對我們的感情就這麼沒有信心嗎？除了妳以外，我不想讓任何人做我的妻子。」說著，沈鈞轉到無憂的跟前，伸手抓住她的雙手。

感覺自己的雙手被他一雙大掌溫暖地包裹著，無憂的心瞬間也柔軟下來，多日的思念在這一刻再也控制不住。下一刻，他的大手一攬，她便順勢倒在他的懷中……

此刻，不遠處的一輛馬車裡，段高存在車窗裡看到碧波亭裡兩個互相依偎的人影。這一刻，他感覺到異常的孤獨，可是他知道無論他怎麼心儀、怎麼努力，不該屬於他的永遠也不屬於他。

兩個人互相擁抱了一刻之後，沈鈞的下顎抵著無憂的頭頂，一隻手抓著她的手，問：「妳這大半年都去哪裡了？怎麼回來了也不回家裡？還要旺兒把這個拿給我讓我到這裡來？」說完，沈鈞從腰帶中拿出昨晚旺兒悄悄帶給他的那支簪子。

無憂伸手接過來，用手指在那簪子上摩挲了一刻，笑道：「還記得嗎？這支簪子是你當日臨行前放在我枕頭邊上的。」

沈鈞低頭看著無憂手中的簪子，眼光盡顯柔情，道：「當然記得，這是我特地去首飾鋪裡為妳選的。」

無憂說：「當日我被人劫走，沒想到竟然到了大理……」無憂隨即將這大半年的遭遇簡單地向沈鈞敘述。

聽完無憂的話，沈鈞把手攥成了拳頭，道：「那個千夜也太自以為是了，他不知道這樣做會讓多少人痛苦、多少人夜不能寐？還有那個什麼大理世子，他這樣扣留別人的妻子算什麼？妳告訴我他現在人在哪裡？我一定要找他算帳！」

看到沈鈞這麼激動，無憂趕緊勸道：「好了，其實他們這大半年對我和連翹很好的，這次不遠千里護送我回來，現在千夜又是連翹的夫君，你就不要太計較了。」

聽到無憂好言相勸，沈鈞沒有再堅持，只道：「總之，這件事我會記著。」

「咱們還是趕快合計一下眼前這件事該怎辦才好。」無憂說。

聞言，沈鈞低頭想了一下，然後抬頭說：「不如咱們即刻進宮去，向皇上說明緣由，妳還可以再找一下妳姊姊賢妃娘娘，皇上現在獨寵於她，咱們一起說，皇上肯定會收回成命的。」

無憂說：「可是皇上說的話不是那麼容易改變的，再說碧湖長公主和原來的駙馬為皇上也付出了很多，大概皇上也是替妹妹著想，就怕……」

說到這裡，沈鈞堅定地打斷無憂的話，說：「妳放心，如果皇上不收回成命，我就辭官，咱們一起離開京城，再也不理這些世事。」

無憂仰頭看著沈鈞，只見他那雙眼睛深邃明亮，神情異常地認真，感動之餘，無憂問：「你真的能拋下這榮華富貴和這一身功勛？」

「有妳足矣，其他對我沈鈞來說都是錦上添花。」沈鈞斬釘截鐵地回答。

聽到這話，無憂會心一笑，說：「那咱們現在就進宮去吧，姊姊這麼長時間沒有我的消息，肯定也急死了。」

「走。」沈鈞便拉著無憂的手走出了碧波亭……

段高存望著離去的沈鈞和無憂的背影有些悵然若失。這時候，充當馬夫的千夜伸手撩開車簾，問道：「公子，薛姑娘是不是再也不會回來了？」

聞言，段高存才收回目光，聲音明顯地帶著空落地說了一句。「她已經回到屬於自己的世界了。」

「那咱們什麼時候回咱們的世界去？」千夜詢問著。

段高存還沒有回答，便傳來一個女音——

「枉你還跟著公子這麼多年，他的性情你還不瞭解？當然是要等薛姑娘像以前一樣生活得快樂幸福才是回到咱們世界的時候。」

突然聽到這個聲音，段高存一愣，抬眼一望，只見有個穿著一身大紅色衣裙的二十五、六歲女子走到馬車前。女子長得異常明豔動人，一雙眼睛裡既透著精明又帶著高貴典雅，髮髻和穿著有些異於大齊女子，尤其是腳上還穿著黑色靴子，很是幹練的樣子。

千夜一看來人，先是怔了一下，趕緊行禮道：「千夜參見世子妃。」

娜燕微微一笑，說：「既然現在世子已經是公子了，為了穩妥起見，你就稱呼我為夫人好了。」

「是。」千夜趕緊點頭道。

隨後，娜燕便登上了馬車。千夜放下了車簾，駕著馬車一路朝京城外偏僻的地方飛奔而去。

馬車裡，娜燕坐在段高存的身側，段高存一臉的冷漠，娜燕則微笑道：「世子爺，這些日子身體可好？」

段高存沒有回答娜燕的話，而是用銳利的目光盯著她問：「妳怎麼會突然來大齊？」

聽到這話，娜燕繼續微笑著回答：「世子爺走後，妾身實在是不放心，便帶著一個侍女騎馬趕來了。」

聞言，段高存就有些惱火，訓斥道：「胡鬧！妳堂堂世子妃怎能說離開世子府就離開世子府？」

聽到段高存的訓斥，娜燕愣了一下，語氣和緩地道：「堂堂世子都可以說離開大理就離開大理，何況我這個世子妃呢？」

「妳……」娜燕的話讓段高存一時語塞。

見狀，娜燕不敢惹他不高興，趕緊又笑著握住段高存的手臂道：「世子爺請放心，妾身來之前已經把世子府的事情都安排得妥妥當當，對外就稱病不出，妾身一路快馬加鞭到這裡。過幾日妾身就得趕緊回去了，絕對不會讓世子爺為難。」

段高存這才緩和了臉色，問道：「妳這一路可平安？身邊只帶了一個侍女就跑這麼遠的路，萬一有個閃失可怎麼辦？」

聽到段高存關心的話，娜燕心裡便舒服了，趕緊說：「娜燕從小就是在馬背上長大的，在大理的時候也常常出遠門，一個侍女就足夠了，世子爺放心就是，倒是妾身有些為世子爺擔心呢！」

「擔心什麼？我現在不是好好的嗎？」段高存扯了下嘴角道。

娜燕低頭遲疑了一下，才抬頭正色地道：「世子爺現在人是很好，可是您的心呢？落花有意，流水無情，世子爺的心裡不好受吧？」

「妳到底想說什麼？」娜燕的話讓段高存有些惱羞成怒了。

「娜燕其實都是一心為世子爺著想，這大半年來世子爺在忙什麼，娜燕都是一清二楚的。」娜燕說。

段高存有些意外，盯著娜燕看了一刻之後，道：「既然妳都知道，為什麼妳從來沒有出面阻止？」

這時候，娜燕幽幽地道：「阻止有用嗎？世子爺的心都被那位薛姑娘帶走了，我就算是阻止又能怎麼樣？娜燕現在只希望世子爺能夠快樂就足夠了，娜燕甚至還希望世子爺能贏取那位薛姑娘的芳心。」說著，娜燕便將自己的臉貼在段高存的臂膀上，聲音明顯地有些惆悵。

段高存的心莫名地揪了一下，低頭看看依偎在自己身側的娜燕，說：「妳的話是真心的嗎？問世間有哪個女人肯把自己的男人分給別人？」

聽到段高存不信任的話，娜燕抬起頭來，望了他一刻，說：「世子爺可能不相信娜燕的話，但世子爺可以將心比心，您現在對薛姑娘不也是如此嗎？您不遠千里親自護送她回到大齊，又安排她和她的夫君見面，甚至不放心地打算等到她和夫君完全和好如初才離開，難道世子爺不是希望薛姑娘平安快樂嗎？」

段高存沈默了，因為娜燕說得沒有錯，他對無憂的感情也確實從最初的渴望占有到今日只希望她能夠平安快樂，對娜燕的話他不得不選擇相信。好像多少年來娜燕也一直都是這樣做的，從來沒有干涉過自己的行蹤和行為，只是在背後默默地支持自己。她把世子府打理得井井有條，甚至在危機時刻也堅定地站在自己這邊，沒有理會她家族的利益。但是她的背後畢竟有個強大的家族，因此他不敢把自己的身心都投入在她身上，所以多年來他一直對她心懷愧疚。

下一刻，段高存伸手攬過娜燕的肩膀，聲音也溫和了許多，道：「對不起。」

聽到這一聲道歉，一向堅強的娜燕此刻卻是鼻子一酸，眼圈也紅了。因為這麼多年來他從來沒有對自己說過這樣的話，多少個日夜都是她自己獨守空房，其中的寂寞和苦楚也只有她自己知道。

一會兒後，段高存聽到她低低的哭泣聲，低頭一看，見她在抹淚，他不禁皺眉道：「妳這是怎麼了？在我的眼裡這些年來妳一直都是異常堅強的，遇到再大再難的事情，妳也沒有掉過眼淚。」

聽到段高存的話，娜燕已經恢復了情緒，嘴上則道：「世子爺，別忘了我也是女人，我也有脆弱的時候。」

段高存沈默了，因為就算是無憂那樣外柔內剛、獨立有主見的女子，在經歷感情的時候也是會胡思亂想。人啊，大概都逃不過情這個字吧，還有他自己不也是最好的例子嗎？段高存道：「等無憂徹底安定下來，妳就和我一起返回大理去。」

聽了他的話，娜燕點點頭，道：「好。」

馬車快速地奔馳著，車篷裡坐著兩個相互依偎的人，娜燕幸福地靠在段高存的肩膀上，段高存看了看依偎在自己身側的人，目光比以前要柔和了許多……

沈鈞和無憂共乘一匹馬，緩緩地朝城門口的方向走著，她的身子輕輕地靠在他的胸前，他一雙手臂緊緊地攬著她的腰身。兩人身子相碰的那一刻，他們彼此的心都微微一顫，因為他們實在是太久沒有在一起了，他的氣息完全籠罩了她，讓無憂的心底滋生出一抹幸福的滿足感。很快，進了城門後，他們便加快速度一路朝皇宮的方向飛奔而去。

進宮後，沈鈞去御書房覲見皇上，無憂則前往昭陽殿覲見賢妃娘娘。

行過禮後，賢妃薛柔便快步走下座位，來到無憂跟前拉起她的手，眼淚止不住地掉下來，問：「小妹，這大半年妳到底去哪裡了？妳知不知道姊姊都要擔心死了。」

看到姊姊流淚了，無憂馬上自責地道：「姊姊，都是無憂的錯，讓你們擔心了。」隨後，無憂便簡單地說出自己的遭遇，不過她還是留了心，只說她被大理一個富甲一方的商人劫持，並沒敢說是大理世子段高存。因為大齊和大理雖然不算敵對國，但是也不算和睦，尤其最近幾年大齊和大理的邊境屢屢出現磨擦，再者大理近年來的軍事力量也不斷地膨脹，很受大齊的忌憚，所以無憂隱瞞了段高存身分這一段，畢竟她不想給任何人惹來麻煩，尤其是段高存的安全問題。

聽完了無憂的敘述，薛柔不禁感慨道：「妳失蹤的這大半年可是苦了沈鈞和娘了，娘的眼睛都哭到不好了。沈鈞也是個有情有義的，妳失蹤之後，他簡直發了瘋地找了好幾個月，可是一直都沒有妳的消息。因為他的功勞，皇上冊封他為鎮國大將軍，但是他根本沒有心在仕途上，每日裡都想方設法地尋找妳。其實這次皇上想把碧湖長公主許配給他，不僅是因為想撮合他和長公主，皇上在憐惜孀居妹子的同時，還想著讓沈鈞能趕快振作起來為國家效力。」

無憂點了點頭，道：「皇上原來也有這番苦心。」

「那是當然，畢竟沈鈞是很受皇上賞識的。再說這次妳失蹤大半年沒有一點音信，所以……好多人都以為妳凶多吉少了。雖然姊姊我不願意相信，也曾經和皇上因為賜婚的事情爭執過，可是後來姊姊就沒有再堅持，也是因為看到沈鈞很苦。無憂，妳不會怪姊姊吧？」薛柔自責地道。

聞言，無憂扯了下嘴角，微笑道：「怎麼會呢？人非草木孰能無情，你們總不能都在我的立場上看問題，還要站在沈鈞那裡上替他著想一下。」

見無憂還有些擔憂，薛柔趕緊安慰道：「放心吧，這次妳平安歸來，皇上肯定不會再堅持了，一定會收回成命的。」

「希望如此。」無憂微微笑道，心想──當今聖上也是有為明君，大概不會做出棒打鴛鴦逼迫他人再娶的事情吧？

隨後，又聊了一些家常，無憂便看了看薛柔的肚子，笑道：「姊姊，您被冊封為賢妃也快一年了吧，怎麼還沒有好消息嗎？」

聽到問話，薛柔卻是一臉的愁容，低頭看了看自己依舊平坦的小腹，說：「其實我也在暗自著急呢！皇上雖然嘴上不說，但我知道他也是很想趕快有子嗣的，畢竟他也已經到了而立之年，膝下只有兩位公主，太子不立，社稷不穩。我悄悄地請了幾個太醫給我看了看，都說看不出什麼問題，但我就是沒有消息。」

看到姊姊發愁的樣子，無憂低頭想了一下，問道：「姊姊的癸水可是正常？」

「還算正常吧！」薛柔回答。

「那在這之前姊姊可曾採取過避孕的法子？」畢竟，姊姊和皇上之間的恩情也不是一日兩日，如果兩人都身體健康，大概這幾年也不可能一直沒有孩子。

薛柔想了想，回答：「不瞞妳說，以前情況不允許，所以我也只能避孕，曾經喝過避子湯，後來又嫌那湯水不方便，就改吃避孕的藥丸，我也害怕是吃這些把自己給吃壞了。」

聽了薛柔的話，無憂擰了一下眉頭，道：「姊姊在入宮之前我也常常給姊姊把脈，姊姊的身體底子我還是知道一些的，雖然不說有多麼強壯，但至少也算是身體健康，所以我想大概就是和姊姊吃了幾年的避孕藥丸有關係了。」

聞言，薛柔很緊張地抓著無憂的手問：「那還能不能治啊？我不會以後都沒有孩子了吧？」

看到薛柔那緊張的樣子，無憂趕緊笑著安慰道：「姊姊不用太緊張，姊姊也就只吃了幾年，我想不會有什麼大問題。避孕藥物怎麼也要停個一、兩年才可以再懷孕，改日我好好給姊姊看看就是了。」

聽到這話，薛柔才點頭說：「妳的醫術可是比宮裡那些太醫要高明些，所以這事交給妳我才放心呢！」

「姊姊太誇獎無憂了。」無憂笑了一下，然後說：「其實這生孩子也講究個優生優育，把身體調養到最佳狀態再受孕，對母親和孩子都是最好的，這樣生下來的孩子才健康。所以姊姊不用太著急，這也許是老天想給姊姊一個健康聰明的孩兒呢！」

薛柔這才算是徹底地鬆了一口氣。笑著掐了一下無憂的嘴，笑道：「妳這張小嘴啊，還是像以前一樣那麼會勸人，妳知道我為這事可是煩心了好久呢！」

兩人正說著私房話，薛柔的貼身侍女薔薇快步走進來，神情似乎有些慌張地稟告道：「娘娘，皇上身邊的小太監剛才悄悄來報，說是沈大將軍觸怒了皇上，皇上要把他推出午門斬首示眾呢！」

薛柔和無憂立刻驚慌地站起來。無憂腦袋都在嗡嗡地打轉，伸手扶住了八仙桌，這一世她還從來沒有這麼心慌過。因為這是大齊，皇權是凌駕一切之上的，皇上掌握著任何人的生殺大權，君讓臣死，臣不得不死。

薛柔急切地問薔薇道：「說沒說是為了什麼事？」

「說是皇上想讓沈將軍娶碧湖長公主為平妻，讓長公主和沈夫人共事一夫，可是沈將軍誓死不從，皇上便震怒了，一怒之下要把沈將軍推出午門斬首呢！」薔薇回答。

無憂趕緊拉著薛柔道：「姊姊，這可怎麼辦？」

薛柔說道：「妳放心，皇上一向都是一位明君，大概這次沈鈞有些太固執了，皇上的面子下不來。妳跟我一起去求皇上，姊姊一定會保沈鈞沒事的。」

「嗯。」無憂點了下頭，便和薛柔出了寢宮，朝御書房的方向走去。

賢妃和無憂快步走進御書房大門，看到沈鈞仍然跪在御書房內，德康帝卻已經不見了蹤影。

見沈鈞好端端的，無憂趕緊上前跪在沈鈞的面前，急切地問：「皇上不是說要把你推出午門斬首嗎？」

聞言，沈鈞沒有回答，而是伸出雙手，一下子把無憂擁進懷裡，緊緊地抱著她，在她的耳邊喃喃地道：「我還以為再也見不到妳了。」

感覺到他那溫暖而寬厚的懷抱，無憂內心也是一陣激動，因為剛剛步出賢妃寢宮的時候，她的心一路都在怦怦地亂跳，她也有一種要生離死別的感覺。雖然姊姊已經保證一定會保下沈鈞，但是無憂也知道萬一沈鈞這次惹怒了皇上，大概就是姊姊去求情也是沒用的。所以剛才在心中想——如果這次沈鈞真的因為抵死不娶長公主而丟了性命，那麼她也不要活了。

他們相擁了一刻後，無憂抬頭推開他的胸膛，問：「皇上呢？快告訴我，你是不是沒事了？」

「剛才碧湖長公主突然來了，替我求情，皇上起初還不答應，但是長公主竟然以死要挾，最後皇上也不得不答應了，不但收回了要砍我腦袋的旨意，就連以前給我和長公主賜婚的聖旨也收回。剛才皇上和碧湖長公主一同離開了。」沈鈞對無憂解釋道。

站在一旁的薛柔和薔薇聽到這話，兩人相視一笑，隨後薛柔便示意薔薇她們一起悄然地退出去，因為她們想給無憂和沈鈞說悄悄話的空間，畢竟他們已經太久沒見了，而且剛剛還劫後餘生，肯定有許多話要講。

聽了沈鈞的話，無憂總算是放心地伸手摸著他的臉頰，說：「害我虛驚一場，我以為再也看不到你了呢！」

望著她那柔和的眼神，沈鈞伸手從臉上抓住她的手，癡癡地道：「我也以為以後再也看不到妳了。妳知道當皇上下了砍頭的命令後，我第一個想到的是誰嗎？」

「誰啊？」其實，她是知道答案的，只是還故意揚著下巴問了一句。

望著她巧笑嫣然的眼眸，沈鈞卻故意沒有給她答案，只說了一句。「等晚上我再告訴妳。」

「討厭，你現在就告訴我嘛。」無憂撒嬌地搖晃著他的手臂。

沈鈞卻微笑著搖頭道：「現在不行。」

「哼。」看到他堅持的樣子，無憂佯裝生氣地背過身去。

下一刻，沈鈞上前在她的頸後問：「生氣了？」

他那溫熱的氣息噴灑在她後頸上，讓她渾身都為之一震，身子有些發軟的同時，臉頰也紅了，而且她聽到他的呼吸彷彿也沈重起來。這也難怪，他們這對年輕的男女已經有太久沒有在一起，思念恍若重重地拍打著沙灘的潮水，一波強似一波。

不過這畢竟不是敘舊的地方。無憂便左右望了望，見姊姊早已經不知去向了，便道：「姊姊呢？」

「大概是不想打擾咱們，所以離開了吧？」沈鈞握住她的肩膀猜測道。

「不如咱們去向姊姊辭行吧？」無憂說。

「也好。」沈鈞點點頭，然後說：「咱們先去一趟薛家，岳父和岳母這些日子可是擔心死妳了。」

「嗯。」無憂點了點頭，隨後兩人一起去向賢妃辭行。

從皇宮中出來，沈鈞和無憂又共乘一騎朝薛家的方向奔去。路上，兩人的身子相互依偎著，一個肢體上的動作勝過千言萬語，柔情密意間兩人的臉上都掛著幸福的笑容，這種心中滿滿的感覺彷彿已經太久沒有過，所以兩人沈浸在無比幸福的氛圍中。

當快到薛家的時候，沈鈞忽然放慢速度，臉色嚴肅地對坐在前面的無憂道：「無憂，有一件事要告訴妳。」

感覺他的聲音有些嚴肅，轉頭望了一眼，發現他的臉色更加的嚴肅，無憂不禁有種不好的預感，問道：「出什麼事了嗎？」

「妳的祖母薛老太太在幾個月前病逝了。」隨後，沈鈞便回答。

無憂臉色一下子沈了下來，感覺有些突然，但是細想也不突然，因為在她被劫持之前薛老太太的身體就已經很不好，自己替她把脈的時候也知道老太太的時日應該不多了，不過如果自己在她的身邊，大概她還能再多活幾日。

看到無憂很傷心的樣子，沈鈞趕緊勸慰道：「死者已矣，妳也要節哀順變。畢竟妳和岳父和岳母他們重逢也是喜事，還是不要讓他們再傷心了。」

無憂點頭說：「你放心吧，我都明白。」

「改日我會陪妳去給祖母她老人家上炷香的。」沈鈞道。

「嗯。」無憂點了點頭，然後手放在沈鈞握著韁繩的手上，用自己的方式表達對他體貼的謝意。

第六十七章

到了薛家後，管家興兒看到無憂和沈鈞一起出現在大門口，不禁大吃一驚。沒等顧上說話，便趕緊轉身往院子裡一邊跑一邊大喊：「老爺、夫人，姑爺回來了！二小姐也回來了！」

看到興兒那誇張的模樣，無憂和沈鈞相視一笑，然後兩人便手牽著手往後宅走去。

當薛金文和朱氏看到沈鈞和無憂二人的時候都愣在當場，痛失女兒多日的他們，都不敢相信眼前看到的是真的。

沈鈞趕緊行禮道：「拜見岳父、岳母大人。」

無憂看到爹和娘傻愣愣地看著自己，微微一笑，福了福身子，甜甜地道：「無憂拜見爹娘。」

「無憂。」薛金文一個大男人看到無憂也忍不住眼圈紅了。

朱氏就更不必說了，用手絹捂著鼻子道：「女兒？我不是在作夢吧？」

看到朱氏不可置信的樣子，無憂上前握住母親的雙手，笑道：「娘，您不是在作夢，真的是女兒回來了。」

「無憂，妳讓娘想得好苦啊……妳知道娘以為……以為妳再也回不來了。」抓住女兒的手，朱氏便知道自己不是作夢了。

沈鈞和無憂跟著薛金文夫婦進了正廳說話，幾個人在廳堂裡一邊喝茶一邊訴說著別情，無憂也簡單地說了一下自己的遭遇，當然和在宮裡跟薛柔說的是一樣的，她只對沈鈞說了實話，也是怕給段高存帶來不必要的麻煩。幾個人又說了一下薛老太太的事情，眾人也都傷感不已。

又說了會兒話後，無憂望望大廳中只有薛氏夫婦以及宋嬷嬷、平兒等，卻不見李氏和薛義，無憂不禁有些疑惑，問：「爹，怎麼沒有看到二娘呢？」

聽到這問話，薛金文的臉上便有些不悅，朱氏看了薛金文一眼，對無憂道：「妳這大半年沒回來不知道，半年前妳爹已經把妳二娘和義哥兒分出去另過了。」

「分出去另過？」聞言，無憂很驚奇。

朱氏解釋道：「妳不在家不知道，妳二娘和義哥兒總會挑些事情出來，我和妳爹是不勝其煩。尤其是妳又失蹤了，接著就是妳祖母生病，妳爹也是焦頭爛額，就乾脆把鋪子和地都分給他們一半，再把家裡所有的現銀分了八成給他們，妳姊姊又拿出自己的體己，給他們在南大街置辦一套兩進的院子，就讓他們搬過去了。雖然妳二娘是個妾，義哥兒又是庶出，但是我和妳爹沒有虧待他們就是。」

「妳說這些做什麼？夠丟人的。」薛金文叨叨著不讓朱氏再說下去。

「不說就不說嘛，你生什麼氣啊？」朱氏不滿地嘟囔了一句。

聽到朱氏的話，岳家的事沈鈞不便多言，只在一旁喝茶。無憂扯了扯嘴角，道：「如果二娘和義哥兒滿意，爹和娘也可以省心，不管在一處還是在兩處都是一樣的。」

薛金文站起來對沈鈞道：「賢婿，我最近得了幾兩好茶，不如去我書房嚐嚐？」

「是。」沈鈞趕緊站起來，薛金文走在前面，沈鈞跟了上去，越過坐著的無憂身前時，伸手按了一下她的肩膀，兩人眼眸相互交流一下，便尾隨薛金文而去。

薛金文和沈鈞走後，大廳裡只剩下一眾女眷，說話就沒有遮攔了。宋嬤嬤給無憂送上一碟點心，道：「二姊，好久都沒有吃老奴做的點心吧？」

「別說，我心中還真是想得很呢！」看到碟子裡的綠豆糕，無憂拿了一塊放在嘴裡咀嚼著，從宮中出來她都還沒吃過什麼東西。

接著，一旁的平兒道：「雖然二奶奶和義哥兒是被分出去了，可還不是每隔十天半月就過來哭天抹淚地鬧一次，哪能消停呢！」

無憂有些疑惑地問：「既然他們都分家另過了，怎麼還跑來鬧？」

平兒上前為無憂添一杯茶，然後回答：「二姊，您不知道，義哥兒在老太太百日之內趕著娶了一房媳婦，這媳婦厲害得很，現在都騎到二奶奶頭上了。」

無憂一愣，問道：「義哥兒娶親了？怎麼這麼趕？」因為根據大齊的法令，如果家裡有直系親屬病逝，直系子孫是要守孝三年才可以論嫁娶的。

朱氏回答：「這房媳婦是妳二娘千方百計求來的，要是再等三年也怕等黃了，便只能在妳祖母的百日之內趕著成親了。」

「不知義哥兒娶的是哪家小姐？」無憂知道二娘千方百計求來的肯定是非富即貴吧？

「是城北王員外的千金，那個王員外膝下只有這一位小姐，家裡很有些家底，二奶奶就是看上人家的身家，低聲下氣地把人求來，沒想啊娶進來的竟是個夜叉，沒幾日就和二奶奶吵起來。起初義哥兒還會向著二奶奶說幾句，幾次之後就再也不說話，由著媳婦對二奶奶指桑罵槐的，而且人家從娘家帶來的下人又多，現在二奶奶的日子可真是不好過呢！」平兒在一旁道。

一旁的宋嬤嬤卻冷笑道：「哼，想當初她做了那麼多缺德的事情，這才叫現世報呢！」

無憂在一旁聽著，沒有說話，只是慢慢地喝著茶水，心中卻是在想——李氏極其嬌慣兒女，尤其是嬌慣薛義，薛義早已被寵得不成樣子，所謂慈母多敗兒，李氏以後的日子也是可想而知的。

這時候，一向善良的朱氏卻道：「不過老了竟然過得如此不舒心，倒也可憐見的。」

一旁的平兒則道：「奶奶，您可別心軟，到時候又讓二奶奶回來住，她這些年給您添的堵您都忘了嗎？」

聞言，朱氏不說話了，雖然有了惻隱之心，但是想想以前李氏的種種行為還是記憶猶新。

見狀，無憂換了話題，說：「我算著日子蓉姊兒大概也已經生了吧？」

見無憂問了，一旁的宋嬤嬤趕緊回答道：「生了。生了好幾個月了，是個丫頭片子，被她婆家嫌棄死了，在月子裡就差丫頭回來讓二奶奶去了好幾次。」

無憂蹙了下眉頭，說：「他們可是親姑表做親，而且二娘這些年來也沒有少幫襯她的娘家，怎麼還敢這樣對待蓉姊兒？」

「還不是見二奶奶現在沒有錢了，也主不了家裡的事，那李家再也沾不上光，便不待見二奶奶連帶著蓉姊兒了。要知道現在義哥兒的媳婦可是厲害得很，是斷然不許二奶奶再往娘家搬東西的，所以蓉姊兒的日子過得很苦，她帶的那些嫁妝早被那個李大發給搜刮完了，現在婆婆和李大發都不拿她當回事。倒是大爺體念著蓉姊兒，一個月裡也有兩次、三次的派人送些東西過去，不過蓉姊兒和孩子到底吃得上吃不上，那就不知道了。」平兒在一旁道。

聽了平兒的話，無憂沈默了，半天沒有言語，心想——大概這也是薛蓉的宿命吧？這些也是她咎由自取，不知道她會不會記取教訓？但是就算這次記取了教訓，她的命運還會有所改變嗎？

大概又坐了一刻，沈鈞便到大廳來辭行，畢竟無憂還沒有回沈家呢！所以朱氏和薛金文沒有留他們吃晚飯，趕緊派了馬車送他們回去。

馬車上，外面的光線已經越來越暗淡，無憂靠在沈鈞的肩膀上，感覺這一天真的好累啊，大概也是心累吧。沒想到她離開的這大半年時間，竟然發生了這麼多事情，好多還是她始料未及的。

沈鈞的手臂一直都攬著她的肩膀，看到她若有所思的模樣，不禁問：「在想什麼？」

「感覺今兒這一天好長啊。」無憂感慨地道。

沈鈞微微一笑，在她的耳邊低聲道：「是不是覺得這一天我們單獨在一起的時候太少了？」

聞言，無憂一抬頭，看到他那雙漆黑幽深的眼睛此刻正帶著灼熱的光芒看著自己，她不由得面上一紅，心也莫名地漏跳一拍，羞赧地道：「你胡說些什麼呢！」

看到她害羞的樣子，沈鈞低頭在她的額上用嘴唇啄了一下，溫熱的氣息便噴灑在她的耳邊。「放心，以後我們有的是時間在一起。」

「討厭。」聽到他語帶著調情的話，無憂扭捏地推了他一把。

就是這一下扭捏，沈鈞已經全身都灼熱起來，下一刻，他伸手把她攬過來，低頭封住了她的口。

「嗯……」猝不及防的無憂愣了一下，然後感覺他那灼熱的唇瓣熨燙著她的，她的雙手也情不自禁地圈上他的脖頸。

外面的陽光越來越暗淡，顛簸的馬車上兩個彼此深愛的人緊緊相擁著，只能用肢體來表達他們多月來的相思……

回到沈家後，沈鈞和無憂當然馬上就去沈老夫人處請安報平安。

沈老夫人見到無憂不免也是老淚縱橫，畢竟這兩年來也積攢了一些情感，看到她能夠平安歸來，也替兒子高興，因為她也知道兒子是個死心眼，他對娶公主還是很抗拒，她也生怕這個倔強的兒子以後會惹出什麼事情來。幸好現在無憂回來了，聖上也收回了賜婚的聖旨，他們沈家也算是安全了。

閒話家常一會兒後，沈老夫人打發他們小倆口回去了，畢竟他們已經太久沒見，沈老夫人也是過來人，知道他們肯定有許多知心話要說，便不留他們吃飯。當然二人在馬車上也已經商議過，對無憂這次被劫持的說詞還是和賢妃娘娘說的、還有和無憂在薛家說的保持一致為好，省得到時候會引起什麼誤會。

等沈鈞和無憂回到他們院子的時候已經掌燈了，春蘭和玉竹早已接到消息，在屋子裡備好洗臉水和梳洗的用具，並吩咐廚房今晚要把晚飯做得豐盛些。

沈鈞和無憂一進院子，春蘭和玉竹便迎上來。玉竹是個內向的，看到無憂還沒等說話，淚水先淌落出來。「二小姐……」

春蘭則含著眼淚道：「二奶奶，您可回來了，您不知道這大半年的把奴婢們都給急壞了呢！」

看到身邊兩個得力的人都流眼淚，無憂的眼圈也一紅，尤其是進了這院子，也想起原來的種種，感慨之情油然而生。隨後上前一把拉住玉竹，另一隻手拉住春蘭，哽咽地道：「其實我也很想妳們，害妳們為我擔心了。」

站在一旁的沈鈞看到這群女人磨磨唧唧的，上前掏出自己的手絹遞給無憂，很體貼地道：「外面有些涼，還是進屋去說話吧！」

春蘭聽到這話，便上前掀開簾子，笑道：「二爺說得是，二奶奶快進去吧！」

沈鈞牽著無憂的手進了屋子。看到她和沈鈞昔日生活的房間，無憂環顧了一下屋子，掃視一眼房間裡的家具，彷彿還能想起她離開那一日的情景。雖然自己已經離開大半年，但是屋子裡的家具陳設甚至是床單、床幔都沒有換，還是她走的時候的樣子。

大概看出她的疑問，春蘭上前笑道：「二奶奶，這屋子裡的所有一切，二爺都不讓動，甚至是床單、床幔什麼的都是您走的時候用的，奴婢們都是隔幾天便取下來清洗一番，等曬乾了再掛上去。」

聽了春蘭的話，無憂轉眼望望沈鈞，只見他也正望著自己，她不由得抿嘴一笑。說實話，心底還是很感動的，也有些自責於自己聽到他要娶碧湖長公主的消息而誤會了他，面上多少有些不好意思。

又說了兩句家常話，外面的婆子便喊了一句。「春蘭姑娘，晚飯廚房送過來了，二爺和二奶奶現在傳不傳？」

無憂摸了摸肚子，笑道：「我還真是有些餓了呢！」

沈鈞便吩咐春蘭道：「趕快傳飯，再把我珍藏多年的百年花雕拿一罈過來。」

春蘭應聲道：「是，奴婢這就差人去拿。」

很快，幾個丫頭便抬著提盒走進來，春蘭和玉竹幫忙從提盒中端出飯菜。不一會兒的工夫，八仙桌上就擺滿了十幾道冷熱都有、葷素搭配的精緻菜餚，無憂掃了一眼那些菜餚，發現竟然有一大半都是自己愛吃的，不由得胃口大開。

「別說，我還真想念咱們家裡的飯菜呢！」無憂拿著筷子，看著那些菜都不知道該挾哪一道了。

倒是沈鈞這時候已經挾了一塊蜜汁雞翅放在了無憂的碗裡，笑道：「這是妳平時最愛吃的。」

「嗯。」無憂衝著沈鈞一笑，笑容裡都是甜蜜的味道，然後低頭吃了起來。

這時候，有丫頭抱著一罈酒過來，春蘭趕緊接過來，一邊為沈鈞和無憂各倒了一杯，一邊笑道：「二爺，這一罈可是最後一罈百年花雕了。」

春蘭的話讓沈鈞一擰眉頭，說：「什麼？最後一罈了？我記得我一共珍藏了十來罈這百年花雕呢！」

「那也禁不住二爺您這大半年來借酒澆愁啊。別說這百年花雕，就是其餘好一點的酒也都快讓您給喝光了。」今日沈鈞異常高興，春蘭看到主子好久沒有這般高興，不由得也大起膽子，打趣自家主子兩句。

聽到春蘭的話，沈鈞倒有些不好意思起來，抬眼朝對面望去，只見無憂正用一雙清澈的眼眸望著自己，他不由得扯了一下嘴角。此刻，無憂也分明聽得很真切，想來這大半年他過得也是異常辛苦吧？再仔細端詳他的臉龐，果然也比大半年前來得要瘦一些、黑一些，臉色盡顯憔悴。不過今日的精神卻是異常的好，無憂都能感覺到今日他的眼神中是煥發著喜悅神采的，還有那雙幽深的眼眸也是異常深沈，不過眼眸中可以讓人明顯地感覺到一股光亮和興奮。

這時候，沈鈞卻故意板著臉對春蘭說了一句。「春蘭，妳今日的話太多了。」雖然話是如此說，從語氣裡還是能聽得出他並沒有生氣，反而還帶著一抹輕快。

聽到這話，春蘭是個伶俐的人，便福了福身子，笑道：「二奶奶一回來，奴婢的膽子也大了，就多說了兩句。實在是奴婢看著二爺也是異常高興的，要是換作平常，奴婢是連大氣都不敢出。」

「妳這話的意思就是平時我苛待妳了？」沈鈞的話雖然是對春蘭說的，但是眼眸卻一直看著無憂。

無憂見狀，抿嘴一笑，轉頭對春蘭道：「妳家二爺是跟妳開玩笑呢！好了，時候也不早了，妳和玉竹都下去用飯吧！」

一直在一旁小心伺候的玉竹卻不願意離開，望著無憂道：「奴婢還想多伺候您一會兒呢！」

聽到玉竹的話，不知怎的無憂的心都有些酸酸的，她知道玉竹是個內向的丫頭，雖然不擅言詞，但是對自己忠心耿耿。轉頭望望玉竹此刻眼圈還有些紅，趕緊安慰道：「要想伺候我也不急於這一時，咱們主僕以後的時候還多著呢！妳還是趕緊下去用飯吧，總不能我剛回來就餓著妳們了。」

聞言，一旁的春蘭趕緊拉了玉竹一下，笑道：「玉竹，二爺和二奶奶多日不見，咱們別在這裡礙眼了，趕快走啦！」

聽到春蘭的話，無憂搖頭笑笑，這個春蘭就是個愛說笑的，她的話還真讓她有些不好意思，不過有她在身邊倒還挺熱鬧。

春蘭和玉竹都退了出去，房間裡一下子就安靜下來。今晚屋內的燭火異常明亮，對坐在八仙桌前的兩人一下子也都沒有了食慾，四目相對，柔情盡現，酒還沒有喝兩杯，人卻是都已經醉了。

沈鈞的手忽然覆蓋在無憂的手背上，她能感覺得到他的手異常灼熱，此刻，她垂下眼瞼，不知道何時臉頰上已經飛來兩朵紅雲。

沈鈞用低沈的聲音問了一句。「妳可想我了？」

無憂微微抿了一下嘴唇，粉臉微紅，抬頭看著一本正經望著自己的沈鈞一眼，才半垂著頭點了點，道：「嗯。」

她的嬌憨害羞模樣讓沈鈞的眼神變得幽暗，連聲音也嘶啞起來。他握著她的手，在她那細滑的手背上來回摩挲，她感覺他的手愈來愈熱，而她的手也隨之灼熱起來。這一刻，思念的潮水再也控制不住，隨後，沈鈞緩緩地站起身，眼眸一直盯著她，慢慢地轉過八仙桌，來到她的跟前。接著，她的身子便一下子靠在他的身上，粉臉貼在他的腹部，他的手撫摸著她的秀髮和臉頰，兩人的呼吸都在這一刻開始紊亂起來。

「無憂？」半晌後，他低低地呼喚著。

「嗯？」閉著眼睛的無憂輕輕地應了一聲。

她的聲音很嬌弱，下一刻，沈鈞再也控制不住自己的情感，突然彎腰一把將她從繡墩上打橫抱起來。感覺身子一陣浮動，她睜開眼睛，發現已經在他的懷抱之中。四目相對，當然知道接下來會發生什麼，不過她卻是含笑地把頭靠在他的肩膀上，把所有的主動權都交給他。他感受到她的溫柔和順從，更加激發了他男子的血氣方剛。隨後，沈鈞轉身抱著無憂朝床鋪的方向走去。

一切都像預期的那樣熱烈，甚至比預期的更加醉人，多日的思念化作一波又一波的浪花，兩人沈陷在對彼此的占有和纏綿中。床幔放下後，便是一陣衣衫窸窣的聲音，燭光下，兩道人影互相糾纏著……

激情過後，床幔裡，柔和的燭光透進裡面，照耀在兩個相擁的人身上。她躺在他的懷裡，他的手臂緊緊地抱著她，再也不想和她分開，兩人靜悄悄地訴說著這些日子以來的思念。

「你知道這大半年來我心裡多忐忑？我有時候都在想可能以後很難再回到這片土地上，很難再看到你了。」堅強的無憂把自己心中多日的擔憂都說出來。

「放心，以後我會好好保護妳，再也不會讓妳離開我了。」沈鈞信誓旦旦地道。

「嗯。」聽到這話，無憂點了點頭，繼而更把自己的臉埋入他的懷抱中。

感覺到她的深情，沈鈞不由自主地轉身把她壓在身下……

翌日一早，無憂睜開眼睛的時候，外面的陽光已經透過窗子射入床幔中。轉頭望望，只見枕邊已經空了，沈鈞大概早已經起床走了。她翻了個身子，趴在枕頭上，眼眸看著那凌亂的床單，不禁抿嘴一笑，笑容中帶著無比的幸福和滿足。又回到了他的身邊，彷彿她的心也被填充得滿滿的，低頭望望自己身上因為昨夜的種種而透出的青紫色，她不感到疼，反而感覺異常幸福。

這時候，忽然聽到門吱呀一聲輕輕推開，無憂在床幔的縫隙中看到是玉竹端著洗臉水走進來，大概是怕吵醒了她吧，腳步很是輕微。隨後，無憂便輕聲說了一句。「幫我拿一套衣服來。」

「嗯。」無憂點了點頭。

聽到無憂的話，玉竹笑道：「二小姐，您醒了？」

這時候，玉竹走過來，伸手撩開床幔，把床幔掛在鍍金的吊環上。

「姑爺什麼時候走的？」無憂伸手把被子往上拉了拉，以掩飾身上的青紫。

「姑爺一大早就走了，臨走前還吩咐奴婢別吵醒您，讓您多睡一會兒呢！」玉竹說完，轉身走到櫥櫃前，打開了櫥櫃。

無憂抿嘴一笑，伸手理著自己那有些凌亂的頭髮。

玉竹朝櫥櫃中看了兩眼，問：「二小姐，您要穿哪一套衣服？」

想想現在是陽春三月，便道：「拿那一套蜜合色帶暗紋的褙子來好了。」

「那套顏色挺好看的，不如就配上一條青色的裙子可好？」玉竹笑道。

「好。」無憂點了點頭。

在玉竹的幫忙下，無憂把衣服穿戴好了，隨後坐在梳妝檯前由玉竹幫著梳理頭髮。玉竹一邊幫無憂梳頭，一邊笑道：「二小姐，原來都是連翹姊姊幫您梳頭的，玉竹的手腳笨，您要是哪裡不滿意就告訴玉竹，玉竹這幾日就請教府裡會梳頭的姊姊們去，讓她們指導指導玉竹。」

無憂往銅鏡中一看，只見今日的頭髮玉竹梳得也很好，半高的髮髻，既不失莊重又有幾分隨意，她很喜歡，便笑道：「妳梳得很好了。」不過心中卻又想念起連翹，多少年來都是她陪伴著自己，她不在，自己還真有些不自在呢！

「倒是連翹姊姊，說嫁人就嫁人了，而且又嫁得那般遠，以後想見一面都難了。」玉竹感慨地道。

聞言，無憂低頭不語了。

玉竹看到無憂似乎不高興了，趕緊請罪道：「唉呀，奴婢該死，不該說這種話讓二小姐您傷心了。」

「好了，我沒傷心。」看到玉竹害怕的樣子，無憂又說：「不過我不想念她也是假的，畢竟打小我們是一起長大的，名為主僕，其實跟自家姊妹也差不多。不管她以後在哪裡，只要她過得好，我也就放心了。」

這時候，端著早飯進來的春蘭正好聽到她們說話，笑道：「二奶奶的話真是暖咱們奴婢們的心呢！有您這樣的主子，我們這些奴婢幹著也起勁。」

轉眼看看春蘭，無憂微微笑道：「我這些丫頭們啊，就是春蘭的嘴巴最甜了。她們都嫁人走了，妳陪在我的身邊，我心裡每日都被妳說得很受用了。」

「謝二奶奶誇獎，奴婢以後就一直陪伴在奶奶身邊，就讓她們都揀高枝兒嫁去算了。是不是，玉竹？」春蘭一邊把早飯擺在八仙桌上，一邊對正在給無憂戴首飾的玉竹道。

聽到春蘭的話，玉竹臉色似乎有些微紅，氣惱地對春蘭道：「春蘭姊姊，您在二小姐面前別亂說話，奴婢也不想攀高枝，奴婢也想伺候二小姐一輩子的。」

「是嗎？」春蘭似笑非笑地盯著玉竹道。

這時候，梳好頭的無憂正好起身，走到八仙桌前坐下，並沒有在意她們的神情，只是問道：「對了，大奶奶不是派人來說一會兒過來嗎?妳們趕快準備好茶點，可別說咱們怠慢了她。」

「是。」玉竹應聲後，趕緊出去準備了。

春蘭伺候無憂用飯，飯後不久，就聽到外面傳來通報聲。「二奶奶，大奶奶來了。」

無憂起身迎了出去，走到房門前，看到穿著一身玫紅色褙子、打扮得很華貴的姚氏走到門口。無憂福了福身子，道：「給大嫂請安。」

姚氏趕緊一把抓住無憂的手，眼圈都紅了，道：「唉唷，弟妹，妳可回來了，大嫂都不知道……該說什麼了。」

看到姚氏眼圈都紅了，無憂心中也有幾分感觸，趕緊道：「大嫂，趕快進屋說話。」

「好、好！」姚氏用手絹擦一下眼角，馬上笑著跟無憂走進去。

坐定之後，春蘭早已經上好茶水，無憂道：「讓大嫂替無憂擔心了。」

「擔心不怕，只要妳沒事就好。」姚氏笑道。

「那日本來想去探望大嫂，沒想到在路上碰到這樣的事。」無憂說。

姚氏懊惱地道：「還說呢！我只是聽說那廟裡的送子觀音靈驗，就想著讓妳去求一求，而且我自己在廟裡也實在憋悶，所以想和妳說說話，可是……可是怎麼會發生這樣的事情？妳不知道大爺趕到廟裡訓斥了我一頓，我真是自責死了。好在弟妹妳平安回來，要不然大嫂我怎麼安心呢？」說著，姚氏又垂淚起來。

見狀，無憂只得趕緊勸慰。「大嫂不用太自責，別人有意劫持我，就算這次不去廟裡，以後也會有別的機會。」

聽到無憂如此說，姚氏道：「好在弟妹是個明白人。」

「對了，大嫂何時回來的？」無憂隨後問。

「妳失蹤之後，母親就病了，家裡沒個女人管事，還是二弟求了母親，才讓大爺把我接回來的。」姚氏回答。

「大嫂與大哥和好如初了吧？」無憂又問了一句。

姚氏垂了下頭，又抬起頭道：「妳大哥也說了句讓我受委屈了，他大概也不相信那曹姨娘肚子裡的孩子是我故意給弄掉的，只要他能相信我，我心裡也就好受些了。雖然他當時是絕情了點，但到底曹姨娘沒孩子的這個罪責還是要有人承擔，更何況母親也不會高興。不過自從我回來，妳大哥倒是對我還好，對那個曹姨娘冷淡了許多，這半年多來也沒怎麼過去她那邊。」

聞言，無憂道：「夫妻之間總是有些磕磕絆絆的，以前的事情已經過去了，大嫂不必太在意，再說現在大哥的心還是都在大嫂的身上。」

姚氏笑了起來，大概覺得無憂說的也是實情吧？隨後，她笑道：「還說呢，我看妳和二弟怎麼就沒有磕磕絆絆的？自從妳失蹤了，二弟回來後看不到妳，可是急得跟什麼似的。雖然聖上封了鎮國大將軍，但是他的心根本就沒有在仕途上。以前他可是兢兢業業的，這半年卻是經常請假，上朝也是想去就去、不想去就不去，倒是皇上還算體諒，並沒有苛責他罷了。還有這次娶公主的事，二弟誓死不從，要不是妳大哥和母親攔著，他早就去找聖上理論了。妳說二弟對妳的心，哎，大嫂我可是羨慕得很呢！」

無憂面上一紅，不過心底確實也感到無比幸福。嘴上仍舊道：「其實大嫂和大哥這二十年來相濡以沫的感情才是無憂最為羨慕的，感情是需要時間的考驗和沈澱，大哥對大嫂也可以說是二十年來都沒有變過。」

聞言，姚氏那精明的眼眸中閃過了一抹溫柔的情懷，微微笑道：「大概每一對夫妻的感情既有相同之處，又有不同之處，不過只要兩個人的心始終在一起，就已經是最大的欣慰了。」

「嗯。」無憂點了點頭。

姚氏又說了一些家常，忽然道：「對了，弟妹，這個帳本是妳走的這大半年來咱們生意上的往來帳目和盈利數目，銀票大嫂也一併給妳帶來了，妳什麼時候閒了就看看，有什麼不對的就告訴大嫂，大嫂再重新算一下。」說完，從懷中掏出帳本以及大概有十來張銀票。

看到放在桌上的帳本和銀票，無憂笑道：「大嫂是個精明人，算的帳目肯定不會出錯，所以我也不用費那個心思，大嫂給我多少我要多少就是了。」

「那可不行，我可是一筆一筆都算清的，妳一定要留意地看一下，我可不能辜負妳對我的信任。」姚氏仍堅持地把帳本和銀票往無憂的方向又推一下。

見她堅持，無憂只好答應道：「那好吧，我有空的時候會看。」

姚氏笑了一下，低頭喝了一口茶，然後道：「妳也不用太著急，我知道妳這幾天和二弟是小別勝新婚，大概也沒有心思看這些。」

姚氏的玩笑讓無憂有些不好意思，不過也抿嘴笑起來，她開的玩笑雖然讓人臉紅，不過也算是實話。

姚氏又道：「對了，妳不在家的這大半年裡，家裡的家事沒有人處理，所以母親和妳大哥就讓我暫時管著，現在既然妳回來了，我就跟母親說去，這幾天就把管家的事情再交回給妳。」

突然聽到這話，無憂擰了一下眉頭，笑道：「大嫂，說實話我並不想管家，以前是沒有辦法，再說一直都是大嫂管的，不如大嫂就一直辛苦著吧！」

「唉，那怎麼行？妳也知道經過上次的事情，母親已經不像原來那麼信任我。其實母親過幾天或許自己也會提出來，我再霸著這個位置，連我自己都覺得不好呢！」姚氏見四下無人，說話倒也實在，因為她也摸清楚無憂的性格，只要對她不存壞心，不算計她，她還是很少說話的，也不會跟自己爭什麼利益和權勢。

無憂低頭想了一下，說實話她真的不想再管那些繁瑣的家事，不過大概現在姚氏也有難處，就算她想管，也有些顧慮。無憂隨後便笑道：「大嫂，無憂真的是不精於此道，還是由大嫂管家最好了。這件事我過兩日會去和母親說明白，大嫂先安心管著就是，好歹先讓無憂清閒幾日。」

姚氏把茶水放在八仙桌上，爽快地應道：「我知道弟妹是個實誠人，好吧，我就先替妳管著幾日，看看母親怎麼安排再說。」

第六十八章

姚氏走後，家下人等那些個有臉面的都過來請安問好，就是宮裡的賢妃娘娘也派人送了好些東西來，薛家也送來不少東西，等無憂都一一接待過，已經到了晌午時分。

坐在八仙桌前，無憂捏了捏脖子，一旁的玉竹見狀，道：「二小姐，這半天您也累了，不如就讓旺兒先回去，等午休過後再來回話？」

這時，無憂才想起來，她還有事找旺兒去辦呢，便道：「不必了，趕快讓他進來。」

「是。」玉竹趕緊去傳人。

旺兒進來後先請了安，彎腰道：「二小姐，小的送來帳本和銀票您都看過了吧，可有什麼問題？」昨晚，旺兒便把這大半年莊子和製藥作坊的所有帳本都送過來，還送來了二萬兩銀票，都是這大半年來賺的銀子，無憂粗略地掃了幾眼，跟以前一樣每筆帳目都記得很清楚，而且盈利也比以前多了不少，對旺兒很滿意。

「你記的帳很清楚，雖然我不在，但是你能跟以前一樣兢兢業業，你到底沒有辜負我的信任。」無憂笑道。

聞言，旺兒低頭說：「旺兒有今日都是二小姐給的，旺兒不敢忘了。」

無憂點了點頭，說：「我不在的日子，你們都辛苦了，春蘭和玉竹也都很守本分。傳我的話，凡是伺候我和二爺的人每人賞十兩銀子，你和玉竹、春蘭我身邊的人每人賞五十兩銀子。」

眾人都歡喜得很，趕緊行禮道謝。

無憂看到自己培養的人在自己不在的日子都能夠如此，她也感到很欣慰。隨後無憂把眾人都打發出去，只留旺兒一個人在身邊吩咐事情。

無憂起身走到梳妝檯前，從首飾匣裡拿出一個信封並一張紙條，轉身交給旺兒道：「你明日一早去這個地方，把這封信交給一位大理來的段公子。」

聽到吩咐，旺兒伸出雙手接過無憂遞來的東西，只見信封上寫著「大哥親啟」四個字，旺兒不禁蹙了眉頭問：「二小姐，您和這位段公子……」

看到他的疑惑，無憂笑著回答：「我和段公子是義結金蘭的兄妹。」

旺兒馬上一笑，點頭道：「原來如此，恭喜二小姐有了兄長。」

「去吧，辦好了立刻來回我。」無憂笑道。

「是。」說罷，旺兒低首退了出去。

午飯過後，無憂午休了一會兒，拿出姚氏今兒送來的帳本和銀票看了看，對了對大概的數目倒也差不多。玉竹又回稟了這大半年來胭脂水粉作坊和店鋪的生意狀況，雖然自己大半年不在，姚氏倒也算是本分，該分的盈利也給了她，無憂便將帳本和銀票都讓玉竹收了起來。

這日晚間，沈鈞沒有回來用飯，派了個小廝說是去會朋友了。無憂感覺百無聊賴，胡亂地吃了晚飯，看了一會兒書便沐浴更衣，之後披著一頭長髮坐在床鋪前。

這時候，春蘭拿了一本帳單過來，雙手奉上道：「二奶奶，這是二爺讓奴婢交給您的。」

「這是什麼？」無憂帶著疑問，接過春蘭手中的紅色帳單。

春蘭回答道：「上次二爺立了大功，皇上賞賜下不少金銀古董的，二爺挑了幾件給老夫人和大奶奶送去後，剩下的就讓奴婢登記造冊，都存在咱們院子裡的庫房內，說是讓奴婢好好收著，等二奶奶回來一併交給您。還有一些是咱們二爺升任鎮國大將軍的時候來了好多賓客送的賀禮，二爺也讓奴婢從中挑揀了一些好的收起來，其餘的就都留在公中的庫房裡，等誰家有婚喪嫁娶就當賀禮送出去。還有一些金銀就是這大半年來二爺的俸祿，當然也是扣除了家用等。」

無憂掃了兩眼那帳單，只見帳單上一筆一筆清楚地記著皇上賞賜了多少金銀、綢緞、古董，以及哪個賓客送了什麼賀禮、每個月扣除家用的俸祿。以前沈鈞沒有多少俸祿，現在不同了，皇上不但封了爵位，還賜了封邑，加上鎮國大將軍的俸祿，這些算算都不少。帳單上的東西都是比較值錢的，無憂估計怎麼也值好幾萬兩銀子，這還在其次，主要是沈鈞竟然能夠在自己生死未卜的情況下，還讓丫頭把這些東西為自己留著，倒也是有心之人了。

看過之後，無憂合上帳單。「妳記得挺詳細的。」

「二爺吩咐的奴婢不敢不仔細。皇上賞賜的東西也都有些稀奇，我們都沒見過，不知哪天二奶奶您得了空，讓奴婢帶您去過目一下？」春蘭詢問道。

「等我得了閒再說吧！」無憂最後吩咐道。

「是。」春蘭趕緊點頭。

夜漸漸深了，屋內燭火昏黃，無憂獨自坐在床鋪前，心中想起了段高存。他大概也在準備回程的事吧？今兒她抽空寫了一封短信，告訴他她現在已經回到沈家，請他放心，讓他趕快準備回程的事情，畢竟大齊的京都並不是他這個大理世子該久留的地方。並且詢問他確定的回程日期，她準備親自去城外相送，她現在能為他做的也就只有這麼多了。

吱呀——

忽然聽到一聲門響，抬頭一望，只見是一身黑袍的沈鈞從外面回來。無憂站起來，起身迎到沈鈞面前，笑問：「怎麼這麼晚才回來？」

「和幾個朋友吃飯，興致一來就晚了。對不起，沒能早點回來陪妳。」沈鈞抱歉地握住無憂的肩膀。

聽到他的道歉，無憂抿嘴一笑。「可曾吃飽了？要不要給你做點宵夜？」

「宵夜？」聽到這話，沈鈞一挑眉頭。

看到他似乎有些心動，無憂便問：「你想吃什麼？雞蛋麵、餛飩還是清粥？我這就吩咐春蘭讓廚房去做。」說著，無憂轉身想往外走。

沈鈞卻一把抓住無憂的手，制止道：「這麼晚了，不要再麻煩下人，再說我也不愛吃那些。」

聞言，無憂轉頭問：「不愛吃？那你想吃什麼？」

聽到無憂的問話，沈鈞的眼光立刻一黯，隨後上前一步，來到無憂的面前，伸手捏著她那光滑的下巴，用低沈的聲音道：「有沒有聽過一個成語叫秀色可餐？」

無憂面上一紅，伸手推開他的手臂，咒罵了一句。「沒正經。」

看到她臉紅的模樣，沈鈞更覺得可愛異常，隨即摟住她的腰身，嘴唇貼在她的耳邊挑逗地說了一句。「妳不喜歡？」

「喜歡什麼？你現在越來越壞了。不對，肯定是我不在的這大半年，你跟著什麼人學壞了。」無憂仰著下巴，望著他那已經開始升溫的眼睛道。

沈鈞翻了翻眼，一本正經地道：「我這個壞毛病對任何人是都不會發作，只有看到妳才會使壞。」說完他低首用鼻子嗅著她髮間的清香，一副愜意的模樣。

她全身有些發軟，忍不住朝他懷中靠了靠。感覺到她的順應，沈鈞放在她腰間的手臂更加收緊了。隨後，他忍不住想親一下她的臉頰，而她也半閉上眼睛，正沈浸在甜蜜之中。不想，這個時候房門卻是一響，只見春蘭端著一盆水走進來。

春蘭看到依偎在一起的男主子和女主子，不禁一愣。無憂看到這情形，趕緊推開沈鈞，轉身朝梳妝檯的方向而去。春蘭有些尷尬，端著一盆水在那裡杵著，又不能折回去。瞬間，春蘭和無憂的臉都有些紅。倒是沈鈞見狀，並不怎麼在意，轉而對春蘭道：「妳端的是洗漱的水嗎？」

「是、是，二爺，奴婢伺候您洗臉吧？」聽到這話，春蘭趕緊一連點了兩下頭，隨後把水盆放在洗臉架上，伺候沈鈞洗臉。無憂則坐在梳妝檯前，拿起一把梳子，佯裝對著銅鏡梳理頭髮，其實她的頭髮剛才早已被玉竹梳理得整整齊齊了。

春蘭伺候沈鈞洗漱過後，趕緊退下去。燭光下，站在床鋪前的沈鈞望著此刻披散著一頭長髮，身上只穿碧色小襖的無憂，眼中彷彿要冒出一團火來。

無憂悄悄地瞥了一眼他的目光，他那灼熱的眼光簡直就讓她全身都在升溫。悄悄掩去臉龐上的紅暈，上前一步，緊緊抱住了他的腰身，臉龐貼在他的胸膛前，鼻端聞著他那男子的陽剛之氣，無憂柔柔地喚了一聲。「鈞。」

「嗯？」這聲呼喚讓沈鈞的心莫名一跳。

「我感覺自己好幸福啊，一切都因為有了你。」無憂有感而發。

聽到她的話，沈鈞收緊自己的雙臂，把她緊緊扣在自己的懷中，下顎抵著她的額頭，動情地道：「我也一樣，一切也因為有了妳。」

他的語音帶著一抹嘶啞，兩人彼此的呼吸也都粗重起來，他和她耳鬢廝磨，兩人相互摩挲著彼此的臉龐，都能感覺到他們的臉異常的火燙。隨後，無憂的唇率先碰到了他的，並且主動地與之糾纏。感受到她的熱情，他便再也控制不住自己的情感和渴望，隨後化被動為主動，狠狠地啃咬著她那柔軟的唇瓣，細滑的脖頸……

燭光搖曳，一片雲兒遮住了一輪新月，夜色旖旎，床幔下是一對彼此都無比熱情的愛人，正用自己的方式宣洩他們對彼此的愛意……

翌日，無憂自然是又賴床了，直到日上三竿，她才起來。坐在梳妝檯前，玉竹幫無憂梳頭，無憂看到銅鏡中的自己睡眼惺忪的，想想昨夜他的熱情，她的嘴角就忍不住扯了一扯，不過還是忍著沒有笑出來，怕玉竹見了笑話自己。

這時候，春蘭忽然走進來，站在一旁道：「二奶奶，旺兒一早便過來了，因為您還睡著，所以一直都在外面候著呢！」

無憂道：「趕快讓他進來。」

「是。」春蘭說完便退下去。

不多時，春蘭帶著旺兒走進來，旺兒行禮道：「旺兒給二小姐請安。」

看了旺兒一眼，似乎神情有些急切，見狀，無憂對春蘭和玉竹揮了揮手，道：「都下去吧！」

一時間，房間裡只剩下無憂和旺兒。旺兒才上前回道：「二小姐，小的今兒一早就去您說的這家客棧找那位段公子，可是店老闆說段公子昨兒就已經退房了。」

無憂一怔，便問：「那連他手下的人也走了嗎？」

「是。」旺兒點頭道。

「可留下什麼口信沒有？」無憂繼續追問。

「沒有。小的問了店老闆，說是什麼也沒說就走了。」旺兒回答道。

聞言，無憂站起來，在房間裡來回走動兩趟，心想——段高存這麼快就走了？他去哪裡了？是回大理，還是去城外和那些駝隊會合？看來他一定是去城外和駝隊會合了吧？按照常理，他不可能一個口信都不告訴自己就回大理呀！想到這裡，無憂轉頭吩咐旺兒：「你趕快去城外看看有沒有一支從大理來的駝隊，如果有的話，段公子應該在那裡。如果沒有，找到一個叫千夜的人，也可以把我的信交給他。」

「是，小的這就去。」旺兒聽了吩咐，趕緊去了。

打發旺兒走後，無憂不知怎的總是坐立不安。由於她剛回來，來探訪的人不少，需要她打理和過問的事情也很多，時間過得很快，不過她彷彿都心不在焉，直到傍晚時分，旺兒才又進來回話。

「怎麼樣？找到沒有？」屏退了左右，無憂望著風塵僕僕走進來的旺兒急切地問。

只見旺兒的神色有些深沈，搖了搖頭，道：「城外是有幾隊駝隊，可是並沒有從大理來的，更沒有段公子，就是您說的那個叫千夜的人也沒有。」

聽到這話，無憂擰了眉頭，心想——難不成段高存真的是不辭而別了？他怎麼連一個口信都不留給自己呢？

看到主子有些失望，旺兒道：「二小姐，段公子是不是回大理去了？」

「也許吧！只是怎麼連個口信都不留給我？」雖然無憂對段高存始終沒有男女之情，但到底也算是義結金蘭的兄妹，而且說實話這大半年來她也多虧他的照顧，這千里送行的情誼還是很讓人感動的。她本想親自去城外送他一程，可惜也不能夠了。

見無憂有些失落，旺兒勸道：「二小姐，也許段公子有急事來不及告訴您，便回大理去了。再說您畢竟是在這深宅裡，段公子也是怕給您添麻煩吧？」

無憂也只能這樣認為，點了點頭，說：「也許吧！」

隨後，旺兒把無憂給他的那封信遞過來，道：「二小姐，這封信……」

「給我，你下去吧！」無憂伸手接過旺兒手中的信封。

「是。」旺兒便退下去。

旺兒走後，無憂望著手裡的信封發了一會兒呆，腦海中不禁想起了在大理的那段日子。

晚間，沈鈞又派人回來說大營裡有事，不回來吃飯了。百無聊賴的無憂只好自己胡亂吃了一點，然後坐在燭火下等沈鈞，這一等，就等到了快二更天的時候。

「二爺回來了。」直到外面有人喊了一聲，已經有些睏意的無憂才睜大眼睛。隨後，只聽房門吱呀一聲從外面推開，一身黑袍的沈鈞走進來。

一看到無憂，沈鈞不由得眉頭一皺，問：「這麼晚了，怎麼還沒睡？」

這時候，無憂已經起身走過來，道：「你不回來，我怎麼睡得著？對了，怎麼又這麼晚啊？」

聽到這話，沈鈞怔了一下，然後回答：「喔，大營裡有些事需要處理。」

見沈鈞似乎有些倦色，無憂體貼地道：「你肯定也累了，趕快清洗一下歇息吧？」

「嗯。」沈鈞點點頭，大概是真的累了，轉身一邊解袍子的盤扣一邊往床鋪的方向走去。這方，無憂趕緊叫外面的人打熱水進來伺候。

沈鈞把身上的袍子脫下來，往一旁的椅子上扔，眼光不經意地瞥到梳妝檯上的信封，不由得皺了眉頭。

無憂走過來，看到沈鈞疑惑的眼神，循著他的目光往梳妝檯上一看，只見他是看到了她給段高存寫的那封信，不由得笑道：「那是我給段高存的信，我已經回府兩日了，想跟他報個平安，並且催促他趕快回大理去。畢竟他是大理國世子，在咱們大齊的京城逗留實在不妥，這要是讓有心人知道了，也許會栽贓咱們叛國之罪，再說對段高存來說也是不安全的。」

聽到這話，沈鈞點了點頭，說：「妳想得很周到。」

聞言，無憂卻皺了眉頭，說：「只是旺兒並沒有找到人，說是城外也找了，也不見他們，大概已經回大理去了，只是怎麼也不給我個口信就走了呢？」

沈鈞遲疑了一下，說：「大概他也不想給妳添麻煩吧！」

「大概是吧！」無憂只得道。

這時候，春蘭端著熱水走了進來，見狀，無憂伸手接過了她手中的臉盆，道：「給我吧！」

見無憂要伺候沈鈞洗腳，春蘭趕緊道：「還是讓奴婢來吧！」

「不用了，妳休息去吧！」無憂執意接過春蘭手中的臉盆。

「是。」見無憂堅持，春蘭也就退下去，並關閉了房門。

房門緊閉後，無憂笑著把水盆放在床邊的小腳踏上，然後弄濕毛巾，擰乾後雙手遞給坐在床邊的沈鈞，說：「擦擦臉吧！」

「嗯。」沈鈞接過無憂手中的毛巾，擦了把臉。無憂便蹲下來親自為他脫下靴子，又要給他脫襪子。這時候，沈鈞卻把手中的毛巾往旁邊小几上一放，伸手握住無憂的手，道：「妳歇息一下，我自己來就好了。」

無憂仰頭笑道：「我在家裡又不累，你在外面累了一天，讓我來伺候伺候你吧！」說罷，推開他的手，為他脫去了襪子，把他的雙腳放進了溫熱的水盆裡，兩隻柔軟的手為他搓洗著。

此刻，沈鈞感覺自己的腳底迅速升騰起一股溫熱的感覺，一天的疲乏也緩緩地散去，然後他閉目養神。抬頭望望他那舒適的神情，無憂抿嘴一笑，繼續為他搓洗著雙腳。雖然自己在伺候他，但是她感覺這才是一個妻子應該做的，而且自己也感覺異常幸福，因為畢竟有一個人她願意為之付出，她的心一直都牽掛在這個人的身上。

不久後，水盆裡的水涼了，無憂拿了條乾毛巾把他的腳擦乾後，沈鈞便轉身躺在床上。

無憂彎腰把水盆端出去，待到她回來的時候，反手關上房門，朝床鋪的方向看一眼。只見沈鈞已經閉上眼睛，呼吸也勻稱了，好像是睡著了，可能是累了吧？

無憂抿嘴一笑，走到燭火前，低頭吹滅了蠟燭，房間裡一片黑暗，隨後眼睛才適應了黑夜中的微光。好在外面柔和的月色透過窗子射進屋子來，讓她能大致看清楚屋內的家具。隨後，她輕輕地走到床前，伸手放下床幔，然後脫掉鞋子，上了床鋪，鑽進溫暖的被窩。剛剛閉上眼睛，不想腰間便有一隻手臂伸了過來，攬住她的腰身。

「我以為你睡著了呢！」無憂輕輕一笑。

「沒有妳在身旁，我怎麼睡得著？」她的耳邊響起了他那低沈好聽的聲音。

無憂轉頭望著他那刀削般的臉龐，調皮地問：「我都大半年不在你身邊，你豈不是都不睡覺了？」

沈鈞並沒有睜開眼睛，只是挑了一下眉頭，說：「不睡著不可能，不過真是沒有睡過一個好覺就是了。」說罷，把她緊緊地攬在懷裡。

聽了他的話，無憂心中迅速升騰起一抹心有靈犀的感覺，這大半年來她又何曾好好地睡過一覺？哪一次不是想著他才睡著的，而且每一次的夢裡也都有他的身影。躺在他的臂彎裡，無憂幽幽地道：「我又何曾睡過一次踏實的？每次都是伴著你的回憶成眠，而且每個夢裡都有你。」

沈鈞心中一動，便把自己的臉埋在她的頸子間，貪戀地嗅著她身上的清香，一雙大手也開始不老實地在她的身上亂摸。雖然已經很疲憊，但他仍然忍不住想要繼續纏綿。而她，則是從溫柔地順從到積極地回應，又到主動地迎合……

這日一早，無憂坐在梳妝檯前由玉竹梳理著頭髮，只見春蘭急匆匆地跑進來，從衣袖中掏出一只白色的玉環，道：「奶奶，剛剛曹姨娘過來，塞給奴婢這個，說是讓奴婢親自交給奶奶。」

無憂伸手接過那玉環，只見這玉晶瑩通透，很眼熟的樣子，尤其是玉環下面繫著的紅色瓔珞，很有些異域風情。忽然，她想起這應該是屬於大理白族的東西。

曹姨娘？忽然眼前閃現曹姨娘的臉龐。那曹姨娘身上確實有些大理白族姑娘的神韻，如果不是在大理待過這大半年，她是萬萬不會有這種感覺的。心中突然就對曹姨娘起了疑心，難道……段高存安插在沈家的細作就是曹姨娘？

無憂便問春蘭：「她還說了什麼？」

「曹姨娘只說讓您務必趕快去她屋裡一趟，說是有要事相商。」春蘭回答。

無憂沈默了一刻，然後吩咐春蘭和玉竹不要向任何人提起這件事，隨後她獨自一人去了曹姨娘的院落。

剛進了曹姨娘居住的院子，就看到曹姨娘親自迎了出來。「給二奶奶請安。」

「免了。」無憂笑道。

「應該去看二奶奶的，二奶奶倒是先來了，趕快進屋裡說話。」曹姨娘故意客套了兩句，便趕緊把無憂請進屋子。

無憂進了屋子，曹姨娘就跟進來，關上房門後，撲通一聲跪在無憂的面前。

無憂見狀，擰著眉頭問：「妳這是做什麼？」

曹姨娘馬上回答：「二奶奶，其實妾身本名叫霧花，是大理白族人，世子爺是妾身的主人，十幾年前妾身就被主人送到大齊，並在幾年前被安排進入沈家。」

無憂雖然驚訝，但也在她的意料之中，看來她剛才的懷疑都是真的。

「這個東西妳是哪裡來的？」無憂從衣袖中拿出那個玉環。

曹姨娘並沒有回答這個問題，而是道：「二奶奶，有一個人想見妳，見到了她，妳就全明白了。」

無憂不禁疑惑地問：「誰要見我？」

「我。」還沒等曹姨娘回答，無憂只聽到背後有一個女音響起。

無憂一個轉身，只看到她的面前站著一位大概二十五、六歲，身材高䠷，膚色很白皙的美婦人。她身上雖然穿著大齊式樣的衣服，但是無憂跟白族在一起有一段時間，她能感覺得出這個女人應該也是大理人。她的身上散發著一股雍容華貴與精明幹練，一看就不是普通婦人。下一刻，無憂問：「妳是……」

「我叫刀娜燕。」那美婦人回答道。

聽到這個名字，無憂不禁擰了眉頭。姓刀？這個姓應該是大理人沒錯。而且在大理除了段氏以外，刀氏可是第二尊貴的姓氏，段氏的歷代後族也大多出自於刀氏。後族？想起這兩個字，無憂的腦海中不禁蹦出一個念頭，難道她是……

正在這時候，那位氣質華貴的婦人便上前撲通一聲跪倒在地上，急切地道：「薛姑娘，我求妳一定要救救世子爺。」

無憂一驚，便上前想扶她起來。「妳有什麼話，起來再說。」

「不！妳要是不答應，我就不起來。」娜燕的態度十分堅決。

看到她很堅決，無憂只好退後一步，說：「我連妳是誰都不知道，妳讓我怎麼救人？再說我也不知道世子他到底出了什麼狀況。」

這時候，曹姨娘上前道：「世子妃，薛姑娘是個有情有義的人，她一定會幫忙救世子爺的，您還是快起來說話吧！」

忽然聽到曹姨娘的話，無憂不禁一怔。雖然心中剛才有所懷疑，但聽到眼前這位華貴婦人竟然是世子妃的時候，她還是有些意外，便凝視著娜燕道：「妳就是大理世子妃？」

這時曹姨娘已經把娜燕扶了起來，並且轉身走到臥室的外面守著。隨後，娜燕眼圈有些紅地對無憂點頭道：「我就是大理世子妃刀娜燕，這次世子爺送薛姑娘回大齊，我心中很是忐忑，有些不放心，便尾隨而來。薛姑娘回到沈家之後，我和世子爺就準備回程，世子爺為了安全起見，讓我住在城外，他和千夜以及兩個侍衛住在城內，可是不想第二天一早便有個世子爺的侍衛負傷跑出城外找我，說是……世子爺出事了。」說到這裡的時候，一向潑辣堅強的娜燕已經泣不成聲。

無憂蹙著眉頭問：「世子爺到底出什麼事了？」此刻，無憂的心裡很焦急，因為段高存的身分特殊，難道大齊已經有人發現段高存來到京都？

娜燕用手絹擦一把眼淚，然後回答：「那個侍衛說前一天夜裡來了許多穿黑衣的高手把客棧團團圍住，雖然世子爺和千夜武藝高強，但究竟寡不敵眾，世子爺和千夜還是被那群人劫走了，只有那個侍衛身負重傷僥倖逃脫出來。」

聞言，無憂急切地問：「知不知道是什麼人幹的？」

「還沒弄清楚。」娜燕搖頭道。

聽到這話，無憂的眉宇蹙得更緊了，低頭想了一下，又問：「世子爺來大齊的行蹤是不是暴露了？」

「除了我們這些人，沒有其他人知道啊。對了，那個僥倖逃脫出來的侍衛偷偷聽到那群黑衣人中，有人叫了一聲什麼……沈……沈言？大概是一個人的名字。竟然有一個姓沈的人，薛姑娘，妳的婆家也姓沈，難道是……」娜燕疑惑地盯著無憂看。

無憂聽到這話，心中也是一慌。沈言？難道這件事是沈鈞做的？雖然有些震驚，但無憂這個時候大概已經能夠肯定這件事八成是沈鈞做的，因為沈言是沈鈞身邊最得力的人，和沈鈞也是形影不離，而且段高存來大齊的事情她也只和沈鈞說過，難道是他留了心？

看到無憂沈默不語的樣子，娜燕便問：「薛姑娘，妳可是想到什麼眉目？」

無憂抬頭說：「這件事我還拿不準，等我回去好好想想再決定怎麼辦。」

「薛姑娘，妳可要趕快想辦法，時間久了，世子爺會有危險的。」娜燕十分焦急地道。

無憂點頭道：「我明白，妳們在京城內應該也還有眼線，也要儘量地繼續查訪。我這裡一有消息，會立即通知妳們。」

聽到無憂的話，娜燕趕緊點頭道：「謝謝妳，薛姑娘。」

「世子對我也算有恩情，而且他還是我的結義大哥，我一定會盡力去營救的。」無憂道。

「嗯。」娜燕點了點頭。

隨後，無憂走出了曹姨娘的房間，出了院子後，望著花園裡的綠柳紅花，心中早已經亂了。照剛才那世子妃的說法，劫持段高存的人肯定是沈鈞的人，她萬萬沒有想到沈鈞會瞞著她這樣做。無憂不由得氣惱了起來，心中更為段高存的安危擔憂。畢竟段高存的身分特殊，這件事不知道沈鈞有沒有稟告當今聖上，如果當今聖上知道了，這件事就是關係著兩國邦交的大事。近年來大理和大齊的邊境時有磨擦，兩國軍隊都蠢蠢欲動，當今聖上若知道了這件事將會如何處置段高存？想到這裡，無憂再也冷靜不下來，趕緊朝自己居住的院子快步走去。

回到自己的院子，看到春蘭，無憂吩咐道：「趕快把百合給我叫來。」

「是。」看到無憂的臉色不好，春蘭不敢怠慢，趕緊去了。

「等等。」無憂立刻又叫住了她，春蘭只得又折回來，無憂又囑咐了一句。「妳悄悄地跟百合說，不要讓別人知道。」

「是。」春蘭知道有緣故了，也不敢多問，便趕緊去了。

無憂進屋子後，也坐不住，在屋子裡來回走了好多趟，不時伸長脖子望望外邊，看看百合來了沒有。

不多時，百合跟著春蘭進了院子，外面立刻就傳來春蘭的喊聲。「奶奶，百合來了。」聽到這話，無憂轉頭一望，只見百合撩開簾子走進來，福了福身子，道：「百合給二奶奶請安。」

「快起來，進來說話。」無憂說完，轉身進自己的臥室。

百合趕緊跟進來，看到無憂的臉色有些焦急，不解地問：「奶奶這麼急著叫百合來有什麼事吩咐？」

無憂朝外面望了望，見四下無人，便拉過百合低聲問道：「這幾日沈言可曾回家？」

聞言，百合想了一下，回答：「雖然每次回來都很晚，但到底也是每天夜裡都回來的，只是白日裡卻連個人影都不見，也不知道究竟在忙什麼，我問了兩句，只說二爺有事吩咐他去辦。」

聽了百合的話，無憂擰了下眉頭，心想——看來沈言和沈鈞一定都在忙那件事了，隨後便道：「我有一件重要的事情要讓妳去辦。」

看到無憂說得鄭重，百合趕緊道：「奶奶有什麼事儘管吩咐，只要百合能夠幫得上，肯定是在所不辭。」

無憂便在百合的耳邊耳語了幾句，百合認真地聽完之後，趕緊點了點頭，道：「奶奶放心，沈言有事從來都不瞞我，我肯定能問出來。對了，沈言的母親今兒早上不舒服，沈言說晌午會回來看看，我這就回去堵他。」

「嗯。」無憂點點頭。百合便趕緊回去了。

百合走後，無憂緩緩地坐在椅子上，感覺異常疲憊，心中還是有些疑惑和懷疑，她逃避地想，這件事也許不是沈鈞做的，她有些無法接受沈鈞會背著她做出這樣的事。她伸手捏了捏自己的眉宇，感覺身心俱疲。

大概過了兩個時辰，百合急急忙忙地又回來了。無憂趕緊迎上去，問道：「怎麼樣？」

百合馬上低聲回答：「奶奶猜得沒錯，那個大理世子果真就是咱們二爺帶著好幾個武藝高強的人劫持的。剛才我問沈言，他起初還不承認，我急了，他才告訴我的，而且囑咐我說這事千萬不能告訴您，這件事可是二爺瞞著您做的。」

聽到這話，無憂遲疑了一下，心中有種說不出的苦澀，沈鈞果真背著自己做出了這樣的事。本來她是很信任他，便毫無保留地把事情都原原本本地告訴了他，沒想到他卻如此辜負了自己的信任，連和自己商量一下都沒有。是她不該把段高存的行蹤告訴沈鈞的，沒想到自己竟連累了段高存。
見無憂半天不言語，百合便問：「奶奶，這到底要怎麼辦？那大理世子會不會有危險啊？我悄悄問了沈言，二爺會怎麼處置那大理世子，沈言說二爺還在猶豫，據說二爺還沒有稟告聖上呢，大概也是怕二奶奶到時候怪他吧！」
無憂想了一下，對百合道：「今兒晚上妳務必從沈言口中問出世子究竟被關在哪裡，問出來後，馬上過來回我。」
「知道了。」百合點了點頭道。
百合走後，無憂沈思了良久，從首飾盒裡拿出很久之前姊姊交給自己的那個白玉扳指，望著那白玉扳指，她坐了很久很久，直到夜幕降臨。

第六十九章

屋內剛剛掌燈，外面忽然傳來春蘭的聲音。「二爺回來了。」無憂趕緊把手中的白玉扳指收起來，起身往外走了兩步，這時候，仍舊一身黑袍的沈鈞已經走進來。

看到無憂，沈鈞眼前一亮。因為今日無憂身上的衣服顏色他還真是很少見到，且髮式也很新鮮別致，以往她的外表打扮都是清雅的，今日這般靚麗卻是少有，倒也覺得更有一番可愛的氣質。

此刻，無憂也打量了沈鈞一眼，看到他，她真的有種忍不住想要質問他的衝動，但她還是要忍耐住，絕對不能問出半個字，更不能流露出自己半點已經知道是他劫持了段高存的情緒。因為她知道沈鈞是做事很堅定的人，他既然不想告訴自己這樣做，那麼他就不會輕易改變主意。她現在只能暗中想辦法營救，雖然她也想知道如果自己要求，他是否會改變主意，但她終究還是不想拿段高存的生命開玩笑。下一刻，她微微笑道：「今兒軍營裡不忙嗎？怎麼回來得這樣早？」

聽到無憂的話，沈鈞忍不住上前握住她的雙肩，回答：「想早點回來陪妳，還嫌我回來得太早嗎？」

此刻，他的眼眸深深地望著自己，仍然如同這幾天來一樣帶著灼熱的光芒。如果是以前，她會很受用這抹光芒，因為他看別人的時候是沒有這抹光芒的，她在他的心目中是獨一無二的，可是現在她卻對這抹光芒有了懷疑，他們曾經約定過這一生都會坦然地面對彼此，他們是夫妻，更是彼此相愛的人，他們之間不會有任何的秘密。現在他竟然瞞著自己做出了這樣的事情，無憂感覺他已經辜負了自己對他的信任。雖然她想伸手推開他握住自己肩膀的手，但是她仍然要忍住。隨即，便回視著他道：「是你這幾日一直都回來得晚，我以為你今晚又有事呢！」

沈鈞鬆開了握住無憂肩膀的手，轉頭走到書案前，手指摩挲著筆架上的毛筆，背對著無憂道：「大營裡的事情很雜亂，要說有事每天也有十幾、二十件，大概也是忙不完的。今兒很想妳，便想著回來陪妳吃晚飯了。」

無憂望著他的後背，發現他好像不太敢面對自己的眼光。隨後，她轉頭對外面喊道：「春蘭。」

「奶奶有何吩咐？」下一刻，春蘭在竹簾外面應答了。

「晚飯好了沒有？」無憂問道。

「廚房的人剛剛送來，奴婢正想問擺不擺飯呢！」春蘭在外面道。

「擺吧！」無憂道。

「是。」春蘭應了一聲後，竹簾便撩開來，就有兩個小丫頭抬著食盒走進來，春蘭和玉竹趕緊幫忙擺飯。

一刻後，飯菜都擺滿了桌子，沈鈞和無憂也坐在飯桌前。無憂掃了一眼飯桌上只有飯菜，並沒有酒，便對春蘭道：「拿一罈酒來。」

「是。」春蘭應聲後趕緊去了。

沈鈞笑道：「我今晚還真想喝兩杯了。」

無憂則反問道：「你前兩日都沒有喝酒嗎？」

沈鈞望著無憂道：「沒怎麼喝啊。」

「怎麼你派回來的人說你前幾日都去會朋友了，難道和朋友吃飯沒有喝酒嗎？」無憂盯著沈鈞問。

聽到這話，沈鈞怔了一下，然後馬上道：「有多日不見的朋友，只是喝了兩杯，都在談話而已。」

聞言，無憂扯了扯嘴角，點頭道：「這樣啊，那你今晚就多喝兩杯吧！」

「有夫人相陪，自然是要多喝兩杯的。」沈鈞的笑意中似乎有些訕訕的，在極力掩飾著自己的不自在。

沈鈞的表情都落在無憂的眼中，她並沒有多言，而是拿起筷子挾了一口菜放在沈鈞面前的碟子裡，說了一句一語雙關的話。「你這幾日辛苦了，多吃一點。」

「妳也多吃一點。」沈鈞也給無憂挾了一口菜。

隨後，春蘭抱著一罈酒走進來，給無憂和沈鈞分別倒了一杯，兩人便有一搭沒一搭地喝了起來。總之，氣氛並不是十分熱烈，無憂一直都是淡淡的，沈鈞似乎也有些熱情不起來了。一頓飯的工夫大概有半個時辰就吃完了，隨後春蘭和玉竹便端著水盆進來為他們夫妻兩個洗漱。

洗漱過後，也到了一更天，無憂感覺沒什麼意思，便寬衣上床，畢竟心裡也是有些著急段高存的事情，也不知道今晚百合到底能不能問出他被關在哪裡？萬一百合問不出來，她就得趕快做其他打算，畢竟這件事情不能再拖了，要是拖到沈鈞稟告了聖上，到時候事情就更加難辦了。

不多時，房間的燭火被吹滅了，一陣衣衫窸窣的聲音後，無憂感覺沈鈞鑽進了自己的被窩，隨後有一隻手臂輕輕地把她攬進懷裡。無憂此時心裡正在盤算著事情，並沒有像以往一樣迎合他。感覺她的身子有些僵硬，背後的沈鈞便上前輕輕地吻著她的脖頸，一雙手也在她的身上遊走。此刻，無憂心裡正亂著，況且還在氣惱著他，便不耐煩地推開了他的手。

「別……」

看到她很是抵觸自己的親近，沈鈞眉頭一皺，在她耳邊問道：「怎麼了？」他們剛剛相聚，這幾日每晚都是小別勝新婚。雖然他回來得晚，但這親近之事也都是樂此不疲，甚至每晚都要有個兩次、三次才算完事，而且每次她也表現得很積極，今兒是怎麼了？

聽到背後人的話，無憂遲疑了一下，只好道：「有些累了。」

沈鈞趕緊體貼地道：「怎麼了？今兒事情多？」

「喔，沒什麼，都是一些閒事，大概是這幾日來訪的人多了點。」無憂道。

聞言，沈鈞拍了拍無憂的肩膀，體貼地道：「那就早點休息，好好睡一覺就好。」

「嗯。」無憂點了點頭，便閉上眼睛。

隨後，背後的人也不言語了，不過一隻手臂仍舊攬著她的腰身。無憂雖然身體沒有再動，但心中卻仍舊惦記著段高存的事情。

清晨時分，無憂聽到沈鈞起床的聲音，她知道他還是有清晨去後院練功的習慣，便裝作繼續睡著，並沒有動作。沈鈞也以為無憂睡著，所以輕手輕腳地怕吵醒了她，隨後輕輕地開門又關門走了出去。

沈鈞走後，無憂立刻就睜開眼眸，看看外面天色已經漸漸亮了，不禁想著百合事情不知道辦得怎麼樣了？

咚咚……

正在這時，外面忽然響起輕輕的敲門聲。

「誰？」無憂朝外面喊了一聲。

「奶奶，是我，白合。」外面的人聲音很小，好像生怕被人聽到似的。

聽到是百合，無憂趕緊披了一件衣服下床，跑到門前打開房門，朝外面看了一眼，見四下還無人起來，便把白合拉進來，關閉了房門。

「妳怎麼這麼早就來了？」無憂蹙著眉頭低聲問。

「那大理世子的事我已經全部……都問出來了，沈言前腳一走，我就趕過來給奶奶報信了。」百合氣喘吁吁地道。

無憂馬上問：「現在大理世子被關在哪裡？」

「就在城外二爺的大營裡，這事除了二爺的幾個生死弟兄，沒有其他人知道。」百合回答。

聽到這話，無憂擰著眉頭想了一下，又問：「妳剛才進來可有人看到妳？」

「我是從側門進來的，只有一個看門的老婆子給我開門，園子角的側門幾乎一天也沒有幾個人進來。」百合趕緊道。

無憂點頭說：「那就好，這件事咱們今兒就得行動了。」

「奶奶說怎麼辦，百合一定配合。」百合趕緊說。

「恐怕沒有沈言的幫忙，咱們是辦不成這事的。」說到這裡，無憂不禁擰了眉頭。因為沈言可是沈鈞的左膀右臂，可以說從小就跟著沈鈞，他們之間的感情就跟自己和連翹一樣，讓沈言背著沈鈞來幫自己，那簡直就有些不可能了。

看到無憂為難的樣子，百合說：「奶奶放心，百合一定會說服沈言幫奶奶的。」

「這不是妳說服不說服的問題，沈言自小就跟著二爺，他們之間的感情太深厚了，讓他背叛二爺大概比要了他的命還難。」無憂蹙著眉頭道。

百合卻道：「吃裡扒外背叛二爺的事情沈言當然不會做，就是百合也不許他那樣做。可是現在事情不一樣，因為這件事可會影響奶奶和二爺的夫妻和睦，沈言是在幫您和二爺呢，既不是背叛二爺，更算不上吃裡扒外了。我想只要我和他好好說，就說這件事如果不照我說的辦，二爺和二奶奶恐怕會夫妻不睦，我想沈言肯定會幫咱們的。沈言又不是不知道二奶奶您在二爺心裡的地位，沈言跟我說二奶奶您不在的這大半年，二爺可是跟丟了魂似的，吃也吃不好，睡也睡不香，沈言是跟在二爺身邊的人，難道他還不明白自己的主子是什麼樣的人？難道他想讓主子不開心嗎？」

聽了百合的話，無憂心想——百合說的也很有道理，畢竟這件事真的關係著她和沈鈞和睦與否。雖然她也知道如果她偷偷把段高存放走，她和沈鈞還有一場彆扭要鬧，但是如果段高存有什麼閃失，她這一生真的都不會安心的，她和沈鈞之間也不知道會走到什麼地步，也許就讓百合試一試，畢竟現在她也沒有任何別的辦法。隨後，無憂貼著百合的耳邊耳語了幾句。「妳如此……」

聽完了無憂的吩咐，百合點頭道：「奶奶放心，百合一定盡全力說服沈言。」

「嗯，妳記著，如果說服了沈言，就按照我剛才對妳說的行事；如果沒有說服，妳就按照我說的第二套計劃行事。」無憂囑咐道。

「知道了。」百合點頭道。

「妳趕快回去辦吧！」無憂繼續囑咐著。

「是。」百合趕緊走了。

百合走了之後，無憂愣了一下神，然後趕緊穿衣梳洗。大概是聽到房裡有動靜，玉竹和春蘭端著洗臉水過來了。無憂快速地梳洗好之後，吩咐春蘭和玉竹道：「我去給老夫人請安，一會兒二爺回來先別讓他走，讓他等我一起用早飯。」

「是。」春蘭和玉竹趕緊應聲。

隨後，無憂便出了門。出了院子後，徑直朝老夫人的院落方向走去，不過在快到老夫人院子前的時候，卻是一個閃身，朝曹姨娘的院落走。去到曹姨娘處，她也早已經起來了，大概也是在等無憂這邊的消息吧！無憂快速地跟曹姨娘說了自己的計劃，讓她趕快去給世子妃報信，然後趕緊走了。去沈老夫人的住處請安，寒暄了幾句後，怕沈鈞等自己太久，又趕緊往回趕。

回到自己的屋子後，無憂看到早飯已經擺放在桌上，沈鈞也剛剛梳洗完，又換了件黑色鑲金邊的袍子，轉身看到無憂進來，便問：「老夫人可起來了？」

無憂回答：「起來了，正在梳洗呢！」

沈鈞便道：「這幾日早出晚歸，也沒有去老夫人處，可曾問到我了？」

「問了兩句，我說你軍營裡有事，老夫人便說這大半年你都沒怎麼做事，真是有愧於皇恩浩蕩，所以讓我轉告你，她現在好得很，讓你專心忙公事就好。」無憂說。

「母親還是很體諒我的。」說罷，沈鈞轉頭道：「早飯都要涼了，趕快吃吧！」

「好。」無憂點點頭，和沈鈞一同坐下來。

吃早飯的時候，無憂忽然抬頭，道：「今兒你可有重要的事要辦？」

沈鈞怔了一下，回答：「也沒什麼重要的事。有事？」

「不如你今日就不要去軍營，留下來陪我可好？」無憂忽然微笑地望著沈鈞說。

聽了這話，沈鈞遲疑了一下，便笑道：「都是我的不對，妳剛回來，我是應該多陪陪妳才是，今日我就留下來陪著妳，妳說咱們去哪裡就去哪裡，好不好？」沈鈞伸手握住了無憂的手。

感覺自己的手背一暖，無憂低頭掃了一眼沈鈞握住自己的手，然後抬頭道：「那你陪我去城外看看？在大理的時候我的馬術是很有長進的，不如咱們一起騎馬出去？」

沈鈞便點了點頭，說：「好，都聽妳的。」

「快吃吧！」無憂說了一句。

「嗯。」沈鈞點了點頭。

早飯後，二人便騎馬出了沈家大門。首先是在城內奔跑，由於街道上人不少，所以馬兒只是慢跑。待到出了城門後，人便減少許多，無憂便狠狠地抽打幾下馬屁股，馬兒便快速地奔跑在兩邊都是林子的道路上。騎術經過這大半年的鍛鍊自然是精進不少，清風拂面，耳邊的風聲呼呼的，無憂故意自顧自地在前面跑，不理會後面跟著的沈鈞。

此刻的沈鈞緊緊跟在無憂的身後，他以前就知道無憂的騎術，生怕她會出什麼狀況。不過這次，沈鈞已經漸漸地見識到無憂的騎術果真是不能和當日同日而語了，現在她的騎術比一般大齊的男子都要嫻熟，當然心中也有些不舒服起來，因為傻子也能想明白這是為什麼。看來在大理的那段日子，她應該過得很愜意吧？說實話，他是相信無憂的為人，但對於段高存那個人，沈鈞的心裡還是懷著深深的妒忌和恨意，畢竟是他的人劫持了無憂，更是他扣留無憂長達大半年之久，更重要的是彷彿無憂並不討厭他。

在樹林裡馳騁了好一會兒後，無憂便勒住韁繩，馬兒緩緩地停下來，小步小步地往前走著。隨後，沈鈞也跟上來。雖然現在無憂的騎術是大有長進，但是想要達到沈鈞在戰馬上的那種程度，還是差距很大。沈鈞只是默默地在她的身後跟著，生怕她會一個不小心掉下來，不過現在看來，彷彿是他多慮了。

兩匹馬兒緩緩地齊頭並進，沈鈞望著前方道：「妳的騎術果真是精進了不少，看來在大理的時候應該是常常練習吧？」

無憂轉頭一看沈鈞，他的臉上似乎有些僵硬，知道他心裡也是介意的。雖然她心中氣惱，但是也不想今日惹煩了他，便說：「大理人大多都是少數民族，而且好多人都是以遊獵和蓄養牲畜為業，自然騎術都很好，我入鄉隨俗也難免學了一點。」

可是，無憂用的這個詞卻馬上引起了沈鈞的不快，轉頭望著無憂重複了一句。「入鄉隨俗？」

無憂知道他是多想了，便直接問道：「我只是隨便用一個詞而已，你好像很介意？」

沈鈞轉頭望著前方，說：「我沒有。」

聽到他的否認，無憂繼續說：「介不介意我能看得出來。我以為你是懂我的，也是信任我的，所以才把在大理的一切都告訴你。可是好像我想錯了，你還是介意的，對嗎？」

聞言，沈鈞在馬背上坐了好一刻，才道：「我當然知道妳是信任我的，妳知道我介意的並不是那些形勢所逼，也不是妳有什麼遭遇，我介意的是妳心裡是否還只有我一個人。」

聽到如此懷疑的話，無憂忍不住聲調也提高一些。「你這話是什麼意思？除了你以外，我心裡還有誰？還能有誰？如果我有任何別的想法，我會歷經千辛萬苦再回到千里迢迢的大齊嗎？」無憂萬萬沒有想到沈鈞竟然對自己對他的感情也產生了懷疑，她以為他只是嫉恨段高存扣留自己這麼久而已。

無憂的話讓沈鈞臉色一凜，其實他是很信任無憂的，更相信他們之間的感情，可他畢竟是個男人，他就是控制不住自己對段高存的嫉妒和恨意。沈鈞沈默了良久之後，聲音緩和地道：「對不起。」

對沈鈞的道歉，無憂沒有說話，只是眼睛直視著前方，心裡卻在想——看來她太自信於沈鈞的心胸了，他也是個男人，尤其還是血氣方剛的男人，他怎能忍受得了自己的妻子被別的男人劫走、並且被扣留了長達大半年之久呢？他這次劫持段高存的事情看來也是不可避免的，怪只怪自己還是不應該把事情向他和盤托出，以至於不但給自己增添了煩惱，影響他們之間的感情，更連累了段高存。可是夫妻之間不就是什麼都應該坦誠以告的嗎？這和她的初衷是完全不一樣的。

雖然無憂很不悅，卻不能在這個時候和沈鈞鬧僵，畢竟她還要營救段高存。若她把沈鈞惹火了，說不定他索性將此事稟告聖上，聖上如果要殺段高存，那可是誰也救不了了。下一刻，無憂便聲音柔和地道：「可能是我剛才說話太隨意了，沒有顧及到你的感受。」

聽到這話，沈鈞的心莫名地一軟，然後朝無憂伸出自己的右手。無憂看到他那寬大的手掌，嘴角扯了扯，也伸出自己的左手，然後他的手和她的手在空中相碰，並且緊緊地握在一起。兩匹馬兒緊挨著齊頭並進，兩隻手也緊緊地握著，只是兩人都目視著前方，大概都是各懷心事吧？

等他們回到沈家的時候已經過了晌午，午飯的時間早已過了，丫頭們馬上去廚房吩咐立刻準備酒菜。兩人風塵僕僕地洗漱過後，春蘭便一道菜一道菜地趕緊端上桌，沈鈞和無憂則是對飲起來。無憂的酒量自然不能和沈鈞相比，也就是作陪而已。沈鈞喝一杯，她也就是喝一口。等到飯菜都上桌後，不知不覺中沈鈞喝得已經有些醉意了。

這時候，春蘭端著一碗湯走進來，笑道：「二爺、二奶奶，川貝湯來了，春天這個湯最是潤肺。」說這話的時候，春蘭已經側著身子把湯碗放在八仙桌上，趁沈鈞不注意，對著無憂使了一個眼色。

看到春蘭的暗號，無憂心裡會意，笑道：「還不快給二爺盛一碗？」

「是。」春蘭趕緊拿碗給沈鈞盛了一碗。

無憂則是這個時候站起身，剛走一步，手腕卻馬上被沈鈞握住了，有些醉意的沈鈞抬頭問：「妳做什麼去？」

無憂笑道：「我去小解一下，馬上就回來。讓春蘭伺候你喝湯。」

沈鈞才點了點頭，放開無憂的手腕。無憂便轉頭對春蘭點點頭，春蘭會意地點了下頭，趕緊端了湯過來，笑道：「二爺，您嚐嚐這湯？」

「嗯。」沈鈞沒有什麼防備，接過春蘭手中的湯碗喝了起來。

看到這情景，無憂轉身走出房門，一走出去，就看到玉竹在外邊焦急地等著自己。無憂上前低聲問：「百合來了嗎？」

「來了，正在我房裡等您呢！」玉竹趕緊回答。

無憂趕緊邁步朝玉竹的房間走去，玉竹則在房門外守著，不敢離開寸步。

走進玉竹的房間，已經等候多時的百合看到無憂來了，上前笑道：「奶奶，沈言答應幫咱們了。」

無憂大喜過望，情不自禁地拉著百合的手道：「真的？那真是太好了！」

「起初他還不答應，在我的威逼利誘下勉強答應了。當然，我也說這事其實都是為了二爺好，現在二爺一意孤行，萬一因為這事和二奶奶有了嫌隙，二爺又這麼在意二奶奶，以後二爺難過的時候可是在後頭呢，他便答應了。」百合笑道。

無憂也知道沈言是跟在沈鈞身邊多年的人，心裡畢竟很矛盾，無憂便道：「放心，這件事有任何後果我都會一力承擔，絕對不會讓妳和沈言受到牽連的。」

百合趕緊說：「奶奶這是哪裡話，百合有今日都是拜奶奶所賜，為奶奶赴湯蹈火，百合都是在所不辭的。」

無憂微微一笑，道：「妳和沈言今日的情義我會銘記於心的。」

隨後，百合道：「奶奶，我得趕快回去了。我得看住沈言，萬一他再改變了主意可就糟了。」

「嗯。」無憂點了點頭，百合便退了下去。

等無憂回到房間的時候，只見沈鈞已經趴在桌上睡著了。見狀，一旁的春蘭趕緊走過來，輕聲道：「二爺剛睡著了。」

無憂瞥了一眼八仙桌上的那碗湯水，輕聲道：「我給妳的藥粉，妳放了多少？」

「全放進去了。」春蘭回答。

無憂擰了一下眉頭。今兒一早出去前她給了春蘭一包藥粉，裡面放的是軟筋散和麻藥，可以讓人睡上三日，本想讓她放一半就好，沒想到她全部放進去了。不過這樣也好，他睡的時間越長，段高存也就越安全。隨後，無憂便在春蘭的幫助下扶著沈鈞上了床，幫他脫了外衣後，給他蓋上被子。

坐在床前，無憂望著熟睡中的沈鈞，道：「妳去把我要的東西都準備好，並讓旺兒趕快備馬車，我要出門。」

「是。」春蘭應聲後趕緊去了。

春蘭出去後，房間裡一片寧靜，午後的陽光透過窗紙斜射進屋子，無憂端詳著沈睡的沈鈞，刀削般的臉龐，深刻的五官，不薄不厚的嘴唇，蜜色的皮膚，他真的很有男子之氣，就算在現代也是硬漢形象的帥哥，而且嘴角間的那抹堅毅更加吸引人。她伸手摸著他的臉龐，心中在想——她這次用這種方法放走段高存後，肯定會引起軒然大波，自從成親以後她和他連臉都沒有紅過，這件事還不知道如何收場呢！雖然如此，她還是要不惜一切代價來救段高存。

沒多久後，春蘭輕輕推開房門走進來，輕聲道：「二奶奶，馬車備好了。」

「知道了。」說了一句，無憂又看了一眼躺在床上睡著的沈鈞，便緩緩地起身朝外面走去。

坐在顛簸的馬車上，無憂看到春蘭為她準備的那套武官官服，快速地換上。出門之前她早已通知曹姨娘，讓她一切按計劃行事。

馬車在路過沈言家的時候，早已等候在門口的沈言看到無憂的馬車來了，便趕緊上馬。沈言騎著馬在前面為無憂的馬車帶路，一路朝城門馳去。

大概奔波了半個時辰後，他們來到城外大營的門口前，沈言和穿著一身官服的無憂便大搖大擺地走進軍營。剛進軍營，便有兩個軍官上前道：「言爺來了？咦，今兒怎麼沒看到大將軍啊？」說這話的時候，前面那個軍官朝沈言的身後看了一眼，無憂看到那人的眼光射向自己，趕緊垂下眼簾，說實話，心裡還是有些忐忑的，生怕別人看出她是女扮男裝，不過她也不是第一次女扮男裝，對自己的裝扮還是很有信心的。

沈言瞥了身後的無憂一眼，便道：「大將軍這兩日有些私事，所以不會來軍營了。」

那人道：「好幾日都不來了？這可新鮮，大將軍很少有一日不來軍營的。」

「是啊，言爺，大將軍這幾日有什麼事啊？」另一個人也好奇地道。

此刻，看到那兩人的注意力全被沈言轉移走，無憂便坦然了許多。不過她的女兒身也不是那麼容易讓人看出來，今兒她頭上戴著一頂軍帽，還特意在唇上貼了一些鬍子，平時白皙的臉上也塗了一層灰來掩飾，除了身材瘦小些，跟一般的小夥子沒什麼兩樣。

這時候，沈言哈哈笑道：「這幾日夫人有些不舒服，所以大將軍都會在家裡陪夫人。」

那兩個人都哈哈笑道：「哈哈，咱們大將軍唯獨對夫人是憐香惜玉的。」

「那當然，這幾日你們都警醒著點，大營裡別出什麼亂子。」沈言臨走前囑咐了一句。

「言爺放心。」那兩人趕緊拱手道。

沈言點點頭，帶著無憂在軍營裡七轉八轉，來到軍營的中心地帶，看到一座很大的帳篷，帳篷四周都有重兵把守，一看就知道這裡面肯定有十分重要的人或物。

這時候，沈言頓了頓腳步，轉頭對無憂說：「就是這裡了。」

「嗯。」聽到沈言的話，無憂點了點頭。

沈言走到帳篷前，守門的幾個士兵立刻上前道：「言爺，有什麼吩咐？」

「奉大將軍之命，我是來提取人犯的。」沈言說。

那守門之人往沈言身後看了一眼，說：「就你們兩個人？」

「還要多少人？大將軍已經查清楚了，裡面的人犯的罪責不重，大將軍便讓我來釋放了他們。」沈言道。

聽到沈言的話，那兩個看守的士兵互相對望一眼，道：「大將軍說過這裡面的幾個人犯必須有他的話才可以放……」

聞言，沈言拿出副將的作派來，厲聲道：「你這是什麼意思？難道我會假傳大將軍的話嗎？」

「屬下不敢。」看到沈言有些發火了，那兩個守衛趕緊低頭。

隨後，沈言帶著無憂邁步走進帳篷。

無憂一直都緊跟在沈言身後，進了帳篷之後，只見裡面黑乎乎的，沒有一扇窗戶，裡面都點著手臂粗的白蠟。帳篷很大，四周用鐵棍攔著，彷彿是個籠子般。

沈言從身上拿出鑰匙，進了兩道鐵門，才來到關押段高存和千夜以及兩名護衛的地方。只見他們被綁在十字架上，手上腳上都是手銬和腳鐐，不過身上的衣衫倒還平整，臉上也沒有什麼傷痕，大概是沒有受刑吧？看到段高存和千夜受到這樣的待遇，無憂的心裡也很不好受，畢竟他們也是一國世子和大臣，這對他們來說算是奇恥大辱了。

這時候，段高存看到沈言，大概是沒有注意到一旁的無憂，畢竟她現在是一身男子裝扮，大喊道：「沈鈞呢？讓他趕快放了本世子，要不然我以後讓他好看！」

沈言對段高存說：「世子，今日來見你的是大將軍夫人。」說完，往後面退了一步，露出站在後面的無憂。

無憂轉頭對沈言說了一句。「趕快給世子鬆綁。」

「是。」沈言找來鑰匙打開段高存的腳鐐和手銬。

此刻，段高存眯眼盯著無憂看了好一刻，才恍然大悟，低聲喊了一句。「無憂？」

看到段高存認出自己，無憂笑道：「讓世子受苦了。」

「妳……怎麼這身打扮？」這時候，沈言已經把段高存的手銬和腳鐐打開，他伸手摸了摸自己的手腕，疑惑地問。

無憂笑道：「這中間的事情我一會兒在路上跟你詳細說明，現在我要先帶你們趕快離開這裡。」

這時候，沈言陸續把千夜等人的手銬和腳鐐都打開，無憂交代大家幾句，便由沈言打頭，帶著眾人一一離開。出了帳篷之後，沈言和無憂帶著段高存等人快速地離開大營，幾個人趕緊上了無憂的馬車，沈言在前面騎著馬，馬車在後面緊緊地跟著。馬車內，千夜和兩個侍衛在側邊坐著，無憂和段高存肩並肩在馬車的後面坐著，兩人長話短說地說了幾句。

無憂大概說了一下自己是偷偷地救他，沈鈞並不知情。

段高存蹙著眉頭，擔憂地道：「妳把我們放走了，怎麼向沈鈞交代？」

無憂笑道：「這個你放心，他不會把我怎麼樣的。」

「可是我不想因為我而影響了你們夫妻的感情。」段高存由衷地道。

無憂卻故作輕鬆地說：「你也知道小夫妻都是床頭打架床尾和，我和他撒撒嬌就沒事了。倒是你可是生死攸關的大事，還是趕快離開大齊為好，畢竟你的身分特殊，千萬不要再節外生枝了。對了，世子妃在十里外的官道上等你，你這次被沈鈞扣留，可是把世子妃給急壞了。」

聽了這話，段高存皺了眉頭，看似有些擔心娜燕，問道：「娜燕？她找上妳了？她現在怎麼樣？」

無憂微笑著說：「放心，現在世子妃很好，倒是她這些日子為你的事到處奔走，擔驚受怕，要不是她告訴我，我還真不知道你被沈鈞扣留了。」

聽到娜燕現在很好，段高存鬆了一口氣。隨後，眼神也變得溫柔起來，娜燕這次千里迢迢地尾隨自己而來，真的是很辛苦。而且這次自己被劫持，她又千方百計營救自己，也可謂是患難見真情了。其實多年以來，他尋尋覓覓想得到一個自己心愛的女子，想得到一份相濡以沫不關乎地位和身分的感情，一直都未能如願，誰知其實他想要找的人就在自己身邊。這就是漢人所說的眾裡尋他千百度，驀然回首，那人卻在燈火闌珊處吧？

無憂看了一眼車窗外面，道：「世子妃就在前面等你，我已經為你們準備好快馬和乾糧，你和世子妃以及千夜大人馬上快馬加鞭地離開這裡，兩天之內能走多遠就走多遠，離大理越近你們就越安全。」

聽到無憂已經為他安排妥當，段高存的眼中帶著感激地道：「現在我都不好意思說一個謝字，因為一個謝字實在是太輕了。」

無憂抿嘴一笑，道：「那就不用說了，你千里送行的情義也不是一個謝字可以表達的。再說，你不是我的結義大哥嗎？你我就都不用客氣了。如果今日換作是我有危險，我想你也會不顧一切來營救我的。」

「嗯。」無憂的話讓段高存點了點頭。

隨後，無憂對馬車上的千夜說：「千夜大人，算算日子你回去還能趕上連翹生產，這是我為孩子準備的，麻煩你替我轉交給連翹。」說著，從衣袖中拿出一塊金鎖片遞給千夜。

伸出雙手接過無憂手中的金鎖片，低頭一看，只見那金鎖片的分量很重，而且做工很精細，上面刻著長命百歲的字樣。隨後，千夜便道：「我替連翹多謝薛姑娘了。」

聞言，無憂抿嘴一笑，語氣很重地說了一句。「連翹自小和我一起長大，她是個善良直爽的姑娘，希望你能夠好好地對待她。」

千夜立刻保證道：「薛姑娘請放心，千夜自然會好好對待連翹，她是我這一生最愛的女人。」

聽到這話，無憂笑了笑，說：「最愛還不夠，我希望連翹是你以後生命中唯一愛的女人。」

千夜一笑，然後道：「連翹也對我說過這句話，原來都是受了薛姑娘的教誨。薛姑娘請放心，在嫁給我之前連翹就已經對我提了，這可是她嫁給我的前提條件之一呢！」

馬車上的人都哈哈大笑起來，無憂也笑了，心想——這個連翹還真是得了自己的真傳。也罷，連翹也算是個自立自強的女子，尤其在婚姻上也是不容一粒沙子的，祝福她以後都會過得幸福。

沒多久之後，馬車便緩緩地停下來。馬夫下車，車簾快速地撩開，千夜等人一一下車，最後無憂和段高存才下來。這個時候，道路前，娜燕和她的侍女以及另外兩個護衛已經等候多時了。

段高存一抬眼，看到一身紅衣的娜燕正呆呆地望著自己，他不由得心裡一緊，快步走上前去。這時娜燕已經顧不上許多，飛一般地撲到段高存的懷裡，緊緊地抱住他，哽咽地喊了一聲。「世子爺。」

看到一個女人為自己如此擔憂和緊張，段高存的心彷彿被什麼壓住似的，讓他喘不過氣來，但同時有一種幸福的感覺在心底油然而生。他的手掌拍著她的肩膀，道：「好了，我這不是平安回來了嗎？」

「嗯。」在段高存懷裡的娜燕含淚點了點頭。

此刻，站在不遠處的無憂望著他們二人親密的樣子，心中很高興，心想——段高存和娜燕才是真正的一對。經過這件事之後，他應該會好好地對待娜燕了吧？

千夜看看已經臨近黃昏的天色，趕緊上前低首提醒道：「世子爺，這裡不宜久留，咱們還是趕緊啟程吧！」

聞言，段高存鬆開娜燕的肩膀，轉身走到無憂的跟前，伸手拍拍她的肩膀，說：「妹子，大哥要走了，以後妳要多多保重。」

感覺自己的肩膀一沈，低頭看了看段高存在自己肩膀上的手，無憂才把目光轉移到段高存的臉上，說：「妹子我會自己保重的。也希望大哥能保重，更希望大哥和大嫂能相敬如賓，百年好合。」

這時候，娜燕也走了過來，她的一句「大嫂」立刻就拉近了和娜燕的距離，娜燕羞赧地笑道：「既然妳稱我為大嫂，那我也就叫妳一聲妹子，以後我和妳大哥會在大理等妳來看我們的。」

「有機會的話，我一定會去的。」無憂點點頭。

臨行前，段高存又囑咐了無憂一句。「沈鈞畢竟是個男人，他扣留我的事情也在情理之中，妳這次偷偷把我放走，也算理虧，記住一定要好好和他說，不要起什麼爭執。」

聽了段高存的話，無憂雖然知道她和沈鈞之間一定會有一場不小的爭執，但畢竟她不想讓段高存擔心，她希望他們能趕快離開這個是非之地，便笑著點頭說：「大哥放心，沈鈞一向都是順著我的，我想這件事他也不會深究。」

「那就好。」聞言，段高存也就放心地點點頭。隨後，他們一行人都一一上了馬，無憂看著他們都回頭望向自己，衝他們揮了揮手。

「出發。」段高存凝視了無憂一刻，便高喊了一聲出發，隨後狠狠地用手中的馬鞭抽打了馬屁股幾下，馬兒便快速地飛奔而去。娜燕、千夜等人也都紛紛尾隨段高存而去。最後，空中只餘揚起的一陣塵埃。

直到那塵埃落下之後，沈言才走過來，道：「二奶奶，咱們也該回去了吧？」

「嗯。」無憂點了點頭。

無憂剛走到馬車前想上車，忽然聽到背後傳來一陣馬蹄聲，轉頭一望，只見是一個身穿盔甲、副將模樣的人騎馬趕過來，身後還跟著數十騎同樣穿著盔甲的士兵。看到這些人，無憂不禁皺了眉頭。

隨後，那群人馬便停在沈言的面前，沈言便衝著馬上的人道：「王副將，你怎麼來了？」來人正是沈鈞的另一個副將——王青。雖然這個王青不是出自沈家的家生子，但是跟著沈鈞南征北戰也有十來年，對沈鈞是忠心耿耿。

那王青的臉色不是很好看，他望望前方好像有許多馬蹄印，便板著臉對沈言道：「沈言，你好大的膽子！你竟敢私自放走大將軍的人？」

聽到這話，無憂一驚，沈言也有些慌亂，不過表面還是裝作鎮靜，對王青道：「你胡說什麼？我都在執行大將軍的命令。」

那個人卻在馬上轉了一圈，手裡拿著馬鞭指著沈言呵斥道：「我胡說？那幾個人對大將軍至關重要，大將軍今兒沒來大營，你就放了他們，我看你是不要命了。兄弟們，趕快把大將軍的人給我追回來！」

沈言攔住王青的馬，道：「王青，我勸你還是少管這樁閒事。」

「閒事？大將軍的事就是我王青的事，走開！」說罷，便伸手用皮鞭打了沈言的臉一下。

看到沈言臉上那觸目驚心的鞭痕，無憂的心一緊。如果沈言攔不住他們，段高存剛剛才走沒多久，他們這一追趕，很可能有一場惡鬥。雖然段高存和千夜以及那幾個護衛也都是武藝高強，這個人的這一隊人馬也不見得能把他們追回來，可畢竟這裡是大齊的地盤，又是京畿重地，他們一打鬥起來，肯定會驚動官府以及周邊的軍隊，到那時候事情也許就鬧大了，她必須想辦法把他們攔下來才行。

當王青騎著馬想越過沈言的時候，無憂立刻站到王青的面前，伸手從衣袖中拿出一只白玉扳指，高高舉起道：「白玉扳指在此，如朕親臨。」

在場的人一聽到這句話立刻一震，尤其是王青轉頭望著眼前這個二十歲上下又黑又瘦的後生，不由得皺了眉頭，眼睛在無憂手上的白玉扳指上盯了許久。當然，沈言也很震驚，夕陽下的白玉扳指上反射著瑩瑩玉潤的光芒，他也納悶二奶奶怎麼會有這樣的東西？

盯了無憂一刻，王青便哈哈大笑。「如朕親臨？哼！你是什麼人？竟然敢拿個破東西冒充皇上的信物？」

看到那個王青對自己手裡的東西很不信任，無憂微微地扯了一下嘴角，然後把那個白玉扳指往前一扔，坐在馬上的王青立刻把那白玉扳指接到手裡。

無憂冷笑道：「是不是冒充的，你看看不就知道了？」

王青一怔，低頭仔細地端詳著手中那個白玉扳指，只見這只扳指是羊脂白玉製成，觸感細膩，光澤溫潤，一看就是一塊上等的好玉，可不是一般人能擁有的。這只扳指的外面刻著龍紋，裡面還刻著幾個小字，不仔細看都不容易發現，隨後他便在落日的餘暉下瞇著眼睛看清楚了那幾個字，果真是「如朕親臨」。看到這四個字，王青的臉色很難看，臉上的笑容都不見了。

看到王青的臉色變化，無憂揹著手冷笑道：「現在知道這東西不是假冒了吧？」

這時候，王青直愣愣地盯著無憂，問道：「這東西你是哪裡來的？」

看到王青已經有些懼怕，無憂轉頭望著段高存等人離去的方向，道：「你只要知道這東西是聖上欽賜的就好，別的沒有必要告訴你。」

「你一個平頭百姓，皇上怎麼會把這東西欽賜給你？」王青顯然還是有幾分疑惑。

「你怎麼知道我就是平頭百姓？也不怕告訴你，我和當今聖上是親戚。」無憂並不是個狐假虎威的人，但是現在要想讓王青相信自己的扳指是真的，也只能狂妄地說上兩句了。

「你是皇親國戚？」聽了無憂的話，王青又是一愣。

瞥了王青一眼，無憂揚著下巴道：「既然是如朕親臨，怎麼還不下馬行禮？」這時候，無憂的語氣已經有些重了。

聞言，王青慌張地下了馬，並且跪倒在地，喊道：「吾皇萬歲萬歲萬萬歲！」看到王青下馬下跪了，身後那數十個騎士也趕緊下馬，並且跪倒在地上高呼萬歲。

隨後，無憂低頭望著王青道：「我現在命令你，馬上帶著你的人回大營去，沒有命令不許妄動。」

聽到這話，王青一抬頭，支吾地道：「這……」

「這什麼？難道你想抗旨不成？」無憂瞪了王青一眼。

王青猶豫了一下，還是低首道：「臣遵旨。」

見他說遵旨，但是又不動，無憂便厲聲道：「既然遵旨，怎麼還不行動？」

「是、是。」王青趕緊從地上起來，對著他的士兵道：「馬上回營。」

「是。」那數十個騎士便齊聲喊了一聲，然後紛紛上馬。

這時候，王青也趕緊走到自己的馬兒前想上馬，卻被無憂喊道：「這就走了？」

王青不敢怠慢，趕緊跑回來，低首道：「聖上還有什麼吩咐？」

「把我的東西還給我。」無憂朝王青伸手道。

王青這個時候才想起那個白玉扳指還在自己的手裡，他趕緊把白玉扳指放在無憂的手裡，然後道：「那臣就告退了。」隨後王青才轉身上馬，帶著他的隊伍原路返回了。

望著那一隊人馬越走越遠，無憂才算鬆了一口氣，心想——終於是把他們給堵回去了，要不然還不知道要出什麼亂子呢！

這時候，一直傻在一旁看著的沈言走過來，道：「二奶奶，您剛才拿的那個白玉扳指真的是聖上欽賜的嗎？」

聽到這話，無憂抬頭看了滿臉疑惑的沈言一眼，道：「算是吧！」心裡卻在想——當日姊姊把這東西送給自己，大概也想自己在危機時刻能用得上，沒想到卻是救了段高存一命。

「什麼叫算是啊？」看得出，沈言對於這個白玉扳指很是奇怪。

看到他的奇怪，無憂便實話實說了。「這是賢妃娘娘所賜。」

聽到這話，沈言才撓了撓腦袋，道：「原來如此。」

這時候，夕陽餘暉已經被天邊的黑暗淹沒，官道上靜悄悄的，已經無人來往，沈言便說：「二奶奶，天色不早了，一會兒城門也該關了，小的送您回去吧？」

「嗯。」無憂看了看段高存離去的方向，離他們離去已經有半個多時辰，想他們也走出去很遠，無憂便點了點頭。

第七十章

這時候，床鋪上躺著一個人，眼睛微微閉著，他躺在這裡已經兩天兩夜。此刻，躺在床上的人眼眸動了動，隨後他的手指也動了動，接著便緩緩地睜開眼眸。當他望見那青色的床幔，發現自己躺在床上的時候，不由得左右看了看，只見床鋪上只有他一個人，而且現在並不是晚上，外面那明媚的陽光透過窗子射進來，整個屋子都很亮堂。下一刻，他意識到什麼，馬上坐起來。

他轉頭一望，只見無憂正在書案前寫字，不由得問道：「現在什麼時候了？我睡了多久？」說這話的時候，沈鈞努力回憶著睡之前的事情，他記得晚上他和無憂吃飯，結果喝了酒，喝著喝著就睡著了。

無憂眼角餘光已經看到沈鈞醒了，不過她並沒有抬眼去看他，也沒有放下手中的毛筆，只回答了一句。「現在已經過了晌午，你睡了快兩天兩夜。」

沈鈞一怔，忽然想到了什麼，趕緊下床穿上靴子。

還沒等他站起來，無憂放下手中的毛筆，淡淡地道：「你要去哪裡？」

「我……去大營看看，好幾天沒去了，恐怕會有事。」沈鈞這個時候站起來，開始穿袍子。

無憂的嘴角扯了扯，說：「放心吧，大營沒什麼事情發生。」

這時候，穿上袍子的沈鈞聽到無憂彷彿是話中有話，凝視了無憂一刻，問：「我怎麼會睡這麼久？」就算是他喝醉了，也不見得會醉兩天兩夜這麼久啊？沈鈞感覺很蹊蹺。

無憂轉過書案，來到沈鈞的面前，並沒有回答他的問題，而是問道：「你這麼急著去大營，是不是有什麼事情需要處理？」

沈鈞盯著無憂道：「沒有啊。」

無憂嘴角勾起了一個冷笑，轉身望著書案道：「你也不用擔心了，實話告訴你，我已經把人放走了。」

沈鈞聽到這話，不禁眼眸一瞇，盯著無憂問：「妳說什麼？」

「我說人我已經放走了。」無憂重複了一句。

沈鈞上前一把抓住無憂的雙肩，急切地問：「妳說什麼？妳把誰放走了？」

感覺肩膀上一疼，看到他臉上的急切表情，無憂倒是不著急地問：「你說我會放走誰？你到底扣留了誰？」

聽到這話，沈鈞盯了無憂一眼，然後鬆開他的手，氣勢也小了一點，只是問：「妳都知道了？」

「很奇怪我怎麼會知道，還是後悔自己的保密做得不好？」無憂盯著沈鈞問。

聽到無憂語氣裡的尖銳，沈鈞的聲調也有些提高了。「這是國家機密，根本就用不著告訴妳。」

「國家機密？哼，我倒沒想到你會用這個理由來搪塞我。」無憂冷哼一聲。

「妳還想讓我用什麼理由？難道就因為那個段高存扣留了我的妻子？而且我的妻子還和那個段高存成了義結金蘭的兄妹，妳讓我的面子往哪裡擱？妳到底想沒想過我是妳的丈夫，妳到底在不在乎我的感受？」沈鈞的聲音不但高了，而且幾乎都是用吼的，大概這些日子他在心底也是忍耐了很久吧！

「你早就不滿了是不是？」聽到他如此激烈的話，無憂眼光銳利地盯著他。

無憂那銳利的眼神還是刺痛了沈鈞，隨後他便重重地道：「是。」

聽到他承認了，無憂便質問道：「既然你早就不滿了，為什麼不說出來？為什麼還要裝作滿不在乎的樣子？為什麼還要對我虛情假意？」

無憂的話更讓沈鈞受傷，他反問：「難道在妳心裡我就是這樣的人？」

聞言，無憂轉頭望著別處，嘴角間掛著冷笑地道：「在我心裡如果你是這樣的人，我就不會把所有的一切都毫無保留地告訴你，更不會如此信任你，你說什麼我就信什麼，原來我就是個傻子，呵呵……」

聽到她的苦笑，沈鈞的手攥成了拳頭，額上的青筋也已經暴起，無憂的話句句都刺在他的心上。

無憂鄭重地對沈鈞道：「段高存已經被我放走了，你不要為難沈言，都是我用百合來脅迫他做的，一切的事情都由我來承擔。」

沈鈞的眼光盯了她一刻，然後一字一句地問：「妳為了那個段高存就不惜犧牲妳我的感情？」

「我不明白，段高存和我們的感情到底有什麼關係？」無憂仰著頭問他。

「當然有！我不允許妳的心裡有第二個男人。」沈鈞的聲音很洪亮，幾乎都能掀開屋頂了。

很明顯，沈鈞並不相信她，還是對她有猜忌，無憂搖了搖頭，道：「看來你還是不信任我，既然如此，你我沒什麼好說的了。」說完，她轉頭坐在一旁的床鋪上，不想和他吵架，也不想和他說話。

無憂採取這種不理不睬的態度更讓沈鈞惱火，他憤怒地道：「沒有話和我說，妳是想都留給那個大理世子跟他說吧！」

「你……」沈鈞的話讓無憂氣得說不上話來。

但沒等她說什麼，沈鈞便拂袖而去。

看到他的身影出了房門，無憂的眼眸開始變得模糊起來，兩行清淚便滑下了臉頰。此刻，她的心很痛，真的很痛，不被愛人信任的那種傷痛折磨著她。她曾經以為她和沈鈞的感情真的是無懈可擊，他懂自己，對自己溫柔體貼，善解人意，所以她完全地信任他，把段高存的行蹤都告訴了他，沒想到她還是所託非人。

沈鈞這一走，便有好幾日都沒有回來，無憂也一直沒有去過問他的行蹤，院子裡的丫頭婆子彷彿都看出男主子和女主子生氣了，所以這幾日誰都不敢大聲說話，都是小心翼翼的，生怕觸犯了主子遭受責罰。無憂倒一直像沒事人一樣，時候到了就吃飯、睡覺，只是臉上一直淡淡的沒什麼表情，玉竹和春蘭見了也都小心地伺候著，不敢問東問西。

這日午後，春蘭忽然跑進來回稟道：「奶奶、奶奶，這兩日咱們府裡出了一件新鮮事。」

歪在床上午睡的無憂聽到這話，眼睛都沒有睜開，只是問了一句。「什麼新鮮事？」彷彿現在她已經心如止水，什麼也激不起她的興趣了。

「曹姨娘不見了。」春蘭回答。

無憂立刻就睜開眼眸，顯然也吃了一驚，便問：「什麼時候的事？」

「有兩日了，大爺差人在京城找了個遍，都沒有消息。」春蘭道。

無憂沈默了一刻，低頭心想——曹姨娘經過這件事，她的身分已經暴露，是沒有再留在沈家的道理，也應該消失了。看來大理安排的細作也有了用途，沒想到在最關鍵的時刻起了作用。只是沈家都還被蒙在鼓裡，不知道曹姨娘為什麼失蹤吧？

無憂便問道：「那大爺和大奶奶對這件事怎麼說？」

「起初大爺還以為曹姨娘是遭遇什麼不測，可是曹姨娘根本就沒有出門啊，頭一天晚上曹姨娘的貼身丫頭珠兒還說曹姨娘好好的，到了第二天早上就突然發現人不見了。還有人悄悄地議論是曹姨娘在外邊有了相好的，可是曹姨娘屋子裡的金銀細軟一件都沒少，要是和人私奔，最起碼得帶走這些值錢的東西啊！反正大爺這幾日挺煩的，出了這樣的事也是有些丟臉，不過沒有報官，畢竟不是什麼光彩的事。」春蘭隨後道。

聽了這話，無憂道：「知道了，下去忙吧！」

聞言，春蘭卻站在那裡沒動，彷彿還有話要說的樣子。

無憂瞥了春蘭一眼，不解地問：「還有事嗎？」

春蘭便上前陪笑道：「奶奶，二爺這幾日都沒有過來，今兒晚上是不是請二爺過來吃晚飯啊？」

無憂遲疑了一下，然後伸手拿來旁邊的一本書，一邊翻看一邊漫不經心地道：「這裡是他的屋子，他願意回來吃就回來吃，哪裡還有請的道理。」

春蘭有些訕訕的，還是陪笑道：「奶奶，其實二爺是很把您放在心上的，有時候男人就是要個面子，可能拉不下臉來，所以……還得奶奶您給個臺階下的。」

無憂看著書怔了一下，隨後就有些不耐煩地道：「我想安靜地看會兒書。」

聞言，春蘭就知道自己多嘴了，便不敢再說什麼，應聲道：「奴婢先下去了。」

雖然無憂裝作不在意，但眼角的餘光還是瞥見春蘭那欲言又止並且擔憂的樣子，春蘭雖然跟著自己的時間短，但是對自己倒是一百二十分的忠心。又看了一會兒書，終究覺得百無聊賴，便放下書本，走到竹簾前。此刻正是晌午時分，都用了午飯，天氣也溫暖了，所以主子奴才們這個時候都會小憩一下，外面清靜得很，幾乎沒有一個人走動。無憂輕輕地撩開竹簾走出去，想去逛逛，又覺得無處可去，徘徊之間在玉竹的房間前走過，不想正好聽到了玉竹和春蘭的一段對話——

「知道嗎？二爺這幾日都歇在書房裡呢！」這是玉竹的聲音。

「怎麼會不知道？只不過一牆之隔罷了，秋蘭那蹄子這次可是高興得什麼似的，每天不是曬被子就是換新的鋪蓋。」說這話的是春蘭，聲音中帶著濃濃的不滿。

「可不是嘛，我看得心裡都著急，可是這話又不敢對二小姐說，好像我在搬弄是非似的。」玉竹苦惱地道。

「秋蘭對二爺的心哪個不知道？我雖然跟二奶奶晚，但也是著急的。剛才我已經給二奶奶提個醒了，可是她好像一點都不在乎似的。」春蘭說。

「二小姐的性子就是這樣，就算心裡很在乎，她也不會表現出來的。唉，二爺每次都對二小姐溫柔體貼的，怎麼這次就犯了這個強脾氣？二小姐也是，她要是再不出手，我都怕二爺被那個狐媚子給勾引走了。」玉竹很著急地道。

「唉，咱們做奴才的能提醒兩句就是了，總不能說出來吧？再說二爺也是個正經人，以往秋蘭伺候二爺那麼久也沒出過什麼事，我想這次也不會有事的，不過咱們還是得想辦法讓二爺和二奶奶趕快和好才是。」春蘭說。

站在外邊的無憂聽到這話，不由得愣了老半晌。她並不是有意偷聽奴才們的話，但是聽到自己和沈鈞，她也不由自主地站在這裡聽了一會兒。原來沈鈞這幾日都沒有在大營，而是到書房去歇著了。秋蘭都一直待在書房，現在他身邊只有秋蘭一個丫頭伺候吧？想想大概秋蘭也認為是個機會吧，畢竟以前她在自己身邊的時候就已經表現得很明顯了。

在門口略站了一會兒，無憂便轉身回屋裡去了，不想讓下人看到她在偷聽，也避免丫頭們看到自己尷尬。回到屋子裡，無憂緩緩地坐在書案前，感覺身心俱疲，早已沒了去各處逛逛的心情，只是呆呆地坐著，眼眸無神地掃視著房間裡的一切，心也慢慢地落入谷底。

翌日前晌，無憂正坐在屋裡心不在焉地翻看著一本醫書，這時百合跌跌撞撞地跑了進來。

「奶奶，您可一定要救救沈言啊！」說著，百合就跪在無憂的面前。

看到百合哭泣的樣子，無憂知道肯定是沈鈞找沈言的麻煩了，這倒也在她的意料之中。她趕緊扶起百合，問：「妳仔細說到底是怎麼回事？」

「二爺……二爺責怪沈言放走那大理世子，二爺要打沈言一百軍棍呢！」百合趕緊擦了一把眼淚回答。

聽到這話，無憂蹙了眉頭，問：「現在他們人在哪裡？」

「在後院。」百合說了一句，趕緊拉著無憂往外跑，一邊走一邊道：「奶奶趕快去阻止啊！這一百軍棍要是打下去，沈言就算是能撿回一條命，那也會變成殘疾，說不定現在已經打上了。」聽了這話，無憂不敢怠慢，趕緊跟著百合往後院奔去。

到後院沈鈞平時練功的地方，這裡樹木高大，馬廄雜物庫房都在這裡，所以並沒有什麼人居住，很是清靜。到這裡的時候，正好看到一身黑袍的沈鈞正背對著她們站在一棵梧桐樹下，而他身後則是沈言被兩個士兵打扮的男子按在一條木板凳上，還有一個士兵手中拿著棍子正往沈言的身上打著，剛才遠遠地就聽到那木棍打在身上的聲音，只是沈言一直咬著牙，一聲都沒有吭。

看到沈言被打，百合早已經忍耐不住撲了上去，哭喊著道：「沈言，你怎麼樣啊？」

這時候，那個提著棍子的士兵已經停了手，畢竟平時和沈言也都是好兄弟，他本來就不想打的，無奈大將軍下了命令不得不打。

額上都已經出一層汗的沈言看到百合來了，並且哭得梨花帶雨的，不由得皺著眉頭道：「妳哭什麼？我還沒死呢！」

百合哭得更傷心了，趕緊轉過頭來，對著沈鈞連連磕頭道：「二爺……就看在沈言跟隨您多年，沒有功勞也有苦勞的分上，饒了他這一次吧！這事都是百合不好，都是百合慫恿他的……」

此刻，聽到百合淒慘的哭聲，無憂心裡很不好受，她上前一步，走到沈鈞的背後，袖中的手攥了一下，才道：「我已經和你說過那件事都是我脅迫沈言做的，你有什麼氣就撒在我頭上，不要為難沈言了。」

聽了無憂的話，沈鈞遲疑了一下，才轉過身來，一雙帶著怒意的眼眸盯著無憂一刻，才把眼睛掃向趴在板凳上的沈言，道：「沈言跟隨我多年，不僅是主子和奴才，更是共患難的好弟兄，可這經歷過生死的好弟兄卻背叛了我，於府裡他是忘恩負義，於軍營裡他是不服從軍令，我看在他多年戰功的分上沒有要了他的性命。但是死罪能免，活罪難逃，這一百軍棍他是非挨不可的。」

「二爺饒命啊！一百軍棍下去沈言就沒命了……」百合一聽這話，不由急得哭聲更大了。

倒是沈言瞥了百合一眼，大聲訓斥道：「別哭了！我做錯了事情，二爺罰我是應該的。來吧，趕快打。」

無憂當然想保下沈言，但是沈鈞的臉色很難看，恐怕她這次就算是求也沒有用的。下一刻，她索性轉身走到沈言的面前，雙膝一曲，跪在地上，道：「既然非要一個人挨打不可，那就打我吧！一切事情都是因我而起，我一個人承擔責任。」說完，便閉上眼睛，一副視死如歸的模樣。

聽了這話，百合和沈言驚慌地道：「二奶奶，您是個女流之輩，怎能禁得住打呢？」

不過，沈鈞聽了這話，手指攥成的拳頭早已經泛白，他的眉宇緊緊地皺在一起，此時透著陰鷙光芒的眼睛，死死地盯著閉著眼睛要接受挨打的無憂，然後才咬牙切齒地道：「妳別以為我捨不得打妳。」

「我從來沒有這麼以為過。」無憂揚著下巴道。

「妳……」無憂的話讓沈鈞的眼眸一瞇，額上都青筋暴起了。

一旁的百合見狀，知道沈鈞發怒了，趕緊上前拉著無憂的胳膊央告道：「二奶奶，您別跟二爺頂嘴了，快跟二爺說句好聽的，二爺絕對捨不得打您的。」

這時候，無憂睜開眼睛，望著勸告自己的百合，緩緩地道：「我說過一切的責任我都會負責，絕對不會連累妳和沈言。」說罷，轉眼望著沈鈞，說：「要罰就罰我吧，不要再猶豫了。」

聞言，沈鈞已經是怒不可遏，轉而對一旁拿著棍子的士兵冷喝道：「既然有想挨打的，那就打她好了。」

「二爺……」那個提著棍子的士兵一聽要打二奶奶，立刻就傻了眼。

一看那士兵也不把他的話當回事，在氣頭上的沈鈞伸手指著那個士兵厲聲道：「我的話沒有聽到嗎？是不是你們都不聽我的話了？」

「是、是。」見沈鈞這次真的是發怒了，那個士兵只好連聲稱是，然後便猶豫地提起棍子，望著跪在地上的二奶奶。雖然很猶豫，但是舉了半天之後，還是打了下去。

正當那棍子要打在無憂身上的時候，一旁的沈言和百合都蹙緊了眉，無憂則挺起了脊梁。可是下一刻，忽然一道洪亮的聲音響起。

「住手！」

棍子並沒有如預期地打在自己身上，轉頭一望，只見是腿腳不方便的沈鎮由一名小廝扶著走了過來。看到沈鎮，無憂倒是眼前一亮，大概現在這個時候只有沈鎮能讓沈鈞回心轉意了。

其實，無憂也並不是慶幸自己可以不用挨打，而是不想連累沈言。剛才，就在沈鈞呵斥那個士兵真的打自己的時候，她的心已經碎了一地，他終究還是狠下心來要打她。她本來以為如果自己以身護著沈言，也許沈鈞可以心軟，這件事能不了了之，不過沒想到他還真是心狠，她的心在這一刻真的好涼好涼。這時候，一向身體很好的無憂忽然感覺雙腿發軟，頭也嗡嗡作響，不由得便癱坐在地上。

這時候，玉竹和春蘭早已跑過來，扶著無憂道：「二奶奶，您沒事吧？」

「沒……沒事。」無憂搖了搖頭，示意自己沒事，不過還是沒有力氣站起來，她仍舊是坐在地上。

沈鎮這時已經走到沈鈞的跟前，質問道：「你這是在做什麼？打人罵狗的，不怕母親知道了生氣嗎？」

這一停頓沈鈞剛才的怒氣便消了一些，在沈鎮面前，他還是不敢頂嘴的，只是臉色很難看地站在一邊。

沈鎮轉頭望了一眼坐在地上的無憂，便道：「春蘭、玉竹，還不趕快把二奶奶扶起來送回房間裡去。」

「是。」春蘭和玉竹聽到這話，趕緊把無憂扶起來。

沈鎮又看了一眼趴在板凳上的沈言以及坐在地上哭泣的百合，又道：「百合，趕快把沈言帶回去給他治傷。」

「是。」百合聽到這話，面上一喜，因為這就表示沈言沒有事了。

無憂此刻感覺很不適，虛弱地被扶了起來，然後朝沈鈞的方向望了一眼，只見沈鈞的眼光也在她的臉上滑過，不過面上仍舊沒有多少表情。她的心莫名地一抖，感覺渾身都異常冰冷，隨後便由玉竹和春蘭攙扶著回房去了。

沈鈞的眼睛一直都目送著無憂，看到她彷彿身子不適，他的心也莫名地收緊。一旁的沈鎮看到他的目光，待到四周就剩下他們兄弟兩個，不由得嘆了一口氣。「唉，還沒打呢，就疼在你的心裡，這要是打了，你是不是要心疼死了？」

「我……」沈鈞此時真不知道該說什麼了，因為大哥的話句句都說在他的心上。

隨後，沈鎮問道：「究竟為什麼事要弄到打軍棍的地步？」

「只是一點小事。」沈鈞當然不會把真正的原因告訴沈鎮，因為知道大理世子的消息而不告知聖上，這罪責可是不小的。

「既然是小事，那就小事化了罷了，何必弄這麼一齣？一來讓下人笑話，二來也傷你們夫妻的感情啊。」沈鎮苦口婆心地道。

「大哥說得是。」沈鈞只得低頭稱是。

無憂被玉竹和春蘭扶著回到房裡，春蘭看無憂臉色很不好看，趕緊把她扶到床上，並拿了軟枕給她靠上。這時候，玉竹倒了一杯溫熱的茶水送到無憂的面前，關切地道：「二小姐，喝點茶水吧？」

「不喝……」無憂伸手推了一下玉竹手中的茶碗，然後搖了搖頭，便閉上了眼睛，感覺很累、很累。

見此，玉竹滿心裡都是心疼，不禁抱怨道：「二爺這次心也太狠了，要不是大爺及時趕到，還不得把二小姐打出個好歹來啊？」

聞言，無憂心裡更是難過。春蘭見此，趕緊伸手拉了拉一旁玉竹的袖子，示意她不要再說了，一向老實本分的玉竹這次也閉了嘴。

下一刻，無憂睜開眼睛，有些好奇地問：「對了，怎麼大爺會突然趕來了？是不是妳們通知的？」

春蘭一笑，便回答：「什麼都瞞不過二奶奶，奴婢和玉竹一商量，怕這次二爺動了真氣，這府裡除了老夫人，能夠鎮得住二爺的也就只有大爺。老夫人年老體弱，任誰都不敢驚動，所以奴婢和玉竹就只能去請大爺過來了。」

無憂微微點了點頭，說：「妳們這次做對了。」雖然無憂嘴上這麼說，但是心中卻在想——如果這次沈鎮不來，他真的會把自己打得遍體鱗傷嗎？她還真想看看他的心到底能狠到什麼程度？

玉竹看到無憂的臉色很不好，詢問道：「二小姐，要不要讓玉竹給您把把脈？」

「我的身體我自己知道，妳們都下去吧！」無憂現在一句話也不想多說。

雖然春蘭和玉竹不放心，但畢竟不敢忤逆主子，下一刻便退了下去，也只能在外邊乾著急了。

房門再次緊閉後，無憂感覺自己的頭天旋地轉的，心裡不禁有些暗罵自己不爭氣。以前再危急的時刻也是經歷過的，怎麼今日身子就是如此虛弱呢？彷彿還像是裝出來似的。下一刻，她累極了，閉上了眼睛……

接下來，一連幾日無憂都窩在屋裡沒有出去，一來是自己的身子的確有些不舒服，二來是她差點被打的事情估計也在府裡傳開，她不想去面對那些或同情或幸災樂禍的眼光，雖然她從不在意別人怎麼看自己，只是感覺心很累很累，彷彿有些厭倦的感覺。

這日早上，剛剛梳洗過後，無憂便一如既往地靠在床榻的軟枕上，手中拿著一本書隨意地翻看著，只是心思卻都不在這上面。心裡盤算著段高存他們走了已經有些時日，他們快馬加鞭的話，很快就可以回到大理，她心中的擔憂也算是放下了。

幾日後，無憂感覺身體好了一些，便決定進宮去看姊姊。上次在宮裡看到姊姊為子嗣發愁，她心裡也很為姊姊著急，只是為了段高存的事情耽擱了，便急著進宮去好好給姊姊檢查，希望能夠趕快了卻她這樁心願。

這日一早，無憂梳洗穿戴整齊後帶著玉竹和春蘭出了屋子。四月的天氣很溫暖，只是早上還有些涼風，走出院子，花園裡雖然姹紫嫣紅的，無憂卻沒有什麼心情欣賞。

今兒她穿了淡紫色繡著百合花朵的褙子，清早有些冷，所以肩膀上披了銀色帶暗紋的短披風。由於是進宮，頭髮並沒有如往常一樣綰著，而是梳了一個高聳的髮髻，還戴了幾支赤金鑲嵌寶石的髮簪，既高貴又不失淡雅。當然，沈鈞送給她的那支，也就是一直都在大理陪伴著她的髮簪她是沒有戴了，讓它靜靜地躺在自己的首飾匣裡。

剛穿過花園，走到離大門口不遠的地方，跟在無憂身後的春蘭忽然望著前面說了一句。

「那不是二爺嗎？」

無憂心中一緊，隨後便頓住了腳步，抬頭往前一望，果然看到前面離她不遠的地方有個黑色身影也正往大門的方向而去，他的後面還跟著與他形影不離的沈言。距上次的事情已經過了七、八天了，這些天無憂一直都沒有出門，沈鈞更是沒有來看過她，所以兩人已經好久都沒見過面。

就在此刻，彷彿沈鈞也意識到什麼，他也頓了一下腳步，遠遠地看到他的眼光也往這邊看了一眼。由於離得有些遠，無憂並不能洞察他看到自己的眼光到底是什麼樣的，只是看到他那張臉沒有什麼表情。無憂仍然站在原地，並沒有迎上去的意思，沈鈞彷彿也沒有走過來的意願。

這時候，春蘭上前提醒道：「二奶奶，二爺正往這邊看呢！咱們趕快過去吧？您和二爺說上兩句話，保准二爺就什麼事都沒有了。」

不過，無憂並沒有應聲也沒有抬腿往前走的意思，只是站在原地，眼睛直直地瞅著前方也在看她的那個人。一刻後，沈鈞忽然轉過頭去，直往大門外的方向走，跟在後面的沈言見狀也趕緊跟了過去。

「哎，二爺走了？二奶奶您怎麼不過去呢？」看到沈鈞走了，春蘭很是惋惜。

「他要是有心，早就走過來了。」無憂卻是淡淡地道。

聽到這話，春蘭嘟了嘟嘴，著急地道：「您就服一次軟又怎麼樣呢？男人總是要幾分面子的。」

「妳不懂。」無憂搖頭道。

一路坐著馬車來到皇宮，又步行來到姊姊的寢宮。行過禮後，賢妃就屏退了眾人，只留下無憂一個人說話。

鑲嵌大理石的八仙桌上擺著好多點心、果子、茶水以及各式各樣的吃食，十分精緻。

「無憂，趕快吃這個，還有這個，妳再嚐嚐這個……」看到無憂，賢妃喜不自禁地拿各種吃的往無憂嘴裡塞。

嘴巴裡被塞得滿滿的無憂只得笑道：「姊姊，妳還當無憂才幾歲嗎？這麼多東西，我哪裡吃得了啊？」

賢妃笑道：「是啊，咱們姊妹多年不在一處，我還認為妳是個小孩子呢！轉眼妳不但長大成人，還都嫁了人，再往前可就要成為人母了。」

聞言，無憂心中莫名一緊，心中不禁想——為人母？這時她突然想起她的癸水彷彿還沒有來。上個月是什麼時候來的？好像這個月已經過了十來天了吧？一向仔細的她怎麼會把這事給忘了呢？

看到無憂走神了，賢妃笑著拍了拍她的手背，道：「怎麼了？說妳會做母親妳就不好意思了？」

賢妃的話讓她回過神來，臉頰有些泛紅地道：「姊姊哪裡話？既然已經嫁人，以後做母親也是理所應當的事。」

賢妃先是點點頭，然後又愁眉不展地道：「唉，可是姊姊卻一直盼著來個孩子就是盼不到。」

看到姊姊憂愁的模樣，無憂趕緊道：「姊姊，今兒我過來就是想好好替妳診查的。」

「好啊，其實我一直想派人捎信讓妳進宮來呢！可是我知道妳和沈鈞剛剛夫妻團聚，家裡的事情又多，才沒好意思打擾妳。」賢妃道。

「都怪我不好，應該早一點過來的。」無憂抱歉地道。

隨後，無憂讓賢妃寬衣解帶平躺在榻上，開始為她做詳細的婦科檢查。平躺在榻上的時候，賢妃多少還有些緊張，畢竟她的歲數不小了，無論是江山社稷還是她和德康帝的感情，都需要他們趕快生一個孩子出來，當然，最好是男孩。

檢查完後，賢妃有些急切地問：「無憂，我的身子到底怎麼樣？到底還能不能受孕？」

無憂微微笑道：「姊姊，妳不必太過擔憂，妳的身體很健康，日後一定能夠生兒育女的。」

「可是為什麼我總是懷不上呢？」賢妃追問。

「跟我以前懷疑的一樣，是因為姊姊前些年吃了過多的避孕藥物。」無憂說。

「那怎麼辦？」賢妃緊張地問。

看到姊姊緊張的模樣，無憂拍了拍她的手，安慰道：「無妨。姊姊現在停藥也有一年了，大約體內的藥性也已經排淨，我再給妳開個方子，調理一、兩個月，大概就能夠受孕了。」

聽到這話，賢妃大喜過望，問道：「真的？我幾個月以後肯定會有孩子嗎？」

看到姊姊如此激動，無憂說：「應該問題不大。」

「太好了。」賢妃低頭笑道。

這時候，進來服侍賢妃更衣的薔薇笑道：「夫人不知道，娘娘盼孩子可是盼得吃不下睡不著，如果娘娘膝下有一位皇子，皇上早就冊封娘娘為皇后了。現在那些大臣們總是以娘娘沒有子嗣為理由，阻止皇上冊封娘娘為皇后。」

聽到這話，無憂一怔，轉頭望著姊姊，心想——怪不得姊姊盼子如此心切，這個孩子不但影響她在宮中的地位，更影響她和皇帝的感情，也是她精神的寄託。姊姊也快到而立之年，女子的生育黃金時期也快過了，她必須得讓姊姊趕緊懷孕生子才是。

看到無憂望著自己的眼神，賢妃轉頭訓斥薔薇道：「妳在這裡胡說些什麼？還不趕快去看看午膳準備好了沒有？」

「是。」聽到主子的訓斥，薔薇低首退了出去。

隨後，姊妹兩個又說笑一會兒，便到了晌午時分，薔薇傳了午膳進來。今日的午膳格外豐盛，前前後後一共上了四、五十道精緻的菜餚。賢妃今日十分高興，不斷地往無憂的碟子裡挾菜，吃得無憂的肚皮都要撐破了，賢妃才作罷。

午後在賢妃的寢宮裡小憩一會兒，無憂便告辭離開了皇宮。

出了宮門後，坐在顫悠悠的馬車裡，無憂不禁在想——姊姊現在和皇上的感情甚好，不過她也快三十歲，花無百日紅，雖然和當今皇上也是共患難的，但是畢竟當今聖上是九五之尊，後宮也是佳麗三千，何況肩膀上還肩負著綿延皇室子嗣的使命。所以，無憂一定要讓姊姊趕緊懷上孩子，而且最好能懷上男孩。

幸好她在現代做醫生的時候有好多人重男輕女，有的就想懷個男孩，所以很多中醫都有讓女子懷上男孩的方法。那就是用酸鹼性來調整胎兒的性別，想要男孩，就讓身體呈鹼性，多吃水果蔬菜之類的鹼性食物，調整一段時間，等身體內的體液呈鹼性的時候，就吃上幾服促進排卵的湯藥，到時候十有八九就會懷上男孩了。

雖然在現代的時候，無憂很不理解這些做父母的想法，在她心裡男女都是一樣的，她也想過以後自己有孩子的話，肯定是上天給她什麼她就要什麼，絕對不會人為地干預胎兒的性別。可是沒想到時至今日，她竟然也要用這種方法來幫助姊姊早早地能生下皇子。想想作為醫生還真是很慚愧，可是她又不得不這麼做，因為姊姊必須要生下男孩才可以，無憂不禁在心中暗暗地懺悔。

等馬車緩緩地停靠在沈家大門前的時候，外面的光線已經暗淡，夕陽餘暉灑落在府邸裡，給整個宅子都鍍上一層金色的光芒。

下了馬車，無憂一路回自己的屋子，便屏退眾人。房門緊閉後，無憂趕緊起身走到櫥櫃前，伸手打開櫥櫃，從裡面拿出幾張自己平時製作的試紙來。望著手中的試紙，她不由得蹙了眉頭。這些試紙是她平時自己製作的，用作檢驗女人是否懷孕，倒是沒有想到現在會用在自己身上。

屋內被燭火照得燈火通明，房間裡靜謐得很。無憂坐在八仙桌前，緊張地盯著放在面前的試紙。她已經把自己的尿液塗在試紙上，一直都在等待試紙的變化，這五分鐘就像是五年那樣漫長。說實話，以前她不止一次想像過和沈鈞會有個孩子，也想過如果她告訴他自己懷孕他會有什麼反應，是歡呼雀躍，還是喜形於色？可是現在，她忽然不希望自己懷孕了，因為她不知道她和沈鈞究竟會走向何方？

當然，她和沈鈞還是有很深的感情，這次也許只是鬧意見吵架罷了，也許孩子還是個契機，也許因為孩子的到來，他們可以盡釋前嫌。想到這裡，無憂的心情便複雜了起來，她既希望能有個孩子，可是又有些緊張害怕，總之，她的心亂了。

不久後，試紙上就出現一點紅，她的眼睛立刻就捕捉到那一抹鮮紅。不過她好像還有些不確信，眼睛盯著那抹鮮紅從一個小點慢慢地擴散開來，最後成了鮮紅的一片。

她懷孕了！真的懷孕了，天哪！她真的要做母親了？她的肚子裡真的已經孕育了一個小生命。隨後，無憂按捺住自己激動的情緒，伸手摸上那依舊平坦的小腹……

第七十一章

隨後的半個多月，無憂便有了早孕的反應，每天食慾不振，胃裡翻滾，噁心想吐，並且極易疲倦，每天都嗜睡，上午睡，下午睡，晚上還睡，所以便很少出門，大部分時間都是在床上度過。

當然，這大半個月沈鈞還是一次都沒有來過，說實話，無憂還是希望他能夠來，也許他一來，哄哄自己，她就會把自己有孩子的事情告訴他，那麼他們也許就會和好如初。畢竟已經有了孩子，他們都是要為人父母的人，再說放走段高存的事情她自己也有責任。可是，一天又一天，他卻始終沒有來，無憂的心也是越等越涼，越等越失望。一直到大半個月之後，無憂也明白了，他是不會過來看自己，也有些心寒了起來。

這日後晌，陽光明媚，轉眼已經到仲夏，天氣漸漸地熱起來，尤其這幾日陽光很強烈，午後都有些悶悶的感覺。無憂歪在榻上，本來就氣短的她現在更是感覺到氣悶。

春蘭知道這些日子無憂一直都不怎麼舒服，不過卻以為她是心情不好，大概是二爺生氣的緣故，並沒有想到她是懷孕了。而且無憂也沒有和任何人說過有孕的事情，就連每日噁心的時候也是把她們都支走才吐上兩口，因為她不想讓自己懷孕的事情傳出去，更不想讓別人告訴沈鈞自己有孕的事情，也不想讓自己有孕這件事情成為她與沈鈞和好的籌碼。

春蘭端了一碗酸梅湯進來，走到榻前，道：「二奶奶，這幾天天熱，奴婢看您有些氣短，讓廚房特別做了酸梅湯過來，您喝一點吧？」

無憂感覺那酸酸甜甜的東西好像有些滋味，便坐起來，伸手接過春蘭手中的酸梅湯，低頭喝了兩口，果然感覺不錯，胃口也是喜歡，便又低頭喝了兩口。正在此時，外面卻忽然傳來一段清晰的對話，因為雕花窗子一直都是開著的，所以外面有人說話很容易就聽到了。

「玉竹。」這聲音無憂一下子就聽出是秋蘭的聲音，清脆中帶著一抹尖銳。

院子裡的玉竹看到是秋蘭來了，心中有些不喜，便走去問：「秋蘭，妳不在書房裡待著，跑這裡來做什麼？」玉竹雖然老實忠厚，但是對這個秋蘭可是很厭惡，話裡的語調都帶著一抹不耐煩。

看到玉竹不拿正眼看自己，秋蘭現在正是得意的時候，便揚著下巴道：「我是來拿二爺夏日的換洗衣裳。天熱了，二爺身上還是春日的衣裳，那怎麼行？」

玉竹轉眼望了一眼竹簾內，才轉頭道：「知道了，等我回明了二奶奶，都收拾好了妳再來拿。」

秋蘭卻不依，說：「等妳回明了再收拾出來，二爺豈不是要熱死了？我在這裡等著，妳趕快進去回了二奶奶，把二爺的衣裳裡面的外面的都收拾出來，我這就拿走，二爺可是等著穿呢！」

秋蘭的話讓玉竹很不爽，擺明了好像是來示威的，便板著臉說：「二爺現在又不在家，怎麼也得等明兒再換吧？現在二奶奶正歇著，難不成要為這點事情吵醒主子不成？讓妳回去妳就先回去，等晚些時候我自然會叫小丫頭給妳拿去的。」

玉竹的語氣已經帶著一抹訓斥的味道，秋蘭很氣惱，聲音也變大了一些。「玉竹，妳別拿二奶奶來壓我，我在二爺跟前也服侍了很多年，現在又不是我來要衣裳，是二爺要換夏日的衣裳，要是二爺怪罪下來妳擔當得起嗎？妳現在就去回二奶奶，我就在這裡等著，二奶奶也是得以二爺為重的，要是二爺怪罪下來，二奶奶自己也擔當不起。」

一向嘴笨的玉竹很生氣，這個秋蘭現在明顯地都欺負到門上來了，也不客氣地道：「秋蘭，妳一口一個二爺，別忘了二爺是妳的主子，二奶奶也是妳的主子。妳就算服侍二爺再多年也是個下人，下人就得有下人的自知之明，別整天想著往上爬，別說爬高了摔得慘這樣的話，妳能不能爬高還是個未知數呢！」

聽到玉竹竟然也拿這種話來嘲笑自己，說實話，當初老夫人把自己放在二爺身邊，明顯就是給她做通房丫頭，以後說不定能封為姨娘。可是在二爺屋裡好多年，二爺連根手指頭都沒有碰過她，暗地裡好多小姊妹和婆子們都在笑話她了，現在這個來沒多久的玉竹，竟然也在這麼多人面前嘲笑自己，她不由得掐著腰咒罵起來。

「玉竹，想往上爬的人可不止我一個，妳別烏鴉站在豬背上，看到人家黑不知道自己也是黑的。怎麼，還讓我再說出難聽的話來不成？我怎麼樣也是老夫人派來伺候二爺的。妳呢？哼！只不過是個陪嫁來的丫頭罷了，就癡心妄想勾引小爺們，也不怕讓主子知道，把妳的皮揭了！」

「妳……」秋蘭的話一下子就讓玉竹噎著說不出話來了。

這時候，聽到外面吵架的小丫頭和婆子們已經陸續地來了幾個，有兩個上了些年紀的婆子過來勸道：「我說兩位姑娘，妳們都消消氣吧！主子還在屋子裡呢，妳們就這樣吵起來，像什麼樣子啊。」

「就是啊，都少說兩句吧，主子怪罪下來可不是鬧著玩的。」另一個婆子也開口勸道。

此刻，玉竹已經被秋蘭氣得眼淚撲簌簌地往下掉，她的私密事在這麼多人面前被秋蘭一下子全部揭開來，不禁臉色潮紅，十分羞愧，恨不得找個地縫鑽進去。

這時候，秋蘭看到自己的話把玉竹氣得連話都說不上來，不禁冷笑道：「唉唷，我只不過說了兩句，這就受不住了？有本事就別做那下三濫的事！」

「誰做下三濫的事了？誰下三濫了？」玉竹一聽這話，自然是不依不饒地往前衝撞著秋蘭。

秋蘭自然也不示弱，眼看兩人就要動起手來，幸好周圍的丫頭婆子趕緊隔開她們，有人拉著秋蘭，有人拉著玉竹，都是好言相勸。一時間，院子裡鬧哄哄的，簡直熱鬧死了。

此刻，在屋內已經聽了一刻的無憂，臉色十分難看，春蘭見狀，趕緊走出房門，指著那已混戰成一團的人群，厲聲道：「妳們都在幹什麼？知不知道已驚擾到二奶奶了？」

此言一出，眾人立刻都鴉雀無聲，紛紛在原地垂手而立，就是玉竹和秋蘭也沒了剛才的氣勢。玉竹早已經哭成一個淚人兒，秋蘭的臉色也十分不好看。雖然她有些張狂，但到底還是不敢明目張膽地在主子面前發瘋，剛才也是二人話趕話鬧的，再說本來她在丫頭裡面也是不饒人的。

見眾人都不敢說話了，春蘭又嚷了她們兩句道：「我看妳們是越來越不知道天高地厚了，二奶奶好性，妳們就順著杆子往上爬了是不是？」

聽到這話，玉竹正哭泣著，秋蘭便上前道：「我可是打心眼裡敬重二奶奶的，今兒我也只是來拿二爺的幾件夏日衣服罷了，可是玉竹故意不去向二奶奶稟告，我們都是當奴才的，二爺要是明兒嫌春日的衣裳熱，這個罪責到底由誰來擔啊？」

春蘭卻冷笑道：「行了，秋蘭，剛才我在裡邊，妳們說的話二奶奶和我可都聽到了，玉竹只不過是讓妳等個一時半刻，二奶奶這幾日身子不爽，不宜打擾，妳怎麼就不能等這一會兒了？」

「我……」聽到這話，秋蘭沒話可說了，遂低下頭不理會春蘭，但神情裡卻透著明顯的不服。這些日子，秋蘭自恃沈鈞都歇在書房裡由她一個人伺候，張狂得不得了，春蘭看在昔日的姊妹分上已經告誡過她好幾次，可是她不但不聽，還當是春蘭看不得她好，所以兩個人早就生分了。

見狀，春蘭轉頭氣沖沖地回到屋子裡，這時候，無憂已經坐在梳妝檯前，理了理有些凌亂的頭髮。春蘭上前陪笑道：「二奶奶，奴婢已經斥責她們了。」

「讓她們候著，我有話要說。」無憂淡淡地說了一句。

春蘭點了下頭，道：「二奶奶說得是，秋蘭那蹄子是有些張狂了。」無憂沒有說話，春蘭趕緊出去讓眾人等候。

無憂緩緩地走到門前，朝外面看了一眼，只見眾人垂首站在院子裡，都不敢說話，無憂此刻的眼光有些凌厲，隨後就提起裙子邁出了門檻。

「給二奶奶請安。」見無憂出來，眾人都紛紛行禮。

這次，無憂並沒有像以往一樣微笑著讓她們免禮，而是站在臺階上，眼光掃視了一眼那些婆子和丫頭，最後掃了一眼秋蘭和抽泣的玉竹。只見玉竹很委屈似的，而秋蘭的眼光碰觸到她的眼光後，趕緊地垂下眼瞼，似乎有些理虧的樣子。這時候，無憂的嘴角扯了一下，用帶著威嚴的聲音道：「這些日子我身子不爽，沒什麼閒空來管教妳們，妳們就越發地得意，在我眼皮子底下就開始吵架，甚至還要動手了，妳們是不是覺得我這個主子平時太好性子？」

一言既出，站在院子裡的丫頭婆子們趕緊惶恐地跪在地上，齊聲道：「奴婢們不敢，還請二奶奶息怒。」

站在臺階上的無憂在十來個丫頭婆子們的身上掃了一眼，然後道：「為了以儆效尤，今兒我可是不罰不行了，我自從嫁到這府裡還未曾處罰過一個人，看來是要破例了。」

聽到這話，丫頭婆子們都有些害怕，尤其是秋蘭和玉竹馬上磕頭道：「二奶奶息怒，奴婢再也不敢了。」

無憂掃了一眼秋蘭和玉竹，臉色仍舊不怎麼好看，下一刻，便道：「秋蘭和玉竹今兒觸犯了主子，罰妳們到院子外面跪三個時辰，今兒晚上不許吃飯，另外扣妳們三個月的月錢。」

聽到這話，玉竹倒是沒說什麼，可能還是很認可主子的責罰吧！可是秋蘭愣了一下，忽然抬頭道：「二奶奶，今晚不許吃飯和扣三個月的月錢奴婢都認了，可是這跪三個時辰……」

聽到秋蘭要和自己討價還價的樣子，無憂瞥了她一眼，厲聲道：「怎麼？妳還不服？」

「奴婢怎敢不服？可是再過一個時辰天就要黑了，書房裡就奴婢一個丫頭，二爺要是回來了，沒有丫頭服侍怎麼行？還請二奶奶今日就罰奴婢一個時辰的跪，等到明日奴婢再補上兩個時辰。」秋蘭請求道。

無憂盯了秋蘭一刻，感覺她雖然是個下人，未免也太張狂了些，竟然當著這麼多奴婢的面就和自己講起價來了。

這時候，一旁的春蘭不客氣地道：「秋蘭，妳竟然敢在二奶奶面前討價還價，難道這府裡缺妳一個丫頭還不行了？」

聞言，秋蘭卻說：「這府裡確實是丫頭多得是，多秋蘭一個不多，少秋蘭一個也不少，可是……二爺用別人大概一時是習慣不了的，二爺的喜好秋蘭都知道，到時候別的奴婢衝撞了二爺就……不太好了不是？」

無憂微微一笑，然後緩緩地步下臺階，來到秋蘭面前，低頭看著跪在地上的她，在她旁邊站了一刻，才道：「妳說得很對，二爺的喜好可不是誰都知道的。」說完，便喊了一聲。「春蘭。」

「奴婢在。」春蘭聽到呼喚，趕緊跑了過來。

「妳和秋蘭是不是一同伺候二爺多年了？」無憂瞥眼問。

「是，奴婢和秋蘭伺候二爺沒有十年也有八年了。」春蘭趕緊道。

「嗯。」無憂點點頭，說：「既然如此，那二爺的喜好妳也是最明白的，今兒妳就先去書房伺候二爺。」

「是。」聽到指派，春蘭趕緊應聲。

「二……」秋蘭聽到這話卻是一驚。

無憂便轉頭對著跪在地上的秋蘭道：「現在妳可以馬上去院子外跪著，妳們都給我記著時辰，三個時辰少跪一刻也不行。」說完，無憂轉頭快步朝自己的屋子走去。

「是。」奴婢們趕緊齊聲應道。

隨即玉竹轉身走到院子外罰跪去了，眾人也都站起來，只有秋蘭還愣著跪在那裡。

這時候，一個素來和秋蘭相處得還算不錯的婆子過來，低聲勸告道：「我說姑娘，妳別在這裡杵著了，趕快去罰跪吧！雖說二奶奶和二爺這幾日不和，但是到底人家也是二爺明媒正娶的，往日二爺寵著這位的時候就不必說了，妳也要識時務才行，要不然吃虧的就是妳自己了。」

秋蘭卻不以為然，快速地站起來，伸手一邊拍裙子上的灰一邊沒好氣地道：「您老還是管好您自己的事吧！」說罷，轉身走出院子，來到玉竹跪地不遠的地方，賭氣似的跪了下來。

那個剛才勸她的婆子卻是一口氣被氣得沒有上來，自言自語地說：「我今兒這是怎麼了？管這個閒事！」說完，便恨自己似的伸手打了一下自己的嘴巴。

一旁的小丫頭看到了，卻道：「大娘，秋蘭姊姊是個不聽勸的，春蘭姊姊勸過她好幾回了，她現在把春蘭姊姊都恨上了呢！」

「哼！早晚有她吃虧的那一天。」說罷，那個婆子就走開了。

無憂回到屋裡後，坐在八仙桌前，忽然感覺胃裡有些酸，便噁心了一口，想吐又沒有吐出來。剛撫住胸口，就聽到一陣細微的腳步聲，抬頭一望，只見是春蘭跟了進來。見狀，她趕緊拿下自己的手，隱忍著想乾嘔的感覺，她現在還不想讓任何人知道自己懷孕的事情。因為身邊的春蘭和玉竹都可以說是對她忠心耿耿，自己和沈鈞這些日子互相不理睬，她們也早已經急在心裡，她怕她們一旦知道自己有了身孕，肯定會去告訴沈鈞，她真的不想沈鈞是因為孩子才過來向自己服軟。

春蘭慢慢地走到無憂的跟前，小心地道：「奶奶，秋蘭那蹄子是不是氣著您了？」

無憂只是扯了扯嘴角，然後伸手接過春蘭遞來的熱茶，低頭喝了一口道：「她算個什麼東西？也值得我生氣？」

春蘭陪笑道：「奶奶說得是，她只不過是個丫頭罷了，二奶奶不會跟她一般見識的。」

「只是她並不滿足於做個丫頭。」無憂說了一句，便把手中茶碗放在八仙桌上，動作有些大，其實她心中還是有些氣惱的。

見狀，春蘭自然知道主子心裡並不怎麼高興，便趕緊說：「奶奶，其實今日這事並不能怪玉竹，奶奶卻連她也一起罰了。奴婢知道奶奶心裡也不想的，不過玉竹是個明白人，肯定知道奶奶也是情非得已，今兒晚飯過後奴婢會去看看玉竹。」

聽了這話，無憂臉上也有些不忍，說：「今兒的事情雖然不怪玉竹，但她到底是我從娘家帶來的人，我要是只罰秋蘭不罰她，難免讓別人說我袒護自己帶來的人，以後也不好服眾。這次委屈了她，我心裡是有數的，妳今晚過去看她的時候就把我這句話告訴她，她會明白的。」

「奶奶放心，奴婢一定把話帶到。」春蘭趕緊點頭道。

無憂忽然想起什麼，便問：「對了，剛才那個秋蘭說的話是什麼意思？」

「什麼話？」春蘭蹙著眉頭問。

無憂想了一下，說：「什麼妳我都是一樣的人，什麼勾引小爺們？什麼……原話我也記不清了，到底是怎麼回事？難道玉竹有什麼事瞞著我不成？」

「這個……」聽到主子的問話，春蘭蹙了下眉頭，有些難以啟齒的樣子。

見狀，無憂知道這裡面肯定有緣故了，便問道：「妳支支吾吾的做什麼？有什麼就說什麼。」

春蘭把心一橫，道：「奶奶，您可千萬別說是我春蘭說的，您知道我和秋蘭以前是好姊妹，現在不說反目成仇也是有了嫌隙。雖然玉竹來得晚，但是這幾年我們相處得也很好，春蘭實在是不想和玉竹再……」

「行了，這些我心裡自然有數，妳趕快說玉竹到底是怎麼了？」無憂隨後便問。

春蘭便道：「奶奶不在府裡的這大半年，玉竹……玉竹因為替您打理胭脂水粉作坊和鋪子的事情，常常去大奶奶那邊轉轉，這一來二去……」說到這裡的時候，春蘭抬頭望著無憂支吾著沒有說下去，大概想二奶奶是個聰明人，她這麼一點也就明白了。

聽到這話，無憂蹙起眉頭，低頭想了想——剛才那個秋蘭說什麼勾引小爺們，這小爺們裡就只有沈彬和沈杉，沈杉還小，沈彬今年有十八歲了，和玉竹年齡相仿，難道他們……想到這裡，無憂見四下無人，跟前只有春蘭一個，便道：「妳是說玉竹和彬哥兒？」

看無憂猜出來了，春蘭點了點頭。「嗯。」

得到肯定的答覆，無憂繼續問：「這事有多少時候了？」

「大概也有小半年了。」春蘭回憶了一下才回答。

無憂坐在那裡沈默不語，半晌後才道：「這個玉竹，她知道自己在做什麼嗎？這事大奶奶知道嗎？」她知道姚氏很看重她這兩個兒子，尤其是沈彬年紀不大，讀書卻很好，早已中了舉人，大概進士及第也沒有什麼問題，而且長得是儀表堂堂，十八歲也已經到該尋親事的年紀。姚氏對兒子的婚事可是很慎重的，她知道姚氏想找門當戶對的、甚至還想攀高枝，玉竹一個丫頭，姚氏斷然不會同意讓她進門。

春蘭隨即回答：「大奶奶應該還不知道，不過下人裡那些靈通的大概都知道了。要是大奶奶知道，早就沒有玉竹的好果子吃。」

「那是當然，大奶奶可不會讓一個丫頭毀了自己兒子的聲譽。玉竹怎麼做這樣的糊塗事？鬧不好就會自己粉身碎骨，鬧好了也只是做個通房姨娘之類的。雖然她話不多，人也實誠，但我知道她的心是很高的，估計不會走後一條路。」無憂蹙著眉頭，有些替玉竹擔憂。

春蘭卻道：「二奶奶，不過奴婢冷眼旁觀著，這次玉竹和彬哥兒應該不是鬧著玩，大概都是動了真感情。」

無憂不得不感慨一下，說：「也是，感情來的時候是什麼都擋不住的，一切的理智都抵不過對方的一個眼神、一個笑容。」然後便默然不語了。

見無憂不說話，春蘭小心地道：「奶奶，時候也不早了，秋蘭那蹄子還在外邊跪著，奴婢就先去書房照應一下，省得二爺回來找不到人。」

「嗯。」聽了春蘭的話，無憂點點頭。春蘭便退了下去。

春蘭走後，無憂有些乏了，起身走到床前躺下來，不一會兒工夫，睏意便襲來，一會兒就進入夢鄉……

不知不覺中，夜晚已經來臨，一個小丫頭見夜幕降臨了，便輕手輕腳地進來點了一盞燈，看到主子還在床上睡著，又輕手輕腳地退了出去。她們都知道這些日子二奶奶很愛睡覺，有時候都會睡過了飯點，大家以後也就不叫她，等到她睡夠了，才進來問想吃什麼，再讓廚房去準備。

不知道過了多久時候，外面院子裡忽然傳來一陣嘈雜聲。這時候，躺在床上的無憂已經被那聲音給吵醒，只是眼皮還很沈重，並沒有睜開眼睛，翻了個身，想繼續睡，卻被一聲巨大的聲音給徹底吵醒了。

哐噹！

只聽房門被人從外面一腳踢開，無憂猛地睜開眼睛，這聲音來得太突然，把她給嚇了一跳，她伸手捂在胸口前，然後便坐起身來。朝外面一望，在昏暗的燭火下，竟然是穿著一身黑袍的高大身影站在屋子中央。

這時候，無憂心裡一緊，因為他已經很久沒有過來，今兒竟然在這個時候來，而且還是以這樣一種方式。再看他的臉龐，只見他黑著一張臉，就像別人欠他多少銀子一樣。再看看他的手裡還牽著另一個人的手，那隻手的主人正是被她今日罰跪的秋蘭。見狀，無憂就知道大概是什麼緣故了。

正在這時候，春蘭慌張地跑了進來，望了望坐在床上的無憂，還有站在屋子中央的沈鈞，伶俐的她趕緊打圓場道：「二爺，您趕快坐啊，奴婢給您沏茶去。」
「不必了。」沈鈞帶著惱怒地揮了一下手。
這時候，坐在床上的無憂，眼光在空中和沈鈞那帶著惱怒的目光相撞，基於對他的瞭解，她還是能感覺出他的眼神很凌厲，臉色陰沈，似乎預示著一場暴風雨的來臨。隨後，無憂的眼光在沈鈞牽著秋蘭的手上停留一刻，然後把眼睛瞥向別處，道：「二爺今兒好像是來興師問罪的。」
無憂的話刺了沈鈞一下，他甩開秋蘭的手，走到八仙桌前，伸手撩開袍子一角，坐在一旁的繡墩上，語氣僵硬地道：「既然妳這麼說，那我也不跟妳繞彎子，妳無緣無故的為什麼要罰秋蘭的跪？」
無憂朝低頭站在一旁的秋蘭掃了一眼，說：「二爺今兒午後根本就不在場，怎麼知道我是無緣無故要罰她？」
聽到無憂的反問，沈鈞不耐煩地道：「她只不過是過來拿幾件我夏日的衣裳罷了，這也惹妳不高興了是不是？妳什麼時候變得這麼小氣不通情理？」
聽到沈鈞竟然用小氣不通情理來評價自己，無憂心頭一氣，冷笑了一下，說：「哼，原來我在二爺的心目中就是個小氣不通情理的婦人。」
「這是妳自己說的。」沈鈞緊緊跟了一句。
沈鈞的話真是氣壞無憂，她的目光死死地盯著他，彷彿有些看不透這個男人了。以前他可以事事順著自己，可以因為自己而違抗聖旨，可是現在卻因為這麼一件小事，就能鼻子不是鼻子、臉不是臉地當著下人就和自己嘔氣。

這時候，一旁的春蘭看看情況有些劍拔弩張，想了一下，鼓足了勇氣，上前陪笑道：「二爺，實在是今兒秋蘭和玉竹一言不合吵了兩句，所以二奶奶才……」

「主子們在說話，誰讓妳插嘴的？」春蘭的話沒有說完，沈鈞便把氣都撒在了她的頭上。

見狀，春蘭趕緊跪在地上，嚇道：「奴婢知錯！」

掃了一眼跪在地上嚇得跟什麼似的春蘭，無憂對沈鈞說：「二爺，不要難為下人，有什麼火氣只管衝著我來就是。」

沈鈞臉色一凜，盯著坐在床上的無憂，道：「聽說妳就因為自己一時的喜惡罰秋蘭的跪，還扣她三個月的月錢？」

「我罰了她的跪和三個月的月錢是真，不過這一時的喜惡我可是不敢當。」無憂聽出了他話裡的意思。

「哼，我不管妳是一時的喜歡、還是一時的不喜歡，總之，秋蘭是我的人，別人沒有理由也沒有權力處置她。」沈鈞道。

無憂這次卻和他針尖對麥芒。「沈鈞，我薛無憂現在是你的妻子，身為這個院子裡的女主人，難道還沒有權力去處置一個丫頭嗎？」

無憂的話讓沈鈞無言以對，因為在大齊這個封建社會，原配妻子就是家裡的當家主母，家務上的事情都要由妻子來支配和管理，所以無憂說的並沒有任何錯誤。這時候，沈鈞被噎了，便支吾了一句。「秋蘭……秋蘭不是一般的丫頭。」

聽到這話，無憂不禁審視了沈鈞一刻，然後問：「不是一般的丫頭？那我倒想聽二爺說說，秋蘭到底是哪裡不一般了？」

「她已經伺候我多年了。」沈鈞回答。

聽到這個答案，無憂卻不以為然地冷笑道：「哼，要這麼說，玉竹更是我從娘家帶來的，她的父母兄弟一直都在我身邊當差，那就更不一般了。這個不一般，那個不一般，每個人都不一般，那這府裡也沒有什麼規矩可言了。」

無憂的話讓沈鈞很氣惱，他這次就想和她槓著來似的，伸手一拍桌子，把桌上的茶壺和茶碗都拍得砰砰亂響一通。眾人也都心驚膽戰的，隨後，沈鈞站起來瞪著無憂問：「我說的話妳就是不聽是不是？今兒秋蘭就是不能罰。」

對沈鈞那咄咄逼人的話，無憂很氣惱，彷彿也跟他較上勁似的，堅持道：「我說出去的話潑出去的水，是不可能收回來的，秋蘭那三個月的月錢是必須要扣的，還有今兒沒有跪夠的時辰也要給我補回來。」

「妳……」無憂的話讓沈鈞氣得說不上話來，一雙眼神狠狠地盯著坐在床上的無憂。

這時候，見沈鈞和無憂爭執得如此厲害，秋蘭趕緊上前，跪在地上連連磕頭道：「二爺、二奶奶，請你們息怒，千萬不要因為秋蘭而傷了和氣。只不過是跪三個時辰、扣三個月的月錢而已，秋蘭這就去外面跪著，還請二奶奶不要為了秋蘭和二爺嘔氣了。」說罷，便起身想要往外面走去。

聽了秋蘭的話，無憂盯著此刻低眉順眼的秋蘭，心中卻是冷笑，這個秋蘭倒還有兩下子，在沈鈞面前竟然如此順從乖巧，下午和玉竹吵架的那個張狂勁可是一去不復返了，看來她是吃準了沈鈞受用這一套。

「站住！」果不其然，沈鈞朝剛要走出門檻的秋蘭喊了一聲。

秋蘭不敢不站住，轉頭眼裡含著淚花看著沈鈞，嬌弱地說了一句。「二爺？」

下一刻，只見沈鈞站直身子，眼睛在秋蘭身上打一個轉，眉頭緊蹙，然後就用很高的聲音，大概院落裡都能聽得到的音量說了一句。「從今以後秋蘭就不是丫頭，她不必領什麼下人的月錢，更不需要再受什麼罰跪。」

聽到這話，無憂的眉頭一擰，心中有種不好的兆頭，他在說什麼？他的話是什麼意思？下一刻，正當眾人都驚愕的時候，甚至連秋蘭也摸不清狀況的時候，沈鈞又像是宣佈給眾人聽一樣地說了一句。「以後秋蘭就是我的姨娘，明兒就差人把西廂房的三間房子收拾出來，再叫匠人進來裝潢打家具。」

「二爺？」聽到這話，秋蘭自然是喜不自禁，她簡直都不敢相信自己的耳朵。這一天她可是盼了多年，沒想到今日沒有任何徵兆便實現了多年的願望，而且還是二爺親自在二奶奶面前說的。

眾人更是被驚得不得了，尤其是一直都在屋子裡跪著的春蘭，現在在外邊候著的丫頭婆子也聽到這話了，外面都在小聲地議論著。

無憂聽到沈鈞忽然要納秋蘭為妾的話，也愣了一下，她只感覺自己的頭都有些發麻，也有些不敢相信自己的耳朵所聽到的。看了一眼那喜形於色的秋蘭，然後把眼光落在沈鈞那張稜角分明的臉上，此刻，她知道她聽到的都是事實，不能再真實的事實。隨後，無憂咬了一下下唇，手掌慢慢攥成拳頭，對著沈鈞一字一句地道：「二爺要納妾了，我在這裡恭喜二爺了。」

這時候，沈鈞看到無憂的臉色很蒼白，心中莫名地抖了一下，然後便把眼光望向別處，說：「謝二奶奶了。」說完，便頭也不回，徑直地走出房間。

望著沈鈞那偉岸的背影快速地消失在門外，無憂的心狠狠地糾結著，彷彿被繩子勒著一樣，她有點喘不過氣來，眼光中有淚水在打轉，卻是倔強地隱忍著，不讓眼淚流出眼眶。

這時候，秋蘭見沈鈞走了，轉頭望了一眼坐在床上臉色發白的無憂，不禁得意地揚了一下下巴，然後嬌喊一聲。「二爺。」隨後，趕緊往門外走去。

此刻，跪在門不遠處的春蘭，見秋蘭那個得意勁頭，不禁暗自生氣。所以當秋蘭得意地走到門口的時候，她趁著秋蘭一個不留意，偷偷伸出自己的一隻腳。秋蘭此時正是最得意最開心的時候，眼裡只顧著已經走到院子的沈鈞背影，哪裡還看清楚路啊，下一刻，她的腳踝便被春蘭的腳絆了一下，隨即只聽見她哎喲了一聲。

「啊……」慘叫一聲後，只見秋蘭整個身子失去了平衡，一下子便像狗吃屎一樣朝前方倒去。

這時候，站在院子裡的丫頭和婆子看到秋蘭狗吃屎似的摔在門檻上，眾人忍不住便噗哧一聲笑了出來。當然，跪在門口的春蘭也是暗自一笑，因為秋蘭摔倒的那個模樣真是太難看、太狼狽了。

雖然坐在床上的無憂也看到秋蘭摔倒了，彷彿還摔得很重，半天都起不來的模樣，但是她心裡卻一點都不開心。她茫然地望著空空的門口，心裡不禁反覆地問自己——他還是那個和她情投意合的沈鈞嗎？他還是那個她願意拋下一切想隨之相伴終身的沈鈞嗎？她還是那個她千方百計從大理回到千里迢迢的大齊，想與之團聚的沈鈞嗎？無憂在這一刻忽然迷茫了……

好一會兒後，秋蘭才慢慢扶著腰身站起來，這一下可摔得不輕，感覺渾身都跟散了架一樣。站起來後，秋蘭慢慢轉身，看著春蘭也慢慢地從地上站起來，兩人分別揚著下巴，誰也不服誰的樣子，眼光中都充滿了恨意，尤其是秋蘭，她明白昔日的好姊妹現在已經完全和她對立了。秋蘭用眼角餘光瞥了一眼裡面的二奶奶，還不敢太造次，只是用眼睛狠狠地白了春蘭一眼，用低低的聲音道：「我會記住妳這個絆子的。」

春蘭卻道：「妳如果現在後悔的話還來得及，趕快向二奶奶請罪，我看在和妳姊妹一場的分上，會代妳向二奶奶求情的。」

聞言，秋蘭卻笑道：「哼，我看妳是羨慕我吧，妳剛才沒聽到二爺的話嗎？我現在已經是姨娘了。妳如果現在跪下向我磕頭認錯，也許我會對妳既往不咎。」

「妳別作夢了！」春蘭不禁嗤之以鼻。

「哼！」見春蘭很不以為然，秋蘭伸手推開春蘭，便走了出去。待她看到在廊簷下燈籠的照耀下，二爺屋子裡的丫頭婆子都盯著她看的時候，秋蘭不禁有些懊惱地跺腳，衝著她們喊道：「看什麼看？」

聽到秋蘭氣惱的話，那些丫頭婆子就都散開了，畢竟以後秋蘭可就是姨娘了。雖然二奶奶才是正室，但是這位二奶奶以前是得寵，這才兩年多，二爺就冷著她這麼些日子，而且現在跟她爭吵得很厲害，甚至還抬了身邊的丫頭做姨娘，這位二奶奶的臉面可是給丟盡了。以後說不定這個秋蘭還會得了勢呢，所以還是不要招惹事情，便各自走開了。

看到那些丫頭婆子彷彿今日很怕她似的，秋蘭更得意了，雖然剛剛摔了一下，但是絲毫沒有影響她的好心情，隨後她便哼著歌走出了院子。

「什麼人啊，就算是抬了姨娘也沒必要這麼囂張吧？」一個丫頭白了秋蘭走的方向一眼。

「二爺只是說一句罷了，能不能當得上還不一定呢！」另外一個丫頭嘟囔著。

那些丫頭婆子正在議論著，春蘭走出門來，吆喝了一嗓子。「該幹什麼就幹什麼去，都在這裡杵著做什麼？」

「是、是。」那些丫頭婆子見春蘭吆喝了，便趕緊都散了。

春蘭轉身走進房裡，並且關閉房門。走到床邊，看到二奶奶仍舊是坐在那裡，一動不動的，而且臉色也有些蒼白，春蘭便趕緊倒了一杯熱茶，遞到無憂的面前。「奶奶，您喝杯茶消消火吧？」

「不想喝。」無憂這個時候哪還有心情喝茶，只感覺胸口疼得厲害。

見狀，春蘭勸道：「可能二爺只是話趕話（注），趕到這裡了，他或許沒存那個心。您想想，老夫人可是把秋蘭放在二爺身邊多少年了，二爺從來沒有動過什麼心思。」

無憂卻是苦澀地一笑。「妳不用想什麼話來安慰我，我根本不需要安慰，我一點事都沒有。」

話雖然這麼說，但是春蘭卻能看出無憂眼神中的傷心。「奶奶能想得開自然是最好了，不過話說回來，其實您……可以稍微放低點身段，男人麼，最是心軟了，尤其是二爺，心真的很軟，說不定二爺也就就坡下驢了。」

對於春蘭的話，無憂知道她的確是一片好心，而且她為了對自己盡忠還和多年的好姊妹反目成仇，無憂自然知道她對自己的心。但是春蘭的話她並不認同，她不是這個封建時代的女子，要以丈夫為尊，事事都要順著丈夫，甚至有的還親自張羅給丈夫納妾，並且沒有原則

注：話趕話，緊接著對方的話題說話。

地討好丈夫，她想要的是一份真感情。可能在這個時代她的確是奢求了。

下一刻，無憂對春蘭道：「春蘭，我的想法妳不懂。」

「奶奶……」春蘭還想說什麼，無憂卻打斷了她，道：「好了，妳先下去吧，我想一個人靜一靜。」

春蘭知道這位奶奶的脾氣，外表雖然溫婉，但是內心卻極為剛強獨立，只得點頭道：「那奴婢先出去了。」說完，春蘭便退了出去。

等待房門關閉後，忍耐多時的無憂忍不住便噁心乾嘔，捂著嘴巴，迅速地下床踏著鞋子跑到臉盆架處，低頭便吐了起來。她感覺胃裡十分酸，可是好像只是乾嘔，又吐不出什麼東西，也是，這大半天她都沒吃什麼東西了，一點胃口也沒有，還能吐出什麼呢？

吐了一會兒後，無憂站在臉盆處歇了一會兒，待到好受一些，才伸手摸著自己的小腹。雖然小腹仍舊平坦，但是這幾天她能夠很深刻地感覺到這裡已經和原來不一樣了，這裡有一個生命正在孕育，她是即將做母親的人。所以，她低聲對著腹部道：「孩子，你要乖一點，你要讓媽媽好受一些。因為你爸爸現在已經不能陪伴媽媽了。」說到這裡，堅強的無憂終於忍不住流下兩行眼淚，眼淚很溫熱，彷彿都能灼燙了她的肌膚……

第七十二章

這晚夜深人靜的時候，春蘭用手絹包了一些糕點，悄悄地進了玉竹的房間。

「春蘭姊姊，這麼晚了，妳怎麼來了？」為春蘭開門的玉竹問道。

「還不是給妳送吃的來，怕妳餓著。」春蘭走進來，把小手絹放在八仙桌上。看了一眼手絹裡的糕點，玉竹一瘸一拐地走到八仙桌前笑道：「還是姊姊妳關心玉竹。」

春蘭看了玉竹一瘸一拐的腿道：「妳的腿沒事吧？這一跪就是三個時辰，肯定是麻了，記得晚上把腿放高一點。」

「知道了。」玉竹點點頭，忽然拉住春蘭問道：「對了，姊姊，我們家二小姐怎麼樣了？我聽那些婆子丫頭們說二爺要抬秋蘭做姨娘，這到底是不是真的？」

「妳也聽說了？」春蘭也是皺了一下眉頭。

「這麼說是真的了？」玉竹一聽這話就焦急起來。

「妳別急，雖然二爺是這麼說了，但是我想二爺也許是一時的氣話而已，畢竟我伺候二爺這麼些年，可是從來沒有見過二爺對那個秋蘭有什麼特別的，這事還得過幾天再看看。」春蘭道。

「二小姐肯定傷心死了。」玉竹說完，便不放心地一邊往外走一邊道：「不行，我得去看看二小姐。」

春蘭上前拉住了玉竹的手臂。「不用了，我剛從那邊過來，奶奶還吃了半碗蓮子羹，這會兒已經上床睡了。」

聞言，玉竹才放下心，說：「那我明兒一早再過去看看。」

「趕快吃吧！」春蘭倒一杯熱茶遞給坐在對面的玉竹。

玉竹一邊吃一邊和春蘭有一句沒一句地說著今兒的情景。最後，春蘭忽然道：「有句話本不想對妳說，可是妳我姊妹其實也沒什麼好瞞的，索性就告訴妳，省得總是在我心裡擱著難受。」

「什麼話讓姊姊這般上心？」聽了春蘭的話，玉竹倒是奇怪起來。

「今兒秋蘭那蹄子說了那不該說的話，奶奶聽了自然是有了疑心，便叫了我去問。如果奶奶沒有問起，我自然是不會說的，可是奶奶問起了，我不能再隱瞞或是扯謊，這一點玉竹妳還得多擔待。」春蘭先說了這幾句話。

聽到這話，玉竹有些緊張地問：「妳說二小姐知道我和彬哥兒的事了？」

「嗯。」春蘭點了點頭。

玉竹先是驚愕一下，又忽然平靜下來，放下手中的點心道：「知道就知道吧！反正紙包不住火，二小姐早晚要知道的，也省得我整天惦記著了。」

春蘭點頭道：「妳說得也是。」

「那二小姐說什麼沒有？」玉竹關切地問道。

「奶奶只說妳太傻了，這件事以後受傷的肯定是妳。還說以妳的心性可能不會給彬哥兒做妾，可是大奶奶是不會同意彬哥兒娶妳進門做妻子的，所以奶奶很替妳擔憂。」春蘭回答。

聽了這話，玉竹感慨了一下，眼睛忽然有些酸，不過還是強忍著道：「我的主子就是我的主子，她竟然沒有怪我私自和彬哥兒有了私情，卻是替我考慮。」

看到玉竹的眼淚在眼睛裡打轉，春蘭擰了下眉頭，問道：「玉竹，妳到底怎麼想的？」

「什麼怎麼想的？」玉竹反問。

「妳和彬哥兒啊！妳我都是下人，就算是飛上枝頭了，最多也只能做個姨娘罷了。雖然好多丫頭都想做姨娘，畢竟是半個主子，可是妳我都知道，姨娘的日子是不好過的。如果遇上個賢良正室，還能過上個安穩日子，要是再能有個一男半女的，也是今生最大的福分了；如果這兩樣都不沾邊，那這一生的日子除了錦衣玉食以外，也是很難過的。」春蘭由衷地道。

玉竹知道春蘭說的都是肺腑之言，無奈好多丫頭卻都還抱著各種各樣的幻想飛蛾撲火，當然其中也不乏有過得很滋潤的，不過這個滋潤大概各人有各人的感受吧？所以，玉竹也說出了自己的心裡話。「二小姐說得沒錯，我是絕對不會做妾的。」

「可是大奶奶不會同意妳做正室的，更何況大宅門裡從來都沒有這樣的先例，老夫人和大爺也不會同意。」春蘭擔憂地道。

「我並沒有那樣的奢望，姊姊，我還有自知之明的。」玉竹苦澀地笑道。

「既然不能做妻子，妳又不願意做妾，那妳還和彬哥兒……」春蘭忽然有些不明白玉竹了。

看到春蘭那疑惑的神情，玉竹笑道：「春蘭姊姊，不管妳相不相信，我並不是出於一般丫頭那種想飛上枝頭當鳳凰的想法才和彬哥兒……我對彬哥兒是真感情。我和彬哥兒雖然有了私情，但是我和他之間還是清清白白的，我們是發乎情，止乎禮的。」

「這樣最好了。」春蘭點了點頭。

以後的幾天，院子裡都是靜悄悄的，無憂一直都沒有出過門，院子裡的丫頭婆子知道二奶奶身體欠安心情也不好，所以都輕手輕腳的。誰也不敢高聲說話。

自從那日沈鈞放出要抬秋蘭做姨娘的話後，主僕幾個也都悄悄地關注著西廂房，因為沈鈞說會叫匠人進來裝潢打家具。可是一連幾日過去，院子裡還是靜悄悄的，並沒有來什麼匠人，沈鈞也沒有派任何人進來看那三間西廂房，所以下人們都認為那日是沈鈞說氣話罷了。不過無憂卻在心裡較了真，她已經在心中暗暗發下誓言，只要一有匠人進來，她就立刻離開沈家。

這日一早，無憂算算日子，她給姊姊賢妃的藥方大概也有一個月，吃了一個月的湯藥後，姊姊的身體應該可以受孕了，所以一早帶著玉竹揹著藥箱進宮走了一趟。

進宮之後，無憂為賢妃把了脈，便喜孜孜地告訴賢妃她的身體已經適合受孕，聽到這話，賢妃自然是歡喜得不得了。

從宮裡出來回到沈家的時候，天色早已暗淡，天邊也出現了美麗的彩霞。

下了馬車後，無憂步上臺階，邁進大門檻便進了沈家的大門，玉竹則在身後揹著藥箱一路尾隨著。剛步下門樓的臺階，上前走沒十步的樣子，就聽到身後的門上說了一句。「二爺回來了。」

聽到這話，無憂下意識地頓住了腳步，不過並沒有回頭去看，心卻是莫名地又糾結了起來。

跟在無憂身後的玉竹自然也聽到後面門上的話，所以回頭望了一眼，果不其然，只見後面真的是一身黑袍的沈鈞走進大門，身後還跟著一向在其左右的沈言。剛剛進門的沈鈞也看到了無憂的背影，他不禁在門樓處也停住腳步，眼睛朝這邊望著。

見狀，玉竹趕緊上前提醒道：「二小姐，姑爺也回來了。」

無憂轉頭望了一眼，只見沈鈞站在大門前，也朝這邊望來，不過卻沒有過來的意思，無憂便扯了一下嘴角，道：「回來就回來了，與咱們有何干？」說罷，便轉頭往前走。

「二小姐。」見小姐走了，玉竹不禁喊了一聲。

這個時候，沈鈞看到無憂轉頭走了，眉頭不禁一皺，隨後也大步流星地朝前方走去。沈鈞的書房和無憂住的院落是在一個方向，而且是相鄰的，所以兩人的路線是一樣的。但無憂畢竟是女人，而沈鈞是個男人，步子又大，走起路來一路都起著風似的，走沒幾步，沈鈞便越過了無憂。當他越過無憂的時候，視她為無物，她的心如同遭到了刀割一樣難受。她的眉頭一皺，胸口一陣發悶，就在此時，腳底的繡花鞋忽然踩住一塊石子，不由得讓她差點失去平衡，並向前踉蹌了一下。「啊……」

「二小姐。」看到主子差點摔倒，玉竹趕緊扔掉後背上的藥箱，上前扶住了無憂。

好在是有驚無險，無憂並沒有摔倒，不過卻是驚魂未定，畢竟她現在是有身孕的人，她也怕自己摔倒了會傷害到孩子。

大概是聽到背後的低呼，沈鈞頓住了腳步，身後的沈言趕緊報告道：「二爺，二奶奶差點摔倒。」

聽到這話，沈鈞趕忙轉身，看到玉竹正好扶著無憂，無憂一副剛剛沒站好的樣子，他不由得皺了眉頭，然後快步地來到了無憂的面前，聲音中帶著些許責備之意。「這麼不小心？」

聞言，抬頭看到那張明顯帶著關切的臉，無憂的心莫名地又生出一股暖意來，就是這股暖意讓這些日子備受冷落的她又心亂起來，隨後便說了一句。「不小心踩到了一粒石子。」

沈鈞蹙了下眉頭，仔細地端詳一眼已經有好多日子沒有好好看過的她，發現她的臉色似乎不太好，不禁心下生出一股憐惜之情。其實，她和他是互相喜歡並愛著對方的，而且都願意為對方付出所有，可是段高存一事卻讓他們兩人有了心結。尤其是兩人也都是異常驕傲清高的人，一旦遇到爭執，兩人便誰也不肯放下自尊去哄對方、去遷就對方，雖然他們內心還是很願意遷就對方，可是彷彿誰也不想跨出這第一步。

「妳進宮了？」沈鈞似乎沒話找話說了。

「去看看姊姊。」無憂回答。

沈鈞沈默了一刻，然後說：「賢妃娘娘還好吧？」

「挺好的。」無憂又回答。

隨後，又是一陣沈默，好像沈鈞再也找不到話說了，不過他卻仍舊站在她的跟前，並沒有要走的意思。無憂亦站在那裡，這一刻，她能夠明顯地感覺到他很想接近自己的意思，似乎過了這幾日，他那日的火氣也已經完全消除了。

這一刻，她不禁在想——也許那日他也是一時在氣頭上，因為自己那日語氣也很強硬，沒有任何商量地一定要懲罰秋蘭，絲毫沒有給他這個男主人面子。前兩日玉竹在自己跟前悄悄說，那日沈鈞從外面回來看到秋蘭被罰跪在院子門口，就過來問了一句，不想秋蘭卻是哭得梨花帶雨，有的沒有的說了不少可憐的話。本來沈鈞就和無憂一直在冷戰，聽了敘述，他以為是無憂沒事找事，故意懲罰他屋子裡的下人。之後無憂也是一味地強硬，他已經在秋蘭面前許下會保全她，所以他們一言不合才會說出要抬秋蘭做姨娘的話。

其實，那日出了臥室的門，沈鈞就後悔了，本來他也自認為是個很沈穩的人，可是無憂卻能點燃他所有的火氣，他竟和她嘔起氣來。可是話既然已經說出口，他就算後悔也不能再去故意說這句話不算數了，便一直拖著沒有讓任何人進來收拾裝潢那三間西廂房。秋蘭卻把那句話當了真，這幾日都是喜孜孜的，不過看著主子又一點動靜沒有了，便故意往這方面扯了幾句。沈鈞當然明白她是什麼意思，但他一直都沒有接話，秋蘭也只好作罷，只能在心裡乾著急了。

當然，這次看到無憂，他是面有愧色，但是無憂又不理他，所以他才負氣越過無憂要走。一聽到無憂差點摔倒，便顧不得什麼自尊傲氣，馬上迎了上來，見無憂似乎也有些回轉，便站在那裡一時都不知道說什麼好了。

無憂身後的玉竹看到沈鈞和無憂兩人在夕陽下默默無言地站著，似乎兩人都有意和好，她便趕緊上前陪笑道：「姑爺、二小姐，這天色也晚了，你們還是進屋裡說話去吧，眼看晚飯的時候就要到了，不如奴婢去廚房讓他們做幾道好菜給你們下酒？這一天姑爺和二小姐奔波了一日也都累了。」

聽到玉竹的話，沈鈞和無憂互相對望了一眼，他們當然明白玉竹是在給兩人製造機會，畢竟他們好像誰也不願意率先邁出一步。他不想先說回去，她也不想先邀請他回去。

兩人默默對視了一刻，沈鈞扯了扯嘴角，剛想說什麼，不想背後卻有人叫了自己一聲。

「二爺。」

沈鈞轉頭一望，只見是秋蘭，懷裡還抱著一個紙包跑過來。看到秋蘭，沈鈞的眉頭皺了一下，無憂的眼光也落在秋蘭的身上。

秋蘭跑到他們跟前，福了福身子，道：「秋蘭給二爺、二奶奶請安。」

無憂只是站在那裡，並沒有作聲，她倒要看看這個秋蘭又要玩什麼把戲，也想看看沈鈞的態度。隨後，沈鈞問：「什麼事？」

「奴婢去外面給您買了您最愛吃的白切雞，奴婢已經叫廚房給您做了幾道您平時愛吃的小菜，奴婢這就去給您搬一罈您自藏的酒去。」秋蘭的笑容在夕陽照耀下格外燦爛。

聽到這話，無憂垂下眼瞼，沈鈞轉頭看了無憂一眼，見她好像絲毫不為所動，他便沈著臉對秋蘭道：「知道了，下去吧！」

「是。」見狀，秋蘭福了福身子，走之前朝無憂這邊瞟了一眼。

秋蘭走後，沈鈞和無憂仍舊站了一刻，沈鈞見無憂什麼也不說，不由得有些氣惱，而無憂也和沈鈞的想法一樣。隨後，無憂抬頭對一旁的玉竹道：「玉竹，不用麻煩了，今兒二爺已經有吃飯的地方了，咱們回去吧！」

聽到這冷冰冰的話，沈鈞不由得蹙眉問：「妳這話是什麼意思？」

無憂的眼睛對上沈鈞的眼眸，冷笑道：「二爺不是說要抬了秋蘭做姨娘嗎？怎麼這都過了好幾日，也沒看到二爺付諸行動啊？對了，二爺是不是忘了讓匠人進來裝潢那三間西廂房，要不要我為二爺操持一下啊？」無憂的話裡帶著濃濃的諷刺，把這些日子所受的氣惱都發洩出來。

聽到這話，沈鈞不由得眉頭緊蹙，一股血氣方剛湧了上來，說：「沒想到二奶奶還真是賢良淑德啊，天天盼著自己的夫君納妾。」

「是我的夫君自己想納妾，我也擔不了這賢良淑德的帽子。」說罷，無憂轉頭就往前走。

後面的玉竹聽到兩人竟然一言不合又吵了起來，內心已經著急萬分了，卻只能乾著急，見主子走了，她只好趕緊揹起藥箱追了過去。站在原地的沈鈞卻是氣不打一處來，馬上轉身朝自己的書房走去，可是走了幾步，就又停下了腳步，遲疑了一下，便掉頭朝大門外再次走去。

後面的沈言見狀，馬上追上前問：「二爺，您這是要去哪裡啊？」

「去軍營。」沈鈞咆哮地道。

聽到這話，沈言只好陪著，不過卻小心地在身後道：「二爺，小的說句不該說的話，那個秋蘭實在是有些僭越了……」

話剛說出來，沈鈞便頓住腳步，轉眼用銳利的眸光盯著沈言一刻，把沈言看得都有些心虛。隨後，沈鈞道：「上次的事情我還沒跟你算帳，今兒你又幫著她說話，你老婆是不是又給你吹枕頭風了？」

「我……」沈鈞的一句話把沈言問得說不出話來。

隨後，沈鈞才負氣地朝外面走去……

著了這樣的氣惱，無憂回去後又是極其疲憊，晚飯自然是不想吃，便歪在床上休息。玉竹見狀，也不敢言語，只得退了出去，在門口和春蘭講了幾句剛才的事情，春蘭也不禁搖了搖頭。

第二日快到晌午的時候，院子裡忽然傳來一陣嘈雜聲，無憂隱隱約約地聽到春蘭告誡什麼人說二奶奶正在歇著，讓他們小聲點。

但就是小聲點也畢竟是有聲音的，歪在床上的無憂還是趿上鞋子來到窗前，伸手推開雕花窗子。只見院落裡有幾個布衣打扮的男子，手裡拿著各種各樣的工具進了西廂房，又來來回回地搬動著西廂房的粗重家具。春蘭和玉竹則傻愣愣地站在院落裡看著那些人來回地走動，看得出她們的表情十分不悅，可是又沒有任何辦法。

看到這裡，無憂大概也明白是怎麼回事了，肯定是沈鈞派人叫匠人進來收拾裝潢西廂房了。呵呵，大概是自己昨兒的兩句話激怒了他吧，還是他本來就想抬秋蘭做姨娘了？無憂在心裡苦笑，腦子也開始胡思亂想起來。

一刻後，春蘭和玉竹進了屋子，只見無憂眼神有些呆滯，春蘭和玉竹互相對望一眼，然後春蘭上前小心翼翼地道：「奶奶，奴婢給您倒杯熱茶吧？」

無憂沒有回答春蘭的話，而是問道：「那些人是不是來裝潢西廂房的？」

春蘭和玉竹對視了一眼，玉竹上前道：「奶奶都看到了？」

無憂知道自己的猜測是對的，便點點頭說：「看來他是急著讓秋蘭進來了。」

春蘭趕緊上前勸道：「奶奶，其實就算秋蘭被抬了姨娘又怎麼樣，您才是正室奶奶。她進來了，您就拿出正牌奶奶的架子來，在您的眼皮子底下，她要是不循規蹈矩，也沒有好日子過的。」

玉竹卻不贊同春蘭的話。「這話怎麼說？難道姑爺想納妾就納妾了？就算納妾也要經過我們二小姐同意吧，這樣算怎麼回事？」

「那現在也只有讓咱們奶奶向二爺低低頭了，可是……」說到這裡，春蘭轉頭望著無憂，因為她知道二奶奶的心性很高，是不會輕易向二爺低頭的。

這時候，一直都沈默不語的無憂說話了。「玉竹，妳去外面把旺兒叫進來，我有話要吩咐他。」

「是。」玉竹聽了，不敢怠慢，趕緊去了。

玉竹走了之後，無憂又吩咐春蘭道：「春蘭，以前二爺不是吩咐妳掌管他的那些金銀細軟嗎？妳去檢查一下，看有沒有丟失的，把單子拿過來給我。」

「是。」春蘭點頭道。

隨後，無憂又問：「老夫人去山上禮佛，走了多少時日了？」

春蘭想了一下，然後回答：「老夫人走的時候說要唸夠七七四十九日的經書才會回來，現在也就走了不到十日吧。」

「嗯。」無憂點點頭，然後衝著春蘭揮了揮手。「去吧！」

春蘭走後，無憂眼神茫然地環顧著這個她住了兩年多的屋子……

第二日一早，無憂梳洗後，吃了早飯，便對跟前的春蘭和玉竹道：「春蘭、玉竹，把我素日穿的衣裳、佩戴的首飾，以及我的書籍、平時研製的藥物、藥箱等等一切用具都趕快收拾出來。記住，收拾的都得是我從娘家帶來或是用自己的錢添置的東西，所有沈家的一切東西都留在原處。」

突然聽到這話，春蘭和玉竹面面相覷，還是玉竹上前問道：「二小姐，您這是……」

無憂倒是很大方地回答：「昨兒我已經吩咐旺兒備車了，今天我就搬到莊子去住。」

聽了無憂的話，春蘭和玉竹皆是一驚，然後春蘭急切地問：「二奶奶，這話是怎麼說的？怎麼突然要去莊子住？您和二爺商量了沒有啊？」

「這是我自個兒的事，為什麼要和他商量？」無憂聽到這話，不悅地反問了一句。

春蘭見狀，趕緊又道：「就算您現在生二爺的氣，可是您這樣不告而別，老夫人會怎麼想呢？」

「老夫人現在在山上禮佛，一個月之內也回不來，我也等不了她老人家了。現在是大奶奶當家，我會差人對大奶奶說一聲的。」無憂說完，看了春蘭一眼，道：「行了，趕快按照我的吩咐去辦，還有在我走之前，不許和任何人說這事。」

春蘭知道自己再多說無益了，一時不知如何是好。玉竹則是點頭道：「二小姐覺得這沈家憋悶，出去莊子住一陣子也好，玉竹馬上收拾東西陪您去。」說罷，趕緊打開櫥櫃、箱子等家具，開始拿包袱收拾東西。

看到玉竹如此，春蘭無法，只得上前道：「既然二奶奶想去莊子散散心，那春蘭也陪您去，春蘭也收拾東西去。」

這時，無憂卻道：「春蘭，妳不必跟著我去了，我這次去莊子……可能就不會回來了。」

聞言，春蘭一愣，半天都沒有反應過來，看了玉竹一眼後，趕緊道：「二奶奶，您……這是哪裡話，怎麼就突然說不回來了？這府裡可是您的家啊，再說還有二爺，有老夫人呢！」

看到春蘭驚異的表情，玉竹倒是和無憂是同路中人，便過來道：「春蘭姊姊，妳不必問了，我家小姐的秉性我最瞭解，這次二爺真的傷了我們二小姐的心了，我家……」

這時候，無憂打斷了玉竹的話。「行了，這件事我已經決定了，妳們不必再多說，趕快按照我的吩咐收拾東西。」

春蘭想了一下，趕緊道：「二奶奶，奴婢雖然是沈家的人，但是自從您嫁進府裡來，二爺就把奴婢撥給您使喚，所以您就是奴婢的主子，主子去哪裡，春蘭自然是要跟著的，二奶奶，您也帶上奴婢吧！」

聽到春蘭的話，無憂愣了一下，正在猶豫之際，春蘭卻撲通一聲跪下來，求道：「二奶奶，您要是不答應，奴婢也會跟到莊子去的。」

見狀，玉竹在一旁幫腔道：「二小姐，春蘭姊姊是一心為您，不如您就帶上她吧！您嫁過來的時候陪嫁了四個丫頭過來，另外三個姊姊都有了歸宿，您身邊就剩下奴婢一個，好歹春蘭姊姊也可以跟奴婢一起伺候您。」

坐在椅子上的無憂掃了玉竹一眼，又看了看春蘭，見她一片誠心，再想想如果秋蘭進來這個院子做了姨娘，春蘭和秋蘭現在已經勢同水火，她再留在這裡大概也會生出好多事端，恐怕對她也不利。而且自己身邊的人也不多了，應該帶著她一起離開比較好，便點了點頭，道：「既然如此，那就趕快收拾東西，我一刻也不想在這裡多待了。」

春蘭馬上歡喜地道：「是、是。」

隨後，春蘭和玉竹迅速地收拾東西，無憂則在一旁冷眼看著這熟悉的房間、熟悉的家具……

終於，東西都收拾好了，無憂檢查了那幾個包袱，見都是按照她的吩咐收拾，裡面的東西都是她從娘家帶來、或是嫁過來後用自己的銀錢添置的，沈家給的那些首飾衣服等物她一件也沒拿，隨後便帶著兩個丫頭，拿著包袱一路朝大門口走去了。

這時候，沈家大門口已經停靠三輛馬車，旺兒夫婦早已在外面等候，見無憂主僕三人出來後，趕緊上前接過包袱，放在一輛專門放行李的馬車上。隨後無憂和玉竹、春蘭上了另外一輛馬車，旺兒和劉氏則是坐另外一輛馬車。很快地，三輛馬車便排著隊地往前行進。當然，這個狀況被門上的幾個小廝見了，都覺得很稀罕，不知道二奶奶這大包袱小行李的到底要去哪裡？回娘家吧也不像，不過都是些下人們，也就是背地裡議論卻不敢過問的。

顫悠悠的馬車上，無憂在車窗裡回頭最後看了沈家一眼，內心感慨萬千。轉過頭來，伸手放下窗簾，心中有一種說不出的滋味。嫁入沈家也有兩年多了，可以說有苦也有甜，也經歷了一場刻骨銘心的愛戀，一直都以為可以白頭偕老的人，沒想到最後卻是這樣的結局。

一刻後，春蘭回道：「奶奶，奴婢已經把庫房裡的鑰匙交給院子裡的婆子，還把帳單也給了那個婆子，讓她轉交給二爺。」

「嗯。」無憂點了點頭。她既然選擇了離開，就不會帶走屬於沈家的一針一線。

玉竹又道：「二小姐，奴婢已經讓一個小丫頭去回大奶奶了，就說您要去莊子逛兩天。」這是無憂吩咐的，畢竟現在是姚氏管家，老夫人又不在，她走了自然是要說一聲的，只是為了避免麻煩，只說去莊子逛幾天罷了。

「嗯。」無憂又點了點頭，然後車廂裡就陷入一陣沈默……

這日傍晚，沈鈞剛一回來，一個婆子便迎上前來，福了福身子，道：「二爺。」

「什麼事？」沈鈞問。

「這是春蘭姑娘讓奴婢交給您的，說是二奶奶吩咐的。」說著，那個婆子便把一本紅色帳本雙手遞給了沈鈞。

沈鈞伸手接過帳本，在落日餘暉下打開帳本，低頭快速地掃了一眼，然後抬頭問：「這是什麼意思？」

這時候，那個婆子又拿出一把鑰匙遞上，道：「還有這把鑰匙，也是春蘭姑娘說是二奶奶讓交給您的，還有就是她已經按照帳本上的紀錄一一查看了一遍，並不少一樣。」

接過那個婆子手中的鑰匙，沈鈞不由得蹙起眉頭。

那婆子見二爺丈二金剛摸不著頭腦，又回道：「二爺，今兒晌午以前二奶奶帶著春蘭、玉竹、還有旺兒兩口子，乘坐三輛馬車離開府裡了。」

聽到這話，沈鈞不由得一驚，一把抓住那婆子的手臂，婆子大概是被抓疼了，所以齜牙咧嘴的，但是到底不敢吱聲。隨後，沈鈞急切地問：「妳說什麼？二奶奶走了？」

「嗯，嗯。」那個婆子趕緊點頭。

聽到肯定的回答，沈鈞遲疑了一下，才緩過神來，又追問道：「那二奶奶去哪裡了？」

「去……據說是去城外她陪嫁的那個莊子了。」婆子趕緊道。

聞言，沈鈞鬆開婆子的手臂，傻了一刻，然後低頭看了看自己手裡的帳冊，便轉身快步地朝他和無憂共同居住的院子走去。進了院子，有兩個小丫頭看到沈鈞彷彿帶著一抹急切和慍怒走進來，她們兩個便站在一邊大氣都不敢出。隨後，沈鈞伸手用力地撩開竹簾進了屋子。

跨進門檻後，沈鈞環顧了一下整個屋子，見裡面和無憂居住的時候似乎沒有什麼兩樣，窗明几淨，只是仔細看之後還是能感覺有所不同，因為無憂帶來的所有書籍、藥箱，以及她日常用的東西都不見了。看到如此，沈鈞的心有一種被掏空了的感覺，這種感覺無憂在的時候是完全沒有的，雖然兩人最近在冷戰、在嘔氣，可是他卻從來沒有想過會再次失去她，那種恐慌讓他感到窒息。

他呆愣地坐在一旁的八仙桌前，手上的帳冊緩緩地從他手中滑落到地上。

當沈鈞步入書房的時候，書房裡已經燈火通明。秋蘭見沈鈞回來了，趕緊滿面笑容地上前道：「二爺，您回來了？」

「嗯。」沈鈞沈聲應了一句，便轉身坐在書案前，感覺異常疲憊的樣子。

這兩日秋蘭見二爺已經叫匠人開始裝潢那三間西廂房，有幾個平時溜鬚拍馬的人便過來通知她並且奉承她，秋蘭不禁十分受用，眼看著她的姨娘夢就要實現了。而且她的消息靈通，據說晌午前二奶奶就帶著她的陪房和丫頭坐著馬車去莊子了。秋蘭當然知道肯定是二奶奶為二爺要抬自己做姨娘的事情生氣，越看到他們嘔氣，秋蘭就越是得意，感覺他們夫妻生分了之後，她肯定就有機會了。

見沈鈞很疲憊的樣子，秋蘭趕緊走到沈鈞的身後，伸手一邊幫沈鈞按摩肩膀一邊笑道：「二爺好像很累的樣子，晚上二爺想吃什麼？奴婢讓廚房去準備？」

「我不餓，下去吧！」沈鈞有些不耐煩地道。

聽了這話，秋蘭卻還不死心，趕緊又道：「二爺，奴婢知道您累了，讓奴婢再給您按按肩膀吧？」

「下去。」沈鈞這次有些慍怒了，又說了兩個字，語氣卻是非常堅決。

聞言，秋蘭趕緊停了手，走到沈鈞跟前，看到他的眼眸陰鷙，臉色很不好看的樣子，她便識趣地不敢多說什麼下去了。

秋蘭走後，沈鈞才伸手從懷中拿出那支銀色的簪子，她竟然連這個東西也沒有帶走，她到底是什麼意思？要和自己徹底劃清界線了嗎？

第七十三章

時光過得很快，轉眼就是一個多月。時節也到了盛夏，午後外面樹上的知了不斷地鳴叫著，烈日曬乾了土地，人坐在屋子裡不幹活都滿身是汗的感覺。

來到莊子後，無憂都是深居簡出，不過在清晨和黃昏後都會在莊子閒逛，這裡空氣好，環境清幽，倒是挺適合她這個孕婦的。轉眼她已經懷孕三個多月了，腹部雖然還不太明顯，但也已經有些顯形了。身邊貼身伺候的春蘭和玉竹還是不能避免的知道了她有孕的事情，不過外面的人都還不知道。

無憂已經嚴厲告誡過這兩人，誰也不許把她有身孕的事情洩漏出去，如果洩漏一個字，她就讓她們離開自己的身邊，從此斷絕主僕關係。春蘭和玉竹雖然有心以此事想讓她和沈鈞和好如初，但是畢竟主子放話，誰也不敢造次。來這裡一個多月了，沈鈞始終未曾來過，也沒有差人來過，雖然無憂面上沒什麼，下人們也知道無憂心中是憋了一口氣的，誰也不敢在她面前提「二爺」這兩個字。

這日午後，天氣異常炎熱。

春蘭端著托盤走到床榻前，對歪在榻上的無憂笑道：「奶奶看這是什麼？」

無憂低頭往那托盤裡一掃，只見是一碗酸梅湯，不過碗裡還有一塊冰塊，冰塊在這個時代可是個稀罕物，不由得眼睛一亮，問道：「冰塊？這是哪裡來的？」

「昨兒大奶奶差人送來的。」春蘭一邊說一邊雙手捧起碗，遞到無憂的面前。

在這個沒有空調和電扇的時代，盛夏是十分難熬的，去年在沈家還嘗試過冰塊，今年在這莊子上還真是想了好幾回呢！隨後，她便低頭喝了半碗，笑道：「這冰鎮的酸梅湯就是解熱，大奶奶有心了。」來這兒以後，姚氏時不時的就派人送新鮮的果蔬以及這莊子上沒有的吃食用物過來，無憂還挺感激她的。

春蘭笑道：「昨兒奴婢忘了回您，大奶奶送了許多新鮮的水果還有菜蔬過來，當然還有一大木桶的冰塊。您來這裡一個多月，大奶奶可是沒有少往這邊送東西呢！」

無憂想了一下，吩咐道：「是啊，趕明兒讓旺兒派人把咱們莊子的作物給大奶奶送回府裡去，並代我向大奶奶道謝。」

「是。」春蘭應了聲。

隨後，主僕兩個便有一句沒一句地聊起天來，大概過了半個時辰左右，外面忽然傳來一陣急切的腳步聲。門從外面打開後，只見玉竹快步走進來，看樣子有些慌張，一副有事的樣子，無憂不禁問：「出什麼事了？」

「大奶奶差人過來說沈家出事了。」玉竹趕緊回答。

「出什麼事了？」聽到這話，無憂和春蘭都是一驚。

「說二爺被皇上打進天牢了。」玉竹一下子就拋出一個爆炸性的消息。

無憂的眉頭都皺了起來，還沒等她開口，一旁的春蘭已經按捺不住地問：「二爺被打進了天牢？這話是怎麼說的？二爺現在備受皇上器重，皇上怎麼會好端端地把二爺打進天牢呢？」

看到無憂也用疑惑的眼神看著玉竹，玉竹趕緊說：「來人是個小廝，我問了幾句他也說不上來，反正就說二爺犯了事，說是連老夫人都回來了，老夫人一聽就犯了心口疼的舊疾，大爺已經到處去打聽了，大奶奶便派人來說請二奶奶趕緊回去。」

無憂的眉頭蹙得更緊了，聽到沈鈞被打進天牢的消息，她的心還是一緊，不過轉念一想，她已經決定和沈鈞分手，他的死活也跟自己沒有多大關係，她還以什麼立場回去沈家呢？雖然她也希望沈鈞沒事。

見無憂半晌不言語，春蘭趕緊跪在地上，求道：「二奶奶，現在二爺處在危難之中，您不能見死不救啊！」

看見春蘭跪在地上，無憂百感交集，道：「聖上怪罪下來，我一介女流回去又能怎麼樣？我沒有能力救他的。」

春蘭卻道：「二奶奶是個神通之人，每次都吉人天相，這次也一定有辦法能夠救二爺的。再說奶奶的親姊姊是當今賢妃娘娘，賢妃娘娘是最得聖上寵愛的，所以奶奶一定能夠救二爺。」

無憂仍遲疑了一下，道：「沈家在宮裡也是有一位娘娘，自己的親弟弟，我想昭容娘娘也一定會盡全力營救的。」

「二爺的姊姊是昭容不假，可是這麼多年在聖上面前根本就說不上話，估計平時連見一面都不容易。奶奶雖然這些日子是和二爺鬧得不愉快，但是您現在和二爺還是夫妻呢！還請奶奶看在往日的情分上趕快回去吧！」春蘭又求道。

看到春蘭哭泣的模樣，無憂坐在那裡很為難，心想——這個沈鈞這次到底又是為了什麼惹惱了聖上？他這個人的脾氣就是這樣，根本不管對方是誰，脾氣上來執拗得很，都是一根筋的。此刻，無憂雖然也有些為沈鈞著急，畢竟當今聖上掌握生殺大權，他的事情可大可小，鬧不好抄家滅門也不是不可能，可是她卻不想回去，在她離開那個大門的時候，就沒有想過還會回去。

春蘭見無憂好像不為所動的樣子，便轉頭望著玉竹，玉竹見狀，上前小心翼翼地道：「二小姐，剛才大奶奶派來的人說老夫人這次病得不輕，已經請了兩位知名的大夫，可是也沒見好轉。這陳年舊疾大概也只有您能治了，就算您不為姑爺，老夫人的病您還需回去看看的。大奶奶派來的人說得很急，晚了怕是……」

無憂抬頭望著玉竹，此刻，她是不能再拒絕了，畢竟沈老夫人和自己也是婆媳一場，更何況沈老夫人的舊疾她很明白，是心絞痛，這次大概是急火攻心。本來沈老夫人年事已高，再說這兩年身子也不太好，這樣一來大概是很危險。她又低頭看看自己那已經有些顯形的肚子，不禁擰了眉頭。因為這樣回去恐怕不好遮掩，萬一讓人識破，她再想回來就難了。

看到二奶奶望著自己的肚子發呆，聰明的春蘭馬上知道二奶奶在擔心什麼，便上前道：「奶奶，您是不是怕讓人看出來您有身孕的事情？奶奶放心，這次回去奴婢和玉竹都會守口如瓶。而且您外面穿著紗罩衣，再在裡面繫上一條寬腰帶是沒人會看出來的，再說您平時也不要出去走動，奴婢想是絕對不會出岔子的。」

無憂知道身為一個醫者，她是不能不管沈老夫人的死活，所以決定回去看一看沈老夫人，至於沈鈞的事情，只好視情況再打算。下一刻，無憂點頭道：「妳們趕快去準備行裝吧！記得把藥材都帶齊了。」

聽到無憂終於答應了，春蘭馬上喜出望外地站起來和玉竹去打點。無憂最後還囑咐了一句。「衣服不用帶太多，我不會久留，還有妳們二爺的事情，我也不能保證救得了他。」

聞言，春蘭笑道：「奴婢知道二奶奶雖然嘴上這麼說，其實心是最軟的。」說罷，趕緊去準備行裝了。

兩個丫頭的手腳都很快，轉眼便收拾好，馬車也在外面備好了。聽說無憂要回沈家，旺兒不放心，親自駕著馬車送無憂回去。

奔波了一路後，等無憂的馬車停靠在沈家大門口的時候，已經到黃昏時分。門上的人見是無憂回來了，不敢怠慢，有人趕緊到沈老夫人的屋子裡傳話去了，無憂也直接往老夫人的院落走去。

剛剛走進沈老夫人居住的院子，就看到穿著一身湖綠色褙子的姚氏迎了上來，看來是門上的人早已經傳過話了。姚氏看到無憂，趕緊拉住她的手，皺著眉頭道：「弟妹啊，妳可算是回來了。」

「大嫂，母親現在怎麼樣？」看到姚氏的臉色很凝重，無憂知道沈老夫人的情況並不是很好。

「老毛病又犯了，一天之內請了兩個大夫過來都沒有辦法。」姚氏回答。

無憂道：「那我進去看看再說。」

姚氏卻抓住無憂的手腕，道：「弟妹，等一下。」

「大嫂有事？」無憂疑惑地問。

姚氏看了無憂一眼，然後說：「我派去的人可是告訴妳二弟的事情了？」

見姚氏提起了，無憂點點頭。

見無憂都知道了，姚氏回答道：「我們也不知道，這是昨兒的事情，妳大哥在外邊打聽了一天，好像也沒問出個所以然來，唉，所以母親才會如此著急。弟妹啊，母親剛剛才禮佛回來，我沒告訴她……妳和二弟鬧彆扭的事情，只說妳去莊子避暑幾日，所以妳先別提這事。」

無憂點頭道：「無憂明白。」

無憂在玉竹的攙扶下進了屋子，屋子裡寂靜得很，只見沈老夫人歪在炕上，一副愁眉不展的樣子。

無憂上前福了福身子，道：「無憂給母親請安。」

沈老夫人見無憂來了，馬上坐了起來，拉著無憂的手懇求道：「無憂啊，鈞兒被打進天牢了！妳姊姊是當今聖上最寵愛的賢妃娘娘，她的話在皇上面前肯定有用，不如妳趕快進宮去為鈞兒求情啊。」

「這……」無憂其實一進來的時候就知道沈老夫人也許會提出如此的要求，可是她卻有些為難。

見無憂面有難色，沈老夫人不禁不悅地道：「怎麼？難道妳不想救鈞兒不成？他可是妳的夫君，他有什麼三長兩短，妳又能好到哪裡去？」

看到沈老夫人不高興了，一旁的姚氏趕緊打圓場道：「唉呀母親，弟妹怎麼會不想救二弟呢！您誤會弟妹了，雖說弟妹的姊姊是賢妃娘娘，在宮裡也是獨寵於聖上，可是畢竟伴君如伴虎，賢妃娘娘在皇上面前說話也是要有分寸的。」

沈老夫人點頭道：「妳說這話也有理，就算是再受皇上寵愛，在聖上面前也是有君臣之分的。不過話說回來，咱們家也只有指望賢妃娘娘能為鈞兒說話了。雖然霜兒也是昭容，但是在聖上面前可是說不上話的。」

「賢妃娘娘和弟妹姊妹情深，我想只要有機會，娘娘肯定會幫忙的。」姚氏趕緊道。

「無憂，事不宜遲，妳明兒一早就進宮去求賢妃娘娘，我會讓妳帶幾樣我這些年來壓箱底的東西去孝敬娘娘。」沈老夫人想了一下道。

聽到這樣的話，無憂知道自己已經不可能再拒絕了，這時候，一旁的姚氏又悄悄地拽了拽無憂的衣裳，無憂才點頭道：「明兒一早我就進宮去，只是母親的禮物就不用帶了，我姊姊也不會收您禮物的。」

「是啊、是啊，母親，咱們和賢妃娘娘畢竟是姻親關係，咱們這個時候拿禮物去反倒顯得咱們小氣，賢妃娘娘收著也不自在，不如等二弟平安歸來以後，咱們再答謝為好。」姚氏笑道。

沈老夫人道：「嗯，妳說得也是，那就這樣辦吧！」

見沈老夫人的臉色有些緩和，無憂才道：「母親，不如讓無憂給您把把脈吧？」

「嗯。」這時候，沈老夫人才算答應了。

診過脈後，無憂開了個方子，又和姚氏安慰了好一會兒，待伺候老夫人睡下才出來。出了沈老夫人的屋子，夜幕早已經降臨，不過院子裡都掛著燈籠，所以很是明亮。姚氏和無憂並肩一邊說話一邊走著，姚氏掃了無憂一眼，不禁道：「弟妹，這樣大熱的天，妳怎麼還穿著紗罩衣啊，也不怕中暑嗎？」

無憂怕姚氏看出自己懷了身子，便趕緊道：「莊子上到底比城裡清涼些，再說我回來的時候太陽也快落山了，前幾日又偶感風寒，便拿出這紗罩衣來穿了。」說著，她還伸手攏了一下紗罩衣的衣襟，畢竟姚氏是個精明人，她還是小心為妙。

姚氏此刻也是焦頭爛額的，畢竟也害怕因為沈鈞觸犯天顏的事情而使整個沈家獲罪，她並沒有多想，便道：「怪不得呢！」

聞言，無憂一笑，趕緊轉移話題，道：「說來無憂還沒有感謝大嫂呢！」

「感謝我什麼？」姚氏疑惑地問。

「我去莊子這一個多月，大嫂可是沒少費心派人送東西給我，別說妳送的那些瓜果蔬菜，尤其是那冰塊我可是受用得很呢！」無憂道。

聽到這話，姚氏擰了一下眉頭，說：「瓜果蔬菜我是給妳送了兩次，不過那個冰塊可不是我送的，也怪我粗心，怎麼沒想到給妳送些冰塊過去呢？要知道莊子上肯定沒有這東西的。」

聽到姚氏的話，無憂一怔，心下便疑惑起來，怎麼回事？那冰塊不是姚氏送的？可是玉竹明明說是姚氏派人送來的呀？還有她這一個多月吃的都是送來的新鮮水果蔬菜，送到莊子少說也有五、六次之多，怎麼姚氏說才送了兩次呢？難道……

正在這時候，姚氏和無憂已經並肩走出沈老夫人居住的院落，正好春花趕過來道：「奶奶，給二奶奶請安。」春花看到無憂，趕緊先行了個禮。

無憂道：「免了。」

見春花來得行色匆匆，姚氏趕緊問：「是不是大爺回來了？」

「大爺剛進門。」春花馬上回答。

聽到這話，姚氏對無憂說了一句。「弟妹啊，我先去看看妳大哥到底打聽出來什麼沒有，要是有二弟的消息，我馬上再過來給妳回話啊。」

「好。」聞言，無憂點了點頭，目送著姚氏離去。心中多少也有些牽掛，只希望沈鈞能夠平安歸來就好。雖然兩人之間已經形同陌路了，她還是希望他能夠平安，那就是所謂的最後能相忘於江湖吧？

目送姚氏離開後，四周除了春蘭和玉竹已經別無旁人，春蘭趕緊上前輕聲道：「奶奶，嚇死我了，大奶奶可是個精明人，幸虧今日天黑了，大奶奶又有些心不在焉，要不然還真是個麻煩事呢！」

說到這話，一旁的玉竹也道：「是啊，可是明兒怎麼辦？總不能讓二小姐藏起來不見人了吧？」

無憂低頭想了一下，然後道：「明日咱們一早就進宮去。」

聞言，一旁的春蘭馬上就笑道：「這倒是個好辦法，奶奶可以進宮去躲躲。反正您給老夫人也看了病，開了藥方子了，而且也進宮去給二爺求了情，等晚上再回來就好了。」雖然春蘭現在一心為無憂打算，但是到底沈家是她的舊主，她還是希望二奶奶能和二爺重歸於好的。

聽到這話，無憂便沒有言語，只說了一句。「回去吧，我也有些累了。」

回到原來居住的屋子後，無憂發現屋子裡的陳設甚至是床單床幔都和以前一樣，到處都沒有一丁點的改變，而且屋子裡雖然已經有一個多月沒有人住，卻還是窗明几淨的，看得出每日都有人進來收拾。

春蘭傳了一個丫頭進來問話，據那丫頭說，二爺這一個多月都在書房裡歇著，只到這邊來過兩、三次，自從無憂走了之後，那西廂房的裝潢也停了，匠人們都被遣出去，當然也沒有發生抬秋蘭做姨娘的事。據說那個秋蘭這些日子倒是老實得很，一次也沒來過這裡。

聽到這些後，無憂心裡倒是沒有起多大的波瀾，她發現自己現在彷佛已經心如止水了，除了不想讓沈鈞有生命危險之外，她的心現在已經完全轉移到肚子裡的孩子身上。不過，春蘭還是在勸著無憂，玉竹也實在不想姑爺和二小姐就這麼完了。

翌日一早，無憂便收拾停當，趕在眾人還沒有走動的時候，帶著春蘭和玉竹出了沈家的大門，一路往皇宮的方向奔去。今日，無憂仍舊是在湖綠色的褙子外面套了一件白色的紗罩衣，看起來很飄逸，也能夠適當地掩飾身材，畢竟她也不想讓賢妃知道自己有孕的事情，若賢妃知道了，大概眾人也都會知道了。

進了昭陽殿，賢妃的貼身宮女薔薇親自過來迎接。「夫人，娘娘剛剛起身，聽到您來了，可是高興得不得了，不過也是料定了您這兩日肯定會過來，所以讓奴婢過來親自迎接呢！」

「有勞姑娘了。」聽到這話，無憂心想——姊姊應該是對沈鈞被打進天牢的事情早就知道了，所以料定自己一定會進宮來吧！

進了賢妃的寢宮後，外面的太監通報一聲沈夫人到了。無憂剛一進入寢宮，就看到姊姊微笑著親自迎了出來，無憂見狀，趕緊翩翩下拜，道：「無憂拜見娘娘。」

這時候，賢妃一把拉起了無憂，笑道：「這裡沒有外人，自家姊妹不必拘禮。這麼早入宮，肯定還沒有用早飯吧，我已經讓人給妳備早飯了。」

無憂坐在雕花的八仙桌前，掃了一眼桌上的各式早點，花卷、點心、油條、蛋餅、清粥、幾種湯類，還有數十樣小菜，可以說應有盡有，無憂不禁為姊姊設想周到而心中湧出溫暖。隨後，無憂笑道：「姊姊是算準了我今兒要來的。」

「那是，妳是我的妹子，妳的性子我還不瞭解？來，咱們一邊吃一邊說。」說著，賢妃讓薔薇盛了一碗清粥遞給無憂。

「聽姊姊的。」聽到姊姊如此說，無憂也知道姊姊肯定是明白自己為何而來，便安心地低頭吃了起來，反正她也餓了，自從頭三個月的早孕反應過了之後，她就非常的好飲食了，彷彿很容易餓，感覺最近都胖了好幾斤。

見無憂吃了不少之後，賢妃便正色對無憂道：「妳是為了沈鈞的事情來的吧？」

聽到姊姊直截了當說了出來，無憂便放下筷子，說：「姊姊，沈鈞這次到底是為什麼事情觸犯了天顏？這兩日沈鈞的大哥沈鎮在外面打聽了好多地方，都沒有打聽到原因，沈家老夫人急火攻心犯了舊疾，沈家一家大小都很著急。」

聞言，賢妃便屏退了左右，正色地道：「這次沈鈞犯的事情是皇上最忌諱的事，更何況沈鈞又是皇上最為器重的武將，所以這次皇上很是惱火，不過知道這件事的人很少，皇上一氣之下便將沈鈞打入天牢。我已經求過皇上了，好歹也要留沈鈞一條性命，不過皇上鐵青著臉沒有說話，這兩日很不高興，都沒有往我這昭陽殿來呢！」

無憂蹙了下眉頭，問：「皇上最忌諱的事情難道是……謀反？」當今聖上大概最忌諱的就是臣子的忠誠度吧？

「妳猜得差不多，是通敵叛國。」賢妃糾正道。

聽到這四個字，無憂連連搖頭道：「通敵叛國？這不可能，沈鈞對皇上可是忠心耿耿，甘願肝腦塗地的，肯定是有人栽贓陷害。」

「可是沈鈞已經當著皇上的面承認了，而且還願意承擔一切的罪責，說對不起皇上的知遇之恩，只求一死，只求皇上不要牽連家人。」賢妃說這話的時候也蹙緊了眉頭。

「什麼？承認了？」無憂這時簡直不敢相信自己的耳朵了。

「是啊，我也是想不通的，沈鈞怎麼會突然和那大理的世子連上線呢？」賢妃也是百思不得其解。

突然聽到大理世子這幾個字，無憂一怔，趕緊拉住姊姊的手問：「姊姊，妳趕快告訴我這到底是怎麼一回事？」

見無憂著急，賢妃回答道：「這事大概也有些日子了，只是皇上怕我擔心，一直都沒有告訴我。妳知道皇上畢竟是九五之尊，而且他的疑心也很重，所以有一支隊伍是專門為皇上搜集各個大臣、宗室、皇親國戚，包括民間的消息。說是前幾個月大理世子偷偷來過咱們大齊的京都，這件事沈鈞早就知曉了，卻一直都沒有稟告皇上。妳知道最近幾年咱們大齊和大理在邊境上經常會有小規模的對抗，大理的兵力也是連年強壯起來，所以皇上一直都十分忌憚。據說沈鈞還和這位世子見過面，而且就這樣堂而皇之地放對方離開了京都，妳說這麼大的事情沈鈞就一點也沒有向皇上稟告，皇上能不生氣嗎？」

聽到這話，無憂不禁心亂如麻，原來沈鈞是被自己連累了。這個通敵叛國的事情皇上可不會輕饒，就算是姊姊求情，皇上也不會從輕發落。即使能僥倖保住一條性命，活罪也是難逃的，不是流放千里以外就是在監獄中度過好多年，大概連沈家也不能倖免。

見無憂面如土色，賢妃只嘆了口氣。「皇上已經見過沈鈞了，問他是否通敵叛國。」

「他怎麼說？」無憂急切地問。

看到無憂急切的表情，賢妃回答道：「沈鈞說通敵叛國絕對沒有，不過確實是知曉大理國世子來京都的事情，還碰過面，並且在知情的情況下把對方放走了。」

無憂知道沈鈞是把一切罪責都攬在自己的身上，這一刻，她不禁百感交集，到了性命攸關的時刻，他竟然替自己攬了一切的罪責。可是他這些日子卻因為這件事對自己如此的冷漠無情，現在又甘願為自己掉腦袋，真是不知道他對自己是有情還是無情了。

見無憂低頭不說話，賢妃道：「妳說這個沈鈞這次怎麼這麼奇怪呢？為什麼這麼大的事情竟然不向皇上稟告？這通敵叛國的罪責要是定下來，就是神仙來了也救不了他的。」

無憂馬上央告道：「姊姊，我想見皇上一面，請姊姊幫我安排。」

聞言，賢妃卻蹙著眉頭道：「姊姊知道妳關心沈鈞的安危，但是妳自己去求情也是沒用的。妳放心，姊姊會想盡一切辦法救沈鈞，怎麼著也會讓皇上留他一條性命。」

「我不是替沈鈞求情，而是我知道沈鈞的苦衷，知道這件事的隱情。」無憂馬上道。

賢妃不解地盯著無憂，然後說：「到底是怎麼回事啊？妳先跟姊姊說說。」

這一刻，望著賢妃的眼神，無憂知道這件事情她必須向皇上解釋清楚，這才是能夠救沈鈞的唯一辦法。如果跟姊姊說了實情，那麼就是自己犯了叛國通敵的罪，那無疑就是死罪，姊姊是絕對不會讓自己向皇上說出實情的。所以無憂只堅持道：「姊姊，這件事我只能對皇上親口說，還請姊姊不要問了，請姊姊為我安排就是。」

「妳……」賢妃這時候有些弄不懂無憂了，所以很猶豫。

見姊姊猶豫，無憂立刻起身，跪在了賢妃的面前，求道：「姊姊，請妳為無憂安排面聖吧！」

見狀，賢妃也只得一邊扶她起來一邊道：「妳快起來，姊姊答應妳就是了。」

「那姊姊趕快安排，無憂一刻也不能等的。」要知道聖意難測，無憂想馬上就能見到皇上。

「嗯。」賢妃點了點頭，便轉頭往外面喊道：「薔薇。」

「奴婢在，娘娘有何吩咐？」隨後，薔薇趕緊走了進來。

「妳去看看皇上下早朝沒有？如果下了早朝，請皇上過來一趟，就說我有要緊的事情要對他說。」賢妃吩咐道。

「是。」薔薇領命後便趕緊去了。

聽到姊姊吩咐薔薇的話很是隨意，雖然也有君臣之分，但可以看得出姊姊和皇上的關係很親密，和普通的夫妻還是有相同之處，並不像一般的皇上和妃子之間誠惶誠恐的關係，所以她知道過不了多久就能見到皇上了。在這一世，無憂和賢妃可以說是非常投緣，所以她非常想讓賢妃能過上幸福的生活，看到姊姊和皇上如此恩愛，無憂也放心了。

無憂道：「姊姊可是按照我的囑咐和皇上同房了？」無憂算準了賢妃的排卵期，囑咐她一定要在這幾天同房。

「嗯。」賢妃紅著臉點了點頭。

「姊姊大概很快就會有孕了。」無憂笑道。

「真的？」賢妃聽到這話異常地高興。

無憂又囑咐道：「姊姊，娘的性子柔弱，弟弟又小，妳的身分又尊貴，以後他們都要靠妳了。妳也要好好保重自己，雖然皇上對妳寵愛有加，但畢竟這深宮不比別處，到處都是玄機，到處都是陷阱，姊姊一定要小心才是。」無憂知道自己如果把所有的一切都向皇上說明，那麼她就死罪難逃了。她畢竟放走了大齊的心腹大患，也許她和她的孩子就要離開這個世界了，想到這裡，不禁伸手摸了一下腹部，此刻她都能感覺得到肚子裡的孩子在慢慢地動著。這一刻，無憂竟然有一種視死如歸的感覺，只可惜肚子裡的孩子還沒有來到這個世界，不過到底有自己始終陪伴著孩子，應該是不會寂寞的。

聽到無憂的話，賢妃不禁擰了下眉頭，感覺似乎有些不對似的，然後問：「無憂，妳怎麼忽然對姊姊說這些？妳是不是有什麼事瞞著姊姊啊？」

無憂拍了拍姊姊的手道：「姊姊，這件事就交給無憂自己處理吧，妳幫不了我的。」雖然知道姊姊在皇上那裡有著舉足輕重的地位，但是自己犯的畢竟是通敵叛國的大罪，皇上是不會姑息的，所以她也不想讓姊姊為難，更不想因此破壞姊姊和皇上之間的感情。

隨後，無論賢妃怎麼問，無憂就是不肯開口，急得賢妃在寢宮裡來回走動。一刻後，賢妃對坐在八仙桌前的無憂道：「妳要是再不說，我就不讓妳見皇上了。」

「姊……」無憂還沒有說完一句話，外面就傳來太監的尖銳聲音。

「皇上駕到。」

賢妃一驚，但也只好起身接駕，只能見機行事了。無憂聽到這聲皇上駕到，卻是心中一喜，然後趕緊站在賢妃身後準備接駕。很快地，只見一道明黃色的身影步入賢妃的寢宮，身後還跟著一個管事太監。

「臣妾、薛氏拜見皇上，吾皇萬歲萬歲萬萬歲。」賢妃和無憂分別翩翩下拜。

德康帝單手揹在身後，低頭看了一眼跪在地上的無憂，才伸手攙扶起面前的賢妃，道：「朕就知道妳請朕來肯定有事，原來是小姨妹來了。」

聽到這話，賢妃只得拉住德康帝的手，道：「皇上，想必您也知道妹子為何而來，您就……」

哪裡知道賢妃剛說了一句，德康帝便打斷她的話，道：「如果想替沈鈞求情那就不必了，這件事關乎到國運，朕是絕對不會講情面的。」

被打斷了話，賢妃想說什麼，可是終究又說不出口，因為她看到德康帝的表情很堅決。這時候，德康帝鬆開賢妃的手，走到無憂的面前，低頭對仍舊跪在地上的無憂道：「按理說你們沈家也是皇親國戚，可是妳也要知道這次沈鈞犯的罪是朕最為忌諱的，而且關乎國本，還希望妳不要再為難妳姊姊，妳姊姊這個忙是幫不了妳的。」

無憂卻抬起頭來，仰望著德康帝，出乎賢妃和德康帝意料的是她並沒有開口求情，而是道：「皇上，無憂今日進宮並不是為沈鈞求情而來。」

聞言，德康帝疑惑地問：「那妳是為何而來？」

「回皇上的話，無憂這次是想把事情跟皇上說清楚，因為通敵叛國的並不是沈鈞，而是我。」無憂一字一句地道。

聽到這話，德康帝一驚，然後轉頭和賢妃對視了一眼，賢妃趕緊道：「無憂，在皇上面前妳可千萬不要胡說，姊姊知道妳是為了救沈鈞心切，但是罪責也不能這樣往自己身上攬的。」

無憂對賢妃道：「姊姊，無憂雖然是一介女流，但還是講道理的，通敵叛國的人的確是我，並不是沈鈞，沈鈞承擔了一切只是為了讓我脫罪。我想皇上不能不問青紅皂白就給沈鈞定罪，還請皇上能夠聽聽無憂的解釋。」

聽到這話，德康帝倒是饒有興致地對無憂道：「既然妳這麼說，那朕不妨就花點工夫聽妳講完，不過我警告妳不要浪費朕的時間，要是朕發現妳是無理攪三分，朕可是不會輕饒的。」

「皇上，無憂失蹤的這大半年是在大理度過的，您只要往這裡一想，大概就不會說無憂只是想給沈鈞脫罪了。」無憂抬頭道。

德康帝和賢妃對視了一眼，無憂說得很對，德康帝也是聽賢妃說無憂是在大理度過了大半年，不過卻不知道這事和大理世子有關，這樣看來確實是有莫大的關係。下一刻，德康帝就轉身坐在八仙桌前一個繡墩上，對跪在地上的無憂道：「妳馬上說。」

聽到無憂的話，賢妃也是很疑惑，所以也坐在一邊，並讓薔薇上了茶水，便開始認真地聽起無憂的話來。

無憂跪在地上，將她從大理醒來開始到被段高存護送回大齊的大半年經歷一一地說了出來。當然，最後把自己如何放走段高存的事情也說了出來，只是隱瞞了沈言幫助自己的經過，因為她實在是不能救了沈鈞又把沈言搭進去，並且沈言也是為自己辦事。

聽了無憂的話，德康帝和賢妃沈默了良久，因為沒想到這件事竟然是如此複雜，可是想想又在情理之中。

無憂見德康帝一直沈默不語，也明白德康帝大概是懷疑自己話的可信度。於是她從懷中掏出了一個白玉扳指，雙手奉到頭頂，道：「皇上，這只扳指是當日姊姊送給無憂防身用的。當日情況緊急，追兵趕來，無憂便用這只刻著『如朕親臨』的扳指擋住了追兵，當日那追兵的頭領就是沈鈞的另一位副將，皇上如果不信，派人把那副將召進宮來一問便知。」

德康帝伸手拿過無憂手中的那只白玉扳指，仔細一看，那扳指上確實是刻著「如朕親臨」四個字，他的眼一瞇，說：「這只扳指確實是朕的，是多年前朕送給妳姊姊的，沒想到妳姊姊竟然轉贈給妳了。」說罷，轉頭望了一眼一旁的賢妃。

聞言，賢妃走上前道：「這只扳指確實是我幾年前回娘家的時候送給無憂的，因為當時形勢所逼，我怕無憂受委屈，便將當日皇上賜給我的扳指轉贈給無憂，還望皇上恕罪。」說完，賢妃便站起身跪在地上。

見賢妃跪在地上，德康帝這次並沒有像往常一樣扶她起來，而是看著手中的扳指凝神，這時候，無憂便道：「皇上，所有的一切都是因為無憂而起，大理世子也是無憂放走的，這一切都和沈鈞沒有任何關係，還望皇上把一切罪責都加在無憂的身上，赦免沈鈞吧！」說完，便叩首在地上不起來。

見此，賢妃也叩首道：「皇上，雖說無憂放走了大理世子，但到底也是情有可原，還望皇上看在沈鈞為咱們大齊立下汗馬功勞的分上，對他們夫妻從輕發落吧！」

聽到這話，德康帝站了起來，低首望著地上的賢妃和無憂，隨後才仰頭用威嚴的聲音道：「王子犯法與民同罪，薛氏私自放走敵國世子在先，又擅用朕的信物，先打入天牢，稍後處置。」

聽到這話，倒也在無憂預料之中，賢妃卻是難以接受，馬上哭泣著求道：「皇上，這個扳指是我送給妹妹的，我也難逃干係，如果要懲罰，您就懲罰我吧，還請皇上饒恕無憂吧！」

看到姊姊如此傷心欲絕，無憂卻淡定地道：「姊姊，無憂是其罪該罰，妳不要傷心了。」

瞥了一眼跪在地上的兩個女人，德康帝此刻臉色卻很僵硬，並沒有往日對賢妃的溫情，隨即便說了一句。「賢妃，雖然無憂是妳的親妹妹，但是她這次的行為是動搖國本，妳既然是朕的賢內助，就要當得起這個賢字，不要再說讓朕為難的話。」

「皇上……」看到德康帝這次不同以往，明顯地眼眸中帶著慍怒的光芒，賢妃知道在這個節骨眼上再多說也無益，只得暫時閉嘴，等過幾日皇上消了氣再求情。

隨後，德康帝對外面喊了一句。「來人，把薛氏打入天牢聽候發落。」

「是。」隨即，外面便進來兩名穿著盔甲的御林軍，兩人拖著無憂走出賢妃的寢宮。

隨後，德康帝便說了一句。「起駕。」

「皇上起駕。」一旁的總管太監馬上扯著嗓子朝外面喊了一聲，德康帝便離開了。

望著那道明黃色的身影走了之後，薔薇趕緊上前攙扶賢妃起來，道：「娘娘，這可怎麼辦啊？皇上不會砍了沈夫人的頭吧？」

賢妃坐在繡墩上，搖頭道：「應該不會。無憂不僅是我的親妹子，還是沈鈞的妻子。沈鈞是朝廷的棟梁之才，而且沈鈞對妻子情深，皇上應該不會輕易把無憂怎麼樣的。」

「不過奴婢看皇上這次好像很生氣。」薔薇道。

「不錯，所以咱們得趕快想辦法才是。」賢妃說。

「這次皇上連娘娘的話都不聽，恐怕……」薔薇說到這裡沒有再說下去。

賢妃卻是一臉的愁眉不展……

第七十四章

三個月後——

冷宮內，到處一片荒涼，房檐上的瓦礫好多都已經破損，院落裡到處都長著雜草，雖然入秋了，但是冷宮裡蕭條的景象還是讓人感覺有些淒涼。好在午後的太陽還算和煦，照耀在人的身上感覺暖洋洋的。

一個穿著白色暗紋褙子的女子斜坐在一張躺椅上，她漆黑的頭髮用一支木質簪子別在腦後，臉上素面朝天，可以看得出她的肚子是高高隆起的，臉龐也比以前豐腴了許多。處在這冷宮之中已經好幾個月了，臉色還不算太差，好歹還有賢妃的照應，雖然每日都是粗茶淡飯，還是能吃飽。

幾個月前，皇上盛怒之下把她打進了天牢，沒多久之後，她懷孕的事情賢妃就知曉了。賢妃不惜以死相逼，雖然沒有讓皇上赦免無憂的罪過，但是好在皇上答應讓身懷六甲的無憂在這冷宮中生下孩子後再發落她。皇上嚴令只給她最基本的生活用品，但賢妃畢竟也是這後宮中地位最高的妃嬪，所以還是能夠照應一下她，只是不敢明目張膽罷了。

春蘭手裡端著一碗蛋羹走到無憂跟前，道：「奶奶，這是賢妃娘娘剛剛差人送過來的，肉末蛋羹，您最喜歡的，趕緊趁熱吃了吧！」

無憂接過春蘭手中的瓷碗，笑道：「姊姊知道我最喜歡吃這個，所以特意差人送來的吧！」

「是啊，咱們在這冷宮裡的日子，多虧有賢妃娘娘照顧，要不然奶奶恐怕是連天牢都出不來呢！」春蘭感慨地道。

這時候，玉竹也過來道：「是啊，多虧了咱們家大小姐。」

無憂點頭道：「我和姊姊畢竟是一母同胞，我落了難，她自然會全力救助，只是別因為我而影響了她和皇上的感情就是。」

「二小姐您還是放寬心吧，依奴婢看，皇上很寵愛咱們家大小姐的，據說皇上早就有意冊立咱們家大小姐為皇后，只是大小姐現在膝下還缺一位皇子罷了。」玉竹說。

無憂用眼光掃了一眼玉竹和春蘭，不禁道：「倒是難為了妳們，讓妳們在這冷宮裡跟著我受苦。」

「二小姐您這是哪裡話？玉竹一家人都是您提攜上來的，玉竹為您做什麼都是應該的。」玉竹趕緊道。

春蘭也附和道：「雖說我跟著奶奶的時間比她們短，但是我春蘭也是下了決心這輩子都會跟著奶奶您的。」

「妳們的心意我自然明白，只是等我生下腹中的胎兒，皇上還不知道會怎麼處置我，也許我也沒有多少日子的活頭了，到時候我會讓姊姊好好安排妳們的。」無憂說這話的時候手撫著自己的腹部，其實她在心中想了千萬遍，姊姊求得皇上等自己生下腹中的胎兒再處置自己，大概自己可能也是難逃一死。不過這腹中的胎兒總算可以見天日了，她會把這個孩子交給姊姊撫養，姊姊一定會盡心盡力把他撫養成人的。至於陪伴在自己身邊的人，她也會求姊姊讓她們都有一個好去處，也不枉她們跟了自己一場。

春蘭不禁掉了一把眼淚，玉竹忽然跪在地上道：「二小姐，您要是萬一有什麼不測，那玉竹也不活了，黃泉路上玉竹會陪著您的。」

聽了這話，無憂道：「妳這個孩子說的什麼話？妳還這麼年輕，現在妳的醫術也可以養活妳自己，妳還有大好的青春，妳一定要活下去。再說妳還有美好的愛情，難道妳捨得了彬哥兒？」

無憂一直都沒有和玉竹提過她和彬哥兒的事情，聽到主子的話，玉竹卻是一副淡然地道：「二小姐，不瞞您說，我對以後也沒有什麼奢望，我和彬哥兒不是一路人，終究也走不到一起。」說這話的時候，玉竹的眼中似乎透著某種絕望。

無憂又勸她。「雖說妳和彬哥兒之間的身分是相差得有些大，但是妳也不要絕望，畢竟事在人為，只要你們的感情真摯，也許以後能有一個好結果。」

「唉呀，奶奶、玉竹，妳們都在說什麼啊？要我說咱們奶奶吉人自有天相，再說還有賢妃娘娘，說不定等奶奶生了孩子之後，皇上就看在賢妃娘娘的面子上赦免了咱們奶奶呢！」

這時候，春蘭趕緊擦了把眼淚道。

看到春蘭的眼圈都紅了，雖然無憂對未來並不怎麼看好，但也不忍再說什麼，便只笑道：「說過妳多少次了，不要再叫我什麼奶奶了，我和妳家二爺都已經和離了，妳以後就和玉竹一樣叫我二小姐就好了。」

春蘭雖然很無奈，最後也是點了點頭。「奶奶……二小姐。」

無憂對玉竹道：「玉竹，妳在這宮裡和我一待就是幾個月，妳和彬哥兒……」

還沒等無憂說完，玉竹便打斷了她。「二小姐，以後不要再提彬哥兒了，我和他的緣分已盡了。」說這話的時候，玉竹雖然很堅決，眼神中明顯是帶著傷感的。

見狀，無憂便沒有再說話，因為她現在都自身難保，她是幫不了玉竹了。再說在這個封建社會裡，長幼尊卑是很難改變的，玉竹是丫頭，沈彬是官宦子弟，他們之間的鴻溝很難越過，而且沈家人也絕對不會接受一個丫頭做少奶奶。既然無力改變，現在玉竹及早退出，也是一件好事，免得以後不可收拾的時候再離開，那傷害就更大了。

沈家

無憂向皇上講明事情之後，過幾日，德康帝便無罪釋放沈鈞，不過也是當面斥責了他幾句，畢竟他也有知情不報之罪，所以把他連降三級，回家思過以備後用。不過，德康帝答應了無憂的請求，並沒有把實情告訴沈鈞，只說無憂留在宮裡陪伴賢妃娘娘，無憂被關在冷宮的消息並沒有對外宣佈。

無憂也求了賢妃，讓皇上答應自己跟沈鈞和離，賢妃起初還不答應，但是無憂以死相逼，賢妃也只得答應了。德康帝聽到這個消息猶豫了一刻，最後還是答應了，因為沈鈞是他最信任的大臣，這次的事情他差點就痛失一位將才，為了社稷而言，同意他們和離是有益的。所以德康帝便叫來沈鈞，給了他一張和離書。

沈鈞看到和離書時很傷感，想和無憂見一面，但德康帝說無憂並不想見他，以後暫時會待在賢妃身邊，無奈之下沈鈞只好簽了和離書。可是，雖然和離，但終究難忘，回來之後沈鈞多日閉門不出，很是頹廢，沈家人看在眼裡很擔憂，沈鎮多次開解，好像也效果不大。

這日前晌，老夫人身邊的雙喜親自來到沈鈞居住的院子，看到伺候沈鈞日常起居的小丫頭冬梅，便叫住了她。「冬梅。」

冬梅轉頭一看是雙喜，趕緊笑著跑過來道：「雙喜姊姊，您怎麼過來了？」

「二爺呢？」雙喜朝緊閉的房門看了一眼。

「在裡面呢！」冬梅朝屋子裡努了努嘴說。

「老夫人叫二爺過去一趟呢！」雙喜說。

冬梅皺著眉頭說：「二爺最煩人打擾，終日都一個人在屋子裡坐著，不知道老夫人有什麼事啊？」

聞言，雙喜也嘆了一口氣。「唉，還不是想給二爺說親嘛。老夫人今兒又請了最好的官媒周五娘來，說這次周五娘拿了有十幾家官宦人家小姐的庚帖來讓老夫人挑呢！」

冬梅卻道：「老夫人這些日子都給二爺請了好幾個媒婆過來，可是二爺連理都不理會，就連秋蘭，二爺都給打發出去了。奴婢看二爺現在是沒這個心，整天就把自己關在屋子裡，我時常看到二爺都看著二奶奶穿過的衣裳、戴過的首飾發呆呢！」

「可不是嘛，可是老夫人總不能就這樣看二爺頹廢下去吧！唉，聽說那個秋蘭被打發出去後人就瘋瘋癲癲的，真是可憐。好端端的一個人，生得又比別人好些，到最後竟然弄了這樣的結果。」雙喜惋惜地道。

「誰讓她不知天高地厚呢！非要想著飛上枝頭當鳳凰，豈不知這鳳凰哪裡是那麼好當的，二爺心裡是難再容得下另外一個人了。」冬梅道。

雙喜說：「這還得看各人的命，不是每個人都能當鳳凰的。好了，不跟妳說了，我得趕快去跟二爺稟告呢！」

「雙喜姊姊，您可小心點，二爺這些日子脾氣不好，不一定就不對妳發火。」冬梅最後拉著雙喜囑咐道。

「知道了，我是老夫人的人，二爺不看僧面還要看佛面呢！」說罷，雙喜便上前伸手敲響了房門。

咚咚……咚咚……

坐在書案前望著眼前一摞紙張發呆的沈鈞聽到敲門的聲音，眉頭一皺，才喊了一聲。

「進來。」

雙喜輕輕地推開房門走進去，抬頭看到二爺坐在書案前，便微笑著道：「二爺，老夫人讓奴婢過來請您過去一趟呢！」

聽到雙喜的聲音，沈鈞並沒有抬頭，只是蹙了下眉頭，問：「什麼事？」

雙喜趕緊回答：「老夫人請了官媒周五娘過來。」雙喜只說了這一句，估計沈鈞就會明白了。

沈鈞的眉頭蹙得更緊了，道：「妳回去告訴老夫人，就說我有事不過去了。」

雙喜蹙了下眉頭，為難地說：「二爺，老夫人囑咐奴婢一定要把二爺請過去。您也知道老夫人現在的身體，您要是不過去，恐怕她老人家會著急上火呢！」沈老夫人這幾個月的身體可是每況愈下，不知道請了多少大夫、吃了多少藥，可終究是不見好轉，所以沈家人很擔憂，沈鈞也時常過去探望，沈鎮也是急在心裡。

聽了雙喜的話，沈鈞想了一下，半晌才說：「我這就過去。」

聽到沈鈞答應了，雙喜便歡喜地道：「那奴婢先回去了。」說罷，轉身走了出去。

雙喜走後，沈鈞始終沒有抬頭，仍舊望著那紙張上當日他拿著她的手寫下的兩句詩詞發呆，往日的情景彷彿還在眼前，只是現在卻物是人非，他不禁喃喃地道：「曾經滄海難為水，除卻巫山不是雲。」

不久後，沈鈞還是出現在沈老夫人的院子裡。已經站在院子裡久等的雙喜看到沈鈞來了，趕緊朝裡面喊道：「二爺來了。」

聽到這話，坐在正座上的沈老夫人便一笑，然後轉頭對坐在一旁的周五娘道：「來了，來了。」

隨後，沈鈞走了進來，給沈老夫人請了安，沈老夫人便道：「這是在官媒裡面鼎鼎有名的周五娘，她今兒可是帶了十幾家官宦小姐的庚帖過來，還有幾幅畫像，你看看有沒有中意的？」

那周五娘聽到這話，趕緊站了起來，手中還拿著幾幅畫像，笑道：「二爺，這些都是京城裡品貌最拔尖的幾位待字閨中小姐畫像，個個都是國色天香，我給您看看……」

剛說到這裡，沈鈞卻冷冰冰地道：「周五娘，我是有妻子的，斷不會停妻再娶，妳去帳房領五十兩銀子，麻煩妳白跑這一趟了。」

那周五娘忽然聽到這話，不禁傻了眼，連連道：「這……二爺您這話是怎麼說的呀？」

隨後，那周五娘便轉頭對沈老夫人道：「老夫人，您不是說你們家二爺和那薛家二小姐已經和離了嗎？怎麼現在又說是不會停妻再娶？」

沈老夫人聽到這話，趕緊解釋道：「周五娘啊，我兒子確實和那薛家二小姐和離了，這事可是皇上親自作的主，妳可別……」

那周五娘卻轉頭一邊收拾東西一邊說：「老夫人啊，您別說了，我周五娘是官媒，這停妻再娶是一項大罪，我擔待不起的，不如您還是另請高明吧！」說罷，周五娘抱著一摞畫像和庚帖轉身走了。

了。

「欸，周五娘……」沈老夫人想伸手把那周五娘叫回來，無奈那周五娘已經邁出門走

看到周五娘離開之後，沈老夫人不禁怒從心來，眸光嚴厲地射向沈鈞，斥責道：「你想氣死我是不是？」

聽到這話，沈鈞默默無言地伸手撩起袍子的一角，直直地跪在地上。

看到沈鈞如此，沈老夫人不解地道：「你……你這是做什麼？」

「母親，兒子不孝。」沈鈞回答。

沈老夫人更是氣不打一處來，拿著柺杖狠狠地敲擊著地面道：「既然你知道不孝，為什麼還要跟我對著來？」

「兒子不是和母親對著來，而是兒子實在無法接受除了無憂之外的任何女子。」沈鈞說。

聞言，沈老夫人只得暫且壓住怒氣，苦口婆心道：「母親知道你對無憂情深意重，可是現在你們已經和離了，咱們沈家並沒有對不起她，是她自己不想做你的妻子，難道你還要一輩子為她不娶不成？」

沈鈞卻固執地道：「和離的事情只是聖旨，在我心裡根本就沒有這回事。」

聽到這話，已經忍耐多日的老夫人自然是怒不可遏，伸手便把桌上的一個茶碗掀翻在地，瓷器摔碎在地上的聲音讓人一驚。接著，沈老夫人聲淚俱下地道：「你有沒有替你母親

我想過？我的身體一日不如一日了，要是在我走之前你還是孤家寡人一個，我怎麼閉得上眼啊？你都快三十歲的人了，到現在膝下還沒有一兒半女，現在連老婆都沒有了，以後有誰知道疼你照顧你啊？你怎麼就這麼不懂為娘的心呢？嗚嗚嗚嗚……」說完，沈老夫人便老淚縱橫起來。

跪在地上的沈鈞聽到這些話，心裡自然不好受，卻不能改變他的主意。他跪在那裡，眉頭緊蹙，不發一言，沈老夫人更是氣得不得了。

好在這時候，雙喜一看情形不對，早已派人把沈鎮夫婦請了過來。沈鎮夫婦來的時候，看到的是沈老夫人在正座上抹眼淚，沈鈞則跪在地上一言不發。

沈鎮見狀，趕緊上前笑道：「母親，何苦來生這麼大的氣？您也不怕氣壞了身子。」

「我這個身子已經不中用了。正好你來了，趕快替我教訓這個不孝子。」沈老夫人伸手指著跪在自己腳下的沈鈞道。

沈鎮趕緊打圓場，道：「母親的話言重了，二弟一向孝順，母親前兩日還跟兒子誇過呢！您是越老越像個小孩了，您看看您，好端端地就把茶碗給摔碎了，這可是您最喜歡的汝窯瓷器呢！」

「怎麼？我打碎幾個茶碗你還心疼了是不是？」沈老夫人賭氣地道。

「您就是再多打碎幾個也使得，只要您高興，咱們沈家的瓷器您就算都打碎了也可以，只是怕您氣壞身子罷了。」沈鎮趕緊順著沈老夫人道。

這時候，一向愛說笑的姚氏也趕緊上前陪笑道：「母親，您大概是在家裡這幾日憋悶壞了，不如媳婦陪您去外邊看看戲？聽說最近咱們京城來了個新戲班子，那裡面的小生唱得可好了。」

在姚氏兩口子的哄勸下，沈老夫人才算是消了氣，最後在姚氏的攙扶下去看戲了，臨走前還瞥了兩眼跪在地上的沈鈞。

去看戲的路上，雙喜陪著沈老夫人坐一輛馬車，沈鎮和姚氏坐一輛馬車。

馬車裡，姚氏一邊剝橘子一邊對沈鎮說：「大爺，您說這弟妹怎麼就突然要跟二弟和離呢？要說是那賢妃娘娘怕二弟的事情連累了弟妹和他們家也不像啊，現在二弟不是沒事了嗎？雖說在二弟犯事之前他們兩個是嘔了好一陣子的氣，可是弟妹也犯不著要和離這麼嚴重吧？」

坐在一旁的沈鎮卻望著窗外道：「弟妹是個心高氣傲並且很獨立的女子，她想和離倒也不奇怪。二弟也是個心高氣傲的，兩個這樣的人在一起，誰都不肯低頭，大概時間久了心也就冷了。」

「不過二弟可沒有心冷，沒看到母親不知道給他說了多少貌美的小姐，二弟連正眼都不看一眼，恐怕二弟要孤家寡人一陣子了。」說著，姚氏便將一個橘子瓣放到沈鎮的嘴裡。

「估計讓二弟再娶是難了，怎麼也得等上十年八年之後了。」沈鎮說。

聽到這話，姚氏不禁一蹙眉，道：「那母親豈不是急死了？」

「只能先哄著母親了。」沈鎮說這話的時候也很無奈。

姚氏卻是一撇嘴道：「二弟真是對弟妹情深意重。唉，這要是我的話，恐怕大爺明兒就迫不及待地娶新人進門了。」

「淨胡說。」姚氏的話讓沈鎮白了一眼。

「我說的都是實話嘛，男人能像二弟那樣鍾情於一人的，我這輩子也沒見過兩個。」姚氏嘬著嘴道。

「是啊，二弟一個，我一個。」沈鎮微微笑道。

「討厭。」姚氏笑著推了沈鎮一把。

隨後，姚氏便道：「你說怎麼二弟也不去宮裡見見弟妹呢？也許二弟一去，弟妹回心轉意了也說不定。」

「妳以為二弟沒有找過賢妃娘娘嗎？據說賢妃娘娘根本就沒有讓他見著弟妹，而且還說了一些絕情的話，說是弟妹已經對二弟沒有感情了，還寫了一句詩給二弟。」沈鎮道。

「什麼詩？你怎麼從來都沒有說過？」姚氏一聽便好奇地問。

「從此蕭郎是路人。」沈鎮回答。

聽到這句詩，姚氏雖然不懂，大概也明白裡面的意思，不禁斜了一下眼，道：「二弟這麼心高氣傲的人，聽了這句詩以後大概也不會再糾纏弟妹了。唉，其實我倒是挺喜歡這個弟妹的。」

「她還幫妳賺了不少銀子吧？」沈鎮看了姚氏一眼道。

姚氏微微笑道：「要說這個弟妹倒也大方，臨走前就告訴我以後那個胭脂水粉的鋪子還有那個作坊就都歸我了，而且把那做胭脂水粉的秘方也給了我。唉，說到這裡，我還真是欠了她好大的人情呢！」

「那就以後有機會再還吧！」沈鎮道。

過了一會兒，姚氏又說：「對了，眼看著咱們的彬哥兒也到了二十弱冠的年紀，該定一門親事了。」

「這個妳拿主意就好，當然還要彬哥兒願意才可以。對了，最近母親不是到處為二弟張羅婚事嗎？母親的眼光錯不了，既然二弟都無意，妳就在那些品貌端正的小姐裡選幾位，問問彬哥兒願不願意也就罷了。」沈鎮想了想說。

姚氏卻撇了下嘴，道：「那些姑娘雖然都是官宦人家的小姐，但畢竟這次二弟找的是續弦，所以門第都不是很高，母親也都是要求品貌，對門第沒有什麼要求。可是咱們彬哥兒就不一樣了，彬哥兒是頭婚，怎能在這些門第裡找呢？依我的意思，咱們可得給彬哥兒好好地張羅一門婚事才是。」

「看樣子妳是有人選了？」沈鎮瞥了姚氏一眼，對自己夫人的性情他還是瞭解的。

「我看上兩位，一位是怡親王府的夙玉郡主，另一位是刑部尚書的嫡長女。這兩位不論是門第、品貌都沒得說，配咱們彬哥兒都是綽綽有餘的。」姚氏得意地笑道。

沈鎮撇了下嘴，說：「妳可真會挑，不是皇親國戚就是棟梁之臣的嫡長女，就算是妳和彬哥兒都願意，那也得看看人家願不願意了。」

「怎麼不願意？咱們彬哥兒也不差啊，也是你安定侯的嫡長子，況且咱們在宮裡還有一位娘娘，就是二弟雖然現在在家閉門思過，但也是鼎鼎大名的鎮國大將軍啊。而且彬哥兒一表人才，可是有好多官宦人家的小姐託人來說親呢！」姚氏一副自己兒子人中龍鳳的感覺。

「這事從長計議吧！」沈鎮倒並不怎麼看好。

「孩子都快二十歲，不能再拖了，再拖下去這兩家的姑娘都被別人搶走了。我畢竟是個婦道人家，能力有限，還得要你得跟老夫人提一下，到時候託一個有分量的人過去提親才能成。」姚氏已經迫不及待了。

「母親現在心情不好，二弟的事情還懸著，等過些日子再說吧！再說彬哥兒現在正是用功讀書的時候，也不急在這一時，更何況這件事妳還是先問問彬哥兒的意思，別再弄出一對怨偶。」沈鎮最後道。

「我明兒就問彬哥兒。門第好，品貌好，他沒得挑的。」姚氏很自信地道。

隨後，馬車便到了戲園子門口……

第七十五章

半個月後，昭陽殿——

身穿一套淺黃色宮裝，梳著高髻的賢妃坐在雕花窗前，眼睛望著院落裡的桂花樹唉聲嘆氣。

薔薇端著托盤走進來，蹙著眉道：「娘娘，您還在為二小姐的事情發愁？」

賢妃轉頭看了一眼薔薇，道：「現在我真是一點辦法也沒有了，無論我怎麼求皇上，他就是不肯赦免無憂的罪過。妳說還有兩個月無憂就要生了，這要是生下了孩子，皇上會不會真的要了她的命啊？」

薔薇把手中的托盤放在八仙桌上，然後把一碗燕窩遞到賢妃的手裡。「說來這次皇上也是夠心硬的，以前娘娘無論求什麼，皇上都沒有不答應的，可見這次二小姐犯的事情真是讓皇上惱火了。對了，娘娘聽說沈大將軍的事情了嗎？」

「沈鈞怎麼了？」賢妃不禁疑惑地問。

「娘娘還不知道嗎？奴婢也是今兒早上聽皇上身邊的總管太監說的，說是燕國犯境，這次可是有幾十萬大軍，來勢洶洶呢！」薔薇道。

「這個我當然知道，皇上這幾日連睡都睡不安穩，他這幾日心情不好，我也不敢多煩擾他。唉，希望這次的事情能夠趕快過去，皇上心情一好，大概就會赦免無憂了。」賢妃一邊說還一邊擰著眉頭。

「奴婢當然曉得您知道這事，奴婢說的是昨兒沈大將軍進宮面聖，聽說他主動請纓要去前線呢！」薔薇趕緊道。

聽到這話，賢妃抬頭望著薔薇，驚訝地說：「是嗎？有這事？怎麼昨晚上沒聽皇上說起？」

「昨兒皇上來得晚，您都睡下了。」薔薇道。

賢妃低頭吃了一口燕窩，才說：「聽說這次燕國大舉犯境，有幾十萬大軍，這幾年燕國和咱們大齊一樣都大力地擴充軍備，這次燕國的三皇子也是急於向燕國皇帝證明自己的才識，便想奪下以前喪失的土地。皇上這幾日一直都想不到合適的帶兵人選，大概這次沈鈞自動請纓也是讓皇上有了個臺階下，畢竟上次的事情皇上才讓沈鈞閉門思過，這才幾個月的時間，皇上萬萬是自己開不了這個口的。」

「是啊，要說這沈大將軍也算是對皇上忠心耿耿的，只是這次咱們大齊短時間能夠調遣的軍隊只有十幾萬，要是真的去前線，真讓人心驚膽戰呢！」薔薇道。

「可是到現在沈鈞還不知道自己就要做父親的事情。」賢妃忽然道。

「是啊，這次去前線又如此的凶險。」薔薇跟了一句。

低頭想了一下，賢妃忽然道：「薔薇，妳說我是不是不該再聽無憂的話，繼續替她保守這個秘密了？」

薔薇想了一下，道：「娘娘，奴婢就是想不通二小姐為什麼非得要與沈大將軍和離啊？」

「她自己說是和沈鈞沒有感情了，她把前因後果都講給我聽，可是我感覺他們兩個根本就是餘情未了。沈鈞來求過我兩次，我只能狠心打發了他，無憂雖然是為上次的事情寒了心，但是我感覺也不完全是，大概她也不想連累沈家，連累沈鈞吧？畢竟如果她不和離，她就還是沈鈞的夫人、沈家的媳婦，這次的事情沈鈞也無法撇清的。不過沈鈞上次把所有的罪責都攬在自己身上，可見他對無憂也是有情有義的。」賢妃道。

聽到這話，薔薇說：「娘娘，看來沈大將軍和二小姐其實都對彼此有情的，只是兩人之間有些誤解罷了。」

「我也是這麼認為。」賢妃點了點頭。

「那娘娘您不能這樣空坐著讓一樁好姻緣就這樣流走了啊。」薔薇說。

低頭想了一下，賢妃道：「我是不能光聽無憂的了，妳立刻派人去給我傳沈鈞進宮來。」

「是。」薔薇聽了旨意，馬上去辦了。

兩個時辰後，賢妃帶著沈鈞一路登上比鄰冷宮的一座樓閣上。

站在樓閣上，沈鈞望著站在雕花窗前的賢妃娘娘，不解地道：「不知賢妃娘娘傳喚沈鈞有何事吩咐？」

看到沈鈞一臉的疑惑，賢妃道：「是關於無憂的事。」

一聽這話，沈鈞立刻一抬頭，眼中顯然充滿了關切地問：「無憂？」

看到他臉上明顯的關心，賢妃便問：「按理說你和無憂已經簽下和離書，你和無憂已經沒有任何關係了，她的事情將軍還關心嗎？」

沈鈞面上一凜，然後道：「當日和離書是聖上的聖旨，臣不敢不從，不過在臣的心裡無憂一直都是臣的妻子，而且以後永遠都是。」

賢妃內心一喜，不過仍舊不動聲色地道：「本宮聽說你家老夫人這些日子一直都在為你到處物色適合的妻子人選，沈將軍是不是很快就會請本宮喝一杯喜酒了？」

賢妃的話讓沈鈞立刻眉頭蹙起，馬上解釋道：「賢妃娘娘說得沒有錯，家母確實是在為沈鈞物色妻子的人選，不過沈鈞已經把自己的心意稟告過家母了，沈鈞這輩子絕對不會再娶。」

賢妃不禁再問道：「此言當真？」

「沈鈞如果食言，當如此石。」說罷，沈鈞便運用內力，使出十分力氣用腳一跺，隨即他站在上面的那塊石磚便出現了好幾條裂紋。

一旁的薔薇看到一塊石磚就這樣被沈鈞一跺腳便震碎了，不由得瞪大了眼睛。賢妃一瞥那震碎的石磚，嘴角不禁勾起一個滿意的笑容。

此刻，沈鈞卻顧不得她們的眼神，追問道：「敢問賢妃娘娘，無憂到底出了什麼事？不瞞賢妃娘娘，邊關戰事再起，沈鈞大概幾日後就會離開京城奔赴邊關，在沈鈞走前，希望無憂平安無事。」

聞言，賢妃一笑，沒有回答沈鈞的話，而是問道：「上次你進宮求我見無憂一面，那你今日還想不想見她？」

沈鈞一怔，隨後，眼光轉為黯淡道：「臣當然想見，可是現下臣馬上就要奔赴邊關，這次戰事應該異常險惡，臣都不能保證能夠活著回來，雖然臣很想見她，但是見過之後，臣怕……」

「你怕什麼？」賢妃這個時候的表情也凝重起來。

「誠如賢妃娘娘所說，臣與無憂已經和離了，如果臣不能活著回來，無憂應當無牽無掛地開始新的生活，可以找個和她志同道合的夫君一起過完下半生。可是如果臣不能回來……無憂是個重情義的人，臣怕她需要很長的時間才能走出來。」說完，沈鈞的眼睛異常幽暗地望著賢妃。

聽了這話，賢妃低頭想了一下，便抬頭道：「我果然沒有看錯人，你果真是對無憂情深意重。」

「娘娘，無憂到底怎麼了？」沈鈞再次追問。

「你自己看吧！」說著，賢妃便離開窗口位置。

見狀，沈鈞遲疑了一下，然後便趕緊上前，走到窗前，定睛往外一看。只見與他所在的樓閣僅僅一牆之隔的一座頹敗宮苑內，宮殿破舊，雜草叢生，和煦的陽光下一個笨重的身軀正由丫頭攙扶著走動，那丫頭他很熟悉，是春蘭，從小就伺候他的人。可是那個婦人的身材不怎麼熟悉，但是她的面容真是再熟悉不過，潔白無瑕的面容，清澈如泉水的眼睛，輕輕綰起的髮髻……

看到她，他的手不由得攥成拳頭，他真沒想到今日能再次看到她，他的心都為之一動。只是、只是她的肚子是怎麼回事？那高高隆起的肚子已經嚴重阻礙了她的行動，她的一隻手扶著腰身，另一隻手撫著那高高隆起的肚子，她……她懷孕了？下一刻，沈鈞不可置信地轉頭對賢妃道：「賢妃娘娘，無憂……無憂有喜了？」

「大概還有兩個月就要臨盆了。」賢妃微微笑道。

聽到這話，沈鈞傻了。此刻，他的腦袋都不能運轉，大腦內一片空白，他萬萬沒有想到，沒有想到無憂會……會有喜了。

看到他傻傻的樣子，賢妃不禁扯了下嘴角，才道：「無憂現在已經懷孕七個多月了，你自己做過的事情不會不清楚吧？」

聽到這話，沈鈞轉頭再看看不遠處的那個身影，他在心底盤算了一下，七個多月了？想想七個多月前無憂剛剛回到沈家，這孩子肯定是他的。下一刻，他的臉上便露出驚喜的笑容，情不自禁地道：「這麼說……這麼說我要當爹了？」

「是啊。」看到沈鈞驚喜的樣子，賢妃不禁笑道。

沈鈞驚喜過後，又忽然皺著眉頭道：「賢妃娘娘，臣不明白，既然無憂都已經有了我的孩子，她為什麼一定要跟我和離？」

聽到這話，賢妃轉身坐在一旁的椅子上，道：「還不是你故意冷落她那麼久，無憂是心性高傲的人，她怎能忍受你如此的輕視和冷漠？當然也為大理世子一事在生你的氣，不過還有就是不想連累你和沈家吧？」

「這話怎麼說？什麼叫不想連累我和沈家？」沈鈞轉身追問道。

「你大概還不知道，無憂早已經面過聖，她把在大理的事情全部和盤托出。你以為皇上怎麼會那麼輕易就釋放你？當然是皇上知道了你不是此事的主謀，不過無憂就慘了點，她自己承擔了全部的罪責。」賢妃回答。

聽了賢妃的話，沈鈞還猶如在夢中，他以為是無憂求賢妃讓皇上赦免了自己，並且皇上也一直都很器重他，估計也捨不得殺他，並且看在他往日的功勞上才會如此輕罰於他，沒想到卻是無憂已經把所有的事情都稟告了皇上，那麼……那麼無憂現在……怪不得她在冷宮裡，難道……沈鈞急切地問：「賢妃娘娘，皇上是怎麼處置無憂的？現在無憂在冷宮裡，難道……」

掃了一眼沈鈞急切的神情，賢妃道：「你在皇上身邊多年，自然知道皇上最憎恨的是什麼。」

「叛國通敵和謀反。」沈鈞回答。

「不錯。」賢妃點了點頭，道：「這次無憂雖然是無心之舉，但到底也是觸怒了皇上，所以皇上一直都堅持重罰她，就連我求情也不行。不過當我知道無憂懷孕的事情後，便以死相逼請求皇上，皇上才勉強答應讓她在冷宮裡先產下孩兒再處置。」

聽到這話，沈鈞不禁擔憂地道：「可是冷宮裡怎麼適合生產呢？我這就去面聖。」說罷，他轉身要走。

見沈鈞真的要去面聖，賢妃趕緊站起來喊道：「站住！」賢妃走到沈鈞的跟前道：「雖然無憂身處冷宮，但是好歹本宮在這宮裡說話還算數，衣食起居本宮都會派人暗中照顧，並且她身邊還有春蘭和玉竹兩個得力的人，所以這些你可以放心。本宮也早已內定了兩個經驗豐富的產婆，再說無憂自己也是大夫，她身邊的玉竹也可以照應，在冷宮生產應該不會有什麼問題。現在最重要的是咱們得趕快想個辦法，讓皇上在無憂生產之後赦免無憂的罪，這才是關鍵。」

聽到這裡，沈鈞不由得蹙起眉頭說：「連賢妃娘娘都不能讓皇上改變心意，恐怕這件事情很難。」

「這個我已經想了很久，現在倒是有個機會。」賢妃道。

「什麼機會？賢妃娘娘請講，為了無憂和孩子，沈鈞一定不計代價。」沈鈞信誓旦旦地道。

賢妃轉頭一邊邁步一邊道：「這次燕國的軍隊來勢洶洶，我大齊能在短時間內調集的部隊也就只有對方的一半，所以皇上這次很憂愁。不過幸好你主動請纓，這次皇上在心底也感覺欠了你一個人情，不如你現在就去求皇上，如果你能凱旋而歸，就讓皇上赦免無憂的罪，你看怎麼樣？」

沈鈞低頭想了一下，道：「這倒是個辦法，只是皇上畢竟是九五之尊，我這樣做是否會有逼宮之嫌？我自己是不怕，只怕會不會激怒了皇上而對無憂和孩子不利？」

賢妃道：「現在這個時候也顧不得那麼多了，馬上你就要出征，已經沒有多少時間。現在你只能把態度放到最低，記住一定要言詞懇切，我想皇上為了國家社稷，也為了你們君臣之間的情誼，還有本宮的緣故，也許能夠赦免無憂。」

聽了這話，沈鈞點頭道：「現在也只能這樣。那事不宜遲，臣馬上就去面聖。」

「嗯。」賢妃點了點頭。

離開之前，沈鈞走到離花窗子前，放眼往比鄰的冷宮望去，只見那個笨重的身影已經朝宮殿裡走去，望著那個背影，沈鈞的眉頭緊緊地蹙在一起。大概兩天之內他就要點兵出征了，這次出征異常險惡，能不能平安回來還是個未知數，也許這是他看她的最後一眼了，想到這裡，心不由得抽揺著。無論他的眼神怎麼死死地盯住那個背影，那個背影還是在下一刻消失在那破敗的宮殿大門裡。

一旁的賢妃看到沈鈞的神情，也不由得有些傷感，看到他眼神裡的擔憂，賢妃便道：

「放心吧，我不會讓她和孩子有事的。」

「嗯。」隨後，沈鈞便拱手退了下去。

大概一個時辰後，天邊已經彩霞滿天，站在皇上御書房前良久的賢妃才看到沈鈞從裡面走出來。

一出御書房的大門，沈鈞看到賢妃神態緊張地望著這邊，他趕緊快步過去，低首行禮道：「沈鈞參見賢妃娘娘。」

這時候，賢妃已經屏退身邊的人，問道：「皇上怎麼說？」

「皇上已經答應了，只要沈鈞能凱旋歸來，便同意赦免無憂的罪。」沈鈞回答。

賢妃蹙著的眉頭旋即舒展開來，笑道：「我就知道皇上這次一定會鬆口的。」

沈鈞仍舊有些擔憂地道：「可是這次我真的是沒有多少把握。」

聞言，賢妃勸道：「沈鈞，這次無論是為了國家社稷，或者是為了你自己，還有無憂以及孩子，你一定要打個勝仗平安歸來。」

「沈鈞自然會盡全力。」沈鈞說此話的眼神異常明亮堅定。

隨後，賢妃忽然道：「沈將軍，本宮有一事不解，還請沈將軍解惑。」

「賢妃娘娘請講，沈鈞一定知無不言，言無不盡。」沈鈞低首道。

賢妃便用疑惑的眼神望著沈鈞道：「本宮看沈將軍對無憂也算是一往情深，可是為何小倆口嘔氣你竟然冷落無憂至此？本宮一開始想是你們彼此心高氣傲所致，但是你們兩個都對彼此情深意重，就算是嘔氣也不應該把感情毀於一旦啊。無憂的心思我大概還是明白的，只是沈將軍你是否有其他隱情？」

聽了賢妃的話，沈鈞抬起頭來，眼睛望著不遠處的亭臺樓閣，遲疑了一下，才回答：「賢妃娘娘說得不錯，我和無憂因為大理世子的事情嘔了氣，最初我和無憂兩人確實都心高氣傲，誰也不願意先低頭，但是也不至於到和離的地步。是因為沈鈞在偶然的機會中得知，原來我身邊有皇上的眼線，皇上大概已經知曉大理世子的事情，只是可能是證據不足，還沒有當面向沈鈞問及此事。不過這件事情畢竟紙包不住火，等到皇上掌握了確實的證據後，肯定要有人出來承擔一切，因為這件事是皇上最忌諱的。」

聽了沈鈞的話，賢妃不禁重新審視眼前的沈鈞，忽然搖頭笑道：「原來……原來你是為保護無憂才故意對她冷漠，並且……並且才說要抬一個丫頭做姨娘的？」

看到賢妃驚訝的表情，沈鈞只得道：「這件事必然得有人要承擔責任，還是沈鈞一個人承擔為好。這件事是殺頭的罪過，如果我有什麼不測，我希望無憂能快快樂樂地生活下去，而她也是個長情的人，如果我們感情甚好，估計她一輩子都走不出來的。只是世事難料，沒想到皇上竟然釋放了我，無憂卻承擔了整個罪責。」說到這裡的時候，沈鈞不由得嘆了一口氣。

賢妃笑道：「唉，你們這兩個人啊，真是可以用一對怨偶來形容了。你們都在心中想著彼此，唉，也罷，既然如此，不如我帶你去找無憂解釋，在你出征之前，能看著你們和好如初也是一樁美事。」

可是，沈鈞卻道：「不，出征之前我不打算再見無憂了。」

「為什麼？」賢妃詫異地問。

「此次出征異常險惡，什麼結果都可能發生，萬一我回不來，請賢妃娘娘永遠也不要告訴無憂今日我們所談的一切，就讓她以為我無情好了，等她生下孩子後還能再重新開始生活。」沈鈞道。

「可是你不是說皇上答應凱旋歸來後才會赦免無憂嗎？」賢妃問。

「皇上也是性情中人，如果我為國捐軀了，皇上應該也不會為難無憂和孩子的，更何況還有賢妃娘娘從中相助。」沈鈞道。

賢妃的表情也凝重起來，不過感覺沈鈞說得很有道理，身為無憂的姊姊，她也只能點頭了。「好，我答應你。」

兩個多月後——

冷宮中，好多宮女和太監端著水盆拿著東西進進出出，氣氛很凝重，誰也不敢多說一句。正殿之上，一個身穿鵝黃色宮裝的女子端坐在正座上，神情卻是異常的緊張，眼睛不斷地往內室中望去。

「啊……啊……」內室中不斷傳來女子痛苦的喊叫聲。

「怎麼還沒生呢？」聽到妹子在裡面痛苦喊叫的聲音，賢妃不由得站起來，在大殿裡來回走著。

一旁的薔薇趕緊寬慰道：「娘娘，您別著急，二小姐這是第一胎，第一胎就是會慢一點的。」

「妳又沒生過，怎麼知道？」賢妃不由得瞥了薔薇一眼。

薔薇不禁面上一紅。「奴婢……奴婢雖然沒生過，可是以前也見過我姊姊和嫂子生孩子的。」

賢妃趕緊問：「是嗎？她們難道也折騰好幾個時辰生不出來嗎？」

「差不多吧！」薔薇點了點頭。

聽到這話，賢妃才算是略略鬆了一口氣，不過還是神情緊張地望著緊閉的內室。過沒多久之後，只聽到裡面傳出一聲嬰兒的啼哭聲，賢妃不由得面上一喜，轉頭對薔薇道：「生了！生了！」

「是啊。」薔薇也高興地道。

「我做姨娘了。」賢妃高興得不得了。

接著，只見內室的門打開，一個產婆從裡面走出來，跪倒在賢妃的腳下，道：「娘娘，二小姐生了一位漂亮的小姐。」

賢妃低頭看著那產婆笑道：「我妹子怎麼樣了？」

「二小姐……二小姐剛才有點麻煩，失血過多。」那個產婆回答。

聽到稟報，賢妃不由得收住笑容，緊張地問：「那現在情況怎麼樣？太醫不是在裡面嗎？」為了安全起見，賢妃早就派宮中的女醫官在裡面看護了。

「太醫和玉竹姑娘正在給二小姐輸血，據說玉竹姑娘的血型和二小姐是一樣的，現在正把玉竹姑娘的血抽出來輸給二小姐呢！」那個產婆回答。

聽到這話，賢妃便急不可待地上前要進入內室，卻被產婆攔住道：「娘娘，您千萬不能進去。」

「不行，我不放心，我要親自去看看妹子。」生產這種事情是可大可小，賢妃自然不敢輕忽。

產婆卻跪在地上攔著道：「娘娘，產房乃污穢之地，進去會影響到您的，再說您現在還懷有身孕，萬一衝撞了您肚子裡的龍種，那是誰也擔待不起的呀！」說完，便跪在地上連連磕頭。

一旁的薔薇也趕緊勸道：「娘娘，您不為自己著想，也要為您肚子裡的小皇子著想啊。再說您又不懂醫術，您進去也沒有用，不如就在這裡等候消息吧！」

聽到這話，賢妃伸手摸著自己那已經有些顯懷的肚子，無奈之下還是緩緩地坐在一旁的椅子上，只是卻坐立難安。

不久之後，只聽到又一聲門響，一位女醫官走出來，跪在地上道：「稟告娘娘，二小姐已經救過來了。」

賢妃馬上微笑道：「真的？賞！今日都給我重賞。」

「謝娘娘，娘娘千歲千歲千千歲。」眾人都跪在地上道。

又過不久，只聽裡面又傳出一陣嘈雜的聲音，坐在正座上的賢妃便擰著眉頭問：「這又是怎麼了？」

隨後，只見兩位宮女攙扶著一名好像有些不省人事丫頭模樣的女子出來，後面跟著的產婆趕緊稟告道：「回娘娘的話，是玉竹姑娘，她剛才給二小姐輸血輸得太多，體力不支昏了過去。」

聽到這話，賢妃趕緊道：「趕快請太醫去醫治！她忠心為主，一定要保她周全。」

「是。」那兩名宮女便攙扶著玉竹下去了。

一刻後，宮女們和產婆把產房收拾妥當了，薔薇便扶著賢妃進了產房。只見實木大床上躺著一個臉色蒼白、頭髮凌亂的女子，一看就是體力不支虛弱的模樣，不過精神倒還算清醒，看到賢妃便笑道：「姊姊。」

賢妃便坐在床邊的一張椅子上，笑著拉住無憂的手道：「無憂，妳生了一個漂亮的女娃。」

「快讓我看看。」無憂此刻已經迫不及待地想看看女兒。

產婆便抱著一個用大紅色綢緞包裹的粉嫩小娃娃走過來，賢妃和無憂一同往那小娃娃望去，只見她還閉著眼睛，不過頭髮很濃密，非常可愛，也非常弱小，讓人憐惜至極。無憂看到自己的女兒，內心百感交集，眼神中此刻透露都是母性的光芒。

「好漂亮啊，姨娘真是喜歡得不得了。」賢妃看著那小娃娃笑道。

「以後有姊姊疼她，我也放心了。」無憂隨後道。

賢妃怔了一下，拍著無憂的手說：「無憂，妳剛剛生產，身子很虛弱，需要好好靜養，妳千萬不要胡思亂想，這孩子有誰疼愛也不如以後妳自己疼愛的好。」

「我明白姊姊的意思，我會珍惜和這個孩子度過的每一天。」不管以後會怎麼樣，她現在能做的只有疼愛她一天是一天了。

「好了，妳剛剛生產過，身體虛弱得很，不要多說話了，趕快休息。孩子妳放心，姊姊已經叫了可靠的人照顧。」賢妃說著便為無憂蓋好被子。

賢妃走之前，無憂趕緊道：「對了，玉竹因為給我輸血過多而昏了過去，還請姊姊妥善照顧她。」

「這個妳也放心，我已經叫太醫為她診治了。」賢妃微笑道。

聽到這話，無憂便放了心，點點頭後，便疲憊地閉上眼睛。

出了冷宮大門後，賢妃問身後的薔薇道：「這兩日可有前線的消息？」

「據說咱們大齊的軍隊和燕國的主力相遇了，已經打了三天三夜，這次戰事很是慘烈，敵我雙方死傷無數。皇上正在想方設法從比較近的地方調集軍隊去援助沈大將軍呢！」薔薇道。

聽了這話，賢妃蹙了眉頭，說：「皇上這兩日都沒有離開過御書房，他也是一直著急前線的事情。唉，也不知道沈鈞這次能不能打個勝仗回來？他還不知道自己已經是當爹的人了。」

「據朝廷裡的官員說，這次燕國的主力部隊比咱們大齊多一倍的人，所以那些大臣們都不看好呢！還有的大臣已經向皇上力諫向燕國割地求和了。」薔薇說。

聞言，賢妃冷笑道：「不到山窮水盡，皇上是絕對不會求和，更何況還要割地。」

「現在只能盼著沈大將軍力挽狂瀾了。」薔薇道。

第七十六章

兩個月後——

冷颼颼的北風不斷地吹打窗子，雖然此處是冷宮，但屋子裡卻暖融融的，內室中點燃兩個炭盆，很是溫暖。

床鋪上躺著一個粉妝玉琢的小嬰兒，身上用大紅色繡著金線的棉褥子包裹著。抱著她的賢妃一摸她的小臉蛋，她還嘿嘿笑了起來。賢妃不禁笑道：「無憂，她簡直跟妳小時候長得一樣呢！」

「是嗎？」這些日子，她的全身心彷彿都寄託在這個小生命的身上。

「是啊，妳看這臉龐長得很像……」賢妃想說長得像沈鈞，不過卻意識到自己說順了嘴，便趕緊閉了嘴。

其實，無憂早已看出來這孩子的臉龐長得像誰了，所以她佯裝沒有聽清楚姊姊的話。懷著這孩子的時候她又何曾忘記過他，等到生下孩子的時候，他還會時不時地闖入她的腦海中，不過她都努力地排除掉他對自己的影響，本來她就已經下定決心以後和他永遠不要再見了。

無憂對賢妃道：「姊姊，妳已經懷孕快六個月，身子已經很笨重了，再說現在的天氣又這麼寒冷，妳還是不要每天都過來看無憂和孩子了。」

賢妃卻不以為然地道：「每日不來看看妳和孩子，我就感覺像少了點什麼似的，再說太醫也說我這個年紀懷了身孕，要多多運動，以後才好生。」

「那姊姊也要注意一點，畢竟妳懷的是雙生子呢！」無憂囑咐道。

「知道了。」說著，賢妃低頭微笑著撫摸自己那高高隆起的肚子。

正在說話間，只見一個小太監慌慌張張地走進來，悄聲耳語地在薔薇的耳邊說了兩句，薔薇便打發那小太監退了出去，隨後走到賢妃的跟前，在賢妃的耳邊說了兩句。賢妃先是怔了一下，和薔薇對視了一眼，然後轉頭對無憂說：「我宮裡還有些事需要料理，我先回去了。」

「嗯。」無憂點了點頭，起身送賢妃到殿外。

目送賢妃離開之後，一旁的玉竹道：「剛才那個小太監慌慌張張地跑進來，也不知道跟薔薇說了些什麼，賢妃娘娘馬上就走了。」

「宮裡諸事繁雜，姊姊現在又主持後宮事宜，宮裡的大小事都由她來處理，當然有什麼大事也都要稟告姊姊處理的。」無憂道。

「要說也是，賢妃娘娘現在也就還差一個皇后的名分。」玉竹道。

無憂轉頭仔細望了玉竹一眼，然後伸手摸著她的臉蛋道：「經過這兩個月的調理，妳的臉色好多了，那阿膠記得一定要持續吃，知道嗎？」

「二小姐放心，奴婢一直都吃著呢！」玉竹點頭說。
「讓妳們跟著我受苦了。」無憂說著又轉頭看了一旁的春蘭一眼。
「您是我們的主子，我們跟著您，不管是富貴還是貧賤都是應該的，好是我們的福分，不好也是我們的命。」春蘭和玉竹道。
聽到這話，無憂點了點頭，心中有些酸楚，轉而走進屋子，望著自己的女兒，感覺前途茫茫起來……
賢妃一上了轎子，便轉頭問薔薇道：「是不是前線出了什麼事？怎麼皇上這麼急著召見本宮？」
「奴婢也不知道，剛才來傳話的那個小太監只說是關於沈大將軍的事。」薔薇蹙著眉頭道。
聽到這話，賢妃不由得心慌起來，伸手摸著自己的肚子，緊張地道：「不會是沈鈞有什麼事了吧？」
「娘娘不用嚇唬自己，也許是好消息呢！」薔薇只得寬慰道。
賢妃卻擰著眉頭說：「這兩個月來，咱們大齊能調集的部隊都去了前線，再加上糧草也告急，我真擔心沈鈞啊！」
外面寒風凜冽，天氣也有些陰沈，賢妃臉色凝重，不再發一言，轎子迅速地往御書房的方向移動。

下了轎子，賢妃在薔薇的攙扶下進了御書房。邁入門檻，只見御書房裡一片明黃色，紫檀木製成的寬大書案前坐著一位穿著明黃色袍子的男子，只見他的手裡拿著一張奏摺，臉上露出明顯的笑意，十分喜悅的樣子。

看到皇上臉色不錯，賢妃心裡暗暗鬆了一口氣，心想——應該沒有太壞的消息吧？隨後，賢妃便翩翩下拜。「臣妾參見皇上。」

看到賢妃來了，德康帝把手中的奏摺放在一旁，起身走到賢妃的跟前，伸手把她輕輕地拉起來，笑道：「說過妳多少遍了，妳現在身子不方便，就不要行禮了。」

賢妃笑道：「君臣之禮還是要遵守的。」

「妳就是規矩多。」德康帝笑道，他拉著賢妃的手走到書案前，讓她坐在寬大的龍椅上。

看著德康帝的心情很不錯，賢妃便問：「不知皇上這麼急著傳臣妾來有什麼事？」

「朕有一個天大的好消息要告訴妳。」德康帝笑道。

「什麼好消息？難道是前線的戰事有好消息了？」賢妃馬上猜道。

「妳自己看看。」德康帝把手邊的奏摺遞給賢妃。

賢妃疑惑地接過奏摺，打開後，快速地掃了幾眼，笑容不禁就掛在臉龐上。「咱們的軍隊打了大勝仗了？」

「嗯。」德康帝揚著下巴點了點頭。

賢妃又繼續看了幾眼，便合上摺子，轉頭望著德康帝笑道：「沈鈞帶領咱們的軍隊給燕國的軍隊重擊，殲滅敵軍五萬人，俘虜八萬人，剩下的敵軍都棄甲而逃，燕國已經向咱們大齊遞交投降書？」

「這次的仗沈鈞打得很漂亮，不但揚了咱們大齊的國威，而且燕國十年之內都不會再有威脅咱們大齊的可能了！」德康帝龍顏大悅地道。

「臣妾恭喜皇上。」賢妃馬上低首道。

「同喜，同喜。」德康帝拉著賢妃的手笑道。

隨後，賢妃問：「那沈鈞什麼時候班師回朝啊？」

德康帝想了一下，回答：「戰後還有許多善後事宜，大概一個多月吧！」

賢妃笑道：「那大概沈鈞能趕得上他女兒的百日呢！對了，皇上別忘了沈鈞臨行前答應人家的事情，皇上不會忘了吧？」

聞言，德康帝笑道：「朕說過的話都是金口玉言，自然是不會忘，更不會不算數的。」

賢妃自然是喜不自禁，便趕緊道：「那不如現在就讓無憂搬出冷宮好了？」

德康帝卻拉住賢妃的手，制止道：「妳那麼著急做什麼？雖說姨妹在冷宮，但有妳的照顧，她在冷宮的生活也不差。朕想著能讓沈鈞親自接姨妹從冷宮裡出來，豈不是更好？」

賢妃低頭想——畢竟沈鈞與無憂還沒有和好，雖說沈鈞也有苦衷，但是無憂性格獨立又倔強，大概要與沈鈞和好也有些波折，到時候不如讓沈鈞親自去冷宮裡接她出來為好。下一刻，她便抬頭道：「皇上說得是。」

「嗯。」德康帝笑著點了點頭。

幾日後，賢妃一早便來到冷宮，無憂看姊姊來了，上前迎接道：「姊姊今日怎麼來得這麼早？」

「有點事想跟妳說。」賢妃道。

看到賢妃的臉色很鄭重，無憂心裡一緊。雖說來到這個世界上她並不怕死，但是現在有了女兒，她卻很珍惜生命，因為女兒還這麼小，需要她這個母親來為她遮風擋雨。扶著賢妃坐了下來，春蘭早已把茶水送了過來，無憂坐在一旁問道：「姊姊，有什麼事妳就直接說吧！」

望了無憂一眼，見她有些緊張，賢妃笑著拍了拍無憂的手說：「放心，是好消息。」

無憂內心鬆了一口氣，笑道：「難道是姊姊求了皇上赦免無憂的罪？」

「皇上確實是赦免了妳的罪，不過這次可不是姊姊求的，姊姊在皇上的面前沒有那麼大的面子。」賢妃說笑道。

無憂疑惑地問：「還有誰比姊姊的面子還大？我可不相信。」

「要是姊姊有這個面子，皇上不早就鬆口了？還用得著等到現在？」賢妃道。

「那是誰向皇上替我求的情？」無憂擰了眉頭，心中卻大概已經猜到，自從進了這冷宮後，她就再也沒有聽到過關於沈鈞的消息。

「這個人啊，這次可是用自己的性命為代價替妳求情呢！」賢妃笑道。

無憂眉頭不禁擰得更緊了，不由得問：「姊姊說的這個人是誰？無憂不明白。」

見無憂一臉的疑惑，賢妃笑著道：「妳先前懷著身子，現在孩子又小，所以有好多事姊姊都不敢告訴妳，現在一切都已經塵埃落定，也是該告訴妳一切的時候了。」

無憂皺著眉頭問：「姊姊到底有什麼事沒告訴我？」

賢妃便道：「其實皇上當日赦免了沈鈞的罪之後，他曾經兩次進宮來求我想見見妳，都讓我給擋回去。」

聽到果然是關於沈鈞的事，無憂便垂下眼瞼道：「這些事無憂都知道，既然已經是路人了，又何須掛懷？姊姊如果說的是他的事，那就不必說了，無憂不想知道，也沒有必要知道。」

看到無憂的決絕，賢妃微微一笑，說：「我知道妳跟沈鈞已經和離了，妳不想知道他的事情也是無可厚非，可是妳對一個用性命來救妳的人難道還如此絕情嗎？最少妳也要聽聽人家是怎麼為妳犧牲的吧？」

賢妃的話讓無憂沈默不語，見她不說話，賢妃便自顧自地說：「大概半年前燕國的幾十萬大軍突然越過咱們大齊的邊境，殺死擄走許多咱們大齊的子民。由於事發突然，咱們大齊短期內根本就調集不了那麼多的軍隊，所以皇上是一籌莫展。這時候，沈鈞忽然自動請纓，本來他還被皇上罰閉門思過呢，皇上正想著啟用他，但還不知道怎麼開口，沒想到他自己卻主動請纓了。我還聽說其實那幾個月他在府裡頹廢得很，沈老夫人和沈鎮都是莫可奈何，尤其沈老夫人為他張羅了許多待字閨中官宦人家的小姐想讓他娶親，他都沒有答應，可見他對妳還是舊情難忘的。」

「姊姊既然要說，就說重點好了。」無憂不想聽他對自己怎麼樣情深的話了。

賢妃便繼續道：「妳知道這次咱們大齊能夠調集的軍隊還沒有燕國的一半多，而且臨時調集的糧草也不充足，這次領兵打仗可說是龍潭虎穴，凶多吉少。不過沈鈞還是義無反顧，他在臨行之前求皇上赦免妳的罪，皇上答應只要他能夠凱旋而歸便會赦免妳的罪。」

無憂抬頭望著賢妃，眼眸中悄然滑過一抹詫異的光芒，她沒有想到他會用這種方法來營救自己，一時間，心中多少有些觸動，但是並不會改變她的初衷。

見無憂彷彿有些觸動了，賢妃又道：「這幾個月，前線的戰事不但慘烈而且還很反覆，尤其是兩個月前那場敵我雙方的主力相遇後，雙方都損失了大半的兵力。」

聞言，無憂的眼中迅速閃過一抹擔憂，不過很快便恢復平靜。賢妃是聰明人，馬上捕捉到那抹光芒，又道：「這場戰事一共持續了幾個月，前線的軍士最後也只剩下十之二、三而已。」

無憂臉色凝重地望著賢妃，最終還是問了一句。「那現在戰況如何？」

「本來這也是我最為憂心的事，如果沈鈞有什麼不測，我也就不會對妳說這些了。這幾個月，不但是我，就連皇上每天都是憂心忡忡，擔心前線的戰事。不過幾天前前線終於傳來好消息，沈鈞果然不負皇上所託，打了個大勝仗回來，大概再過一個月就可以班師回朝了。」賢妃笑著道。

聽到沈鈞沒事，無憂暗自在心裡鬆了一口氣。雖然她對他的愛戀早已全部收回，但她還是不想他有任何的不測。

看到無憂一言不發，賢妃擰著眉頭問：「無憂，妳聽到這些，心裡就一點觸動都沒有嗎？」

「如果皇上因為沈鈞才赦免我的罪，那麼我感謝他，這份情我也會記在心裡，以後如果有機會，我會回報於他的。」無憂說。

「就這麼簡單？」賢妃問。

「就這麼簡單。」無憂回答。

「可是妳知道沈鈞當日為何對妳如此冷漠？難道只是因為和妳嘔氣那麼簡單嗎？」賢妃又問。

無憂的話中卻仍舊帶著情緒。「也許他厭倦了我，急著要娶姨娘吧？」

賢妃便噗哧一笑，說：「妳看看妳，嘴上說是不在乎了，可是妳的話裡還帶著這麼大的酸味，妳明明心裡就還有他。」

「我……沒有。」賢妃的話讓無憂趕緊否認，可是不知道為什麼，她的臉卻不爭氣地紅了起來。

看了一眼急於解釋的無憂，賢妃一笑，然後神色鄭重地道：「其實沈鈞早就知道皇上在調查大理世子來咱們都城的事，這件事可大可小，而且沈鈞最瞭解聖上的性情，皇上最憎恨的就是通敵叛國和謀反的罪名，所以他就借著你們嘔氣的機會冷了妳的心，到時候他就可以獨自把罪名都攬下。萬一以後他有什麼不測，妳也不至於太傷心，還能繼續自己的生活。」

聽到這話，無憂不可置信地盯著賢妃看，心裡卻是百感交集。其實，沈鈞的人品是毋庸置疑的，他捨棄性命救自己的話她也並不感到十分意外。但是，她沒有想到他竟然會如此用心良苦，怪不得上次的事情他自己一個人就攬了下來，原來這都是他提前全想好的。那麼……那麼他說要抬秋蘭做姨娘也是想把自己氣走的陰謀嗎？一時間，無憂的心不禁亂了起來。

看到無憂一副心事重重的樣子，賢妃便知道她所說的話起了作用。「等到沈鈞得勝回朝大概還有一個月的時間，這一個月妳也好好想想，以後該怎麼辦？皇上已經派人八百里加急告訴沈鈞妳已經順利生產的消息了。」

無憂一驚，張了張嘴巴，卻不知道該說什麼。

看了無憂一眼，賢妃起身，笑道：「好了，我宮裡還有許多事要料理，先回去了。」

「姊姊慢走。」無憂只好起身扶著賢妃送出門。

賢妃走後，無憂失魂落魄地望著躺在小床上的漂亮女兒，心裡早已經亂了。

這時候，春蘭輕聲道：「二小姐，原來二爺是用心良苦啊，奴婢就說二爺怎麼會對秋蘭那蹄子動心呢？雖然她有幾分姿色，但二爺也不是那麼眼皮子淺的人啊。」

一旁的玉竹也是歡喜地道：「二小姐，要說姑爺對您也是情深意重，您就別生姑爺的氣了。」

無憂抬起眼簾，掃了她們一眼，輕聲道：「我有些累了，想休息一會兒，妳們先下去吧！」

「是。」春蘭和玉竹對視一眼，然後退了下去。

等到房間裡只剩下自己和睡在小床上的女兒，無憂望著女兒好久好久，終究是自言自語地道：「孩子，妳說娘到底該怎麼辦啊？」

時間一天一天的過去，昨夜的一場大雪把整個冷宮都覆蓋成白色。

雖然外面寒冷異常，但是宮殿裡卻點燃著好幾個炭盆，到處都暖融融的。無憂坐在床沿，手裡正在做一件嬰兒的棉襖。

此刻，春蘭和玉竹一個人抱著孩子，另一個正拿著撥浪鼓逗弄著，孩子已經快百日，一逗就會笑了。

轉眼就過了一個月，這幾日無憂都是坐臥不安的，說實話，她真不知道該怎麼面對沈鈞。雖然沈鈞一切都是為了自己，也算是用心良苦，但是她真的不喜歡這樣的方式，她喜歡的夫妻之道是兩個人同甘共苦，共同承擔，面對一切。而不是這種一個人都承擔了所有，另一個人卻不知情，還被蒙在鼓裡。

哐噹！

無憂正拿著手中的針線沈思的時候，忽然外面的門一響。

聽到這聲音，春蘭道：「肯定是賢妃娘娘又派人送東西來了，奴婢去看看。」她把孩子遞給玉竹，轉身去了外面。

隨後，春蘭便風風火火地跑回來，急切地道：「二……二爺回來了！」

聞言，無憂拿著針的手一僵，她感覺此刻她的心一緊，眼睛盯著門的方向。果不其然，下一刻，只見一個身穿盔甲的魁梧身影出現在門前。看到那金光燦燦的身影，無憂感覺喘不上氣來了。她曾經無數次地告訴自己，如果再見到他，她就像見到平常人一樣，不要緊張，也不要心亂。可是，現在，她還是明顯地感覺到自己的心已經亂了。

此刻，沈鈞那雙燦若星辰的眼睛也盯著無憂看，多日不見，她似乎比以前豐腴了一些，臉龐仍然和以前一樣白皙如瓷，眼睛仍然清澈得如同泉水一般，和他心中無數次想起的那個身影還是一模一樣。

隨後，春蘭和抱著孩子的玉竹趕緊福了福身子，恭敬地道：「給二爺、姑爺請安。」

聽到她們的聲音，沈鈞的眼睛才望向玉竹懷中抱著的嬰兒，他也發出第一道聲音。「這就是我的女兒？」

「是。」玉竹趕緊應聲。

隨後，沈鈞上前一步，低頭望著玉竹懷中的嬰兒，只見她如粉妝玉琢般，皮膚水嫩白皙，漂亮得很。沈鈞此刻的心情異常激動，伸出一雙大手從玉竹懷中抱起孩子，兩隻手小心翼翼的，生怕會摔了她，眼睛一直盯著那嬰兒，道：「孩子，我是妳爹，妳生下來還沒見過爹呢！」

看到沈鈞如若珍寶般地抱著孩子，無憂才放下手中的針線，緩緩起身，走到他的跟前，看到他抱孩子的姿勢不對，生怕他把孩子抱得不舒服，所以緊張地在一旁守著。

看了那孩子好一刻，沈鈞才問：「她叫什麼名字？」

「還不曾有名字。」這時候，無憂已經可以正常地回答他問題了。

沈鈞不由得皺了眉頭，道：「都快百日了，怎麼還沒有名字？」

「怎麼想也想不出一個好聽的名字來。」無憂這幾個月都在冷宮之中，一開始不曾想到合適的名字，後來就在糾結是讓這孩子姓沈，還是跟著自己姓薛？自從姊姊對她說了那些話之後，她就一直拿不定主意了。

聞言，沈鈞卻笑了。「既然妳這個做娘的想不出來，那就讓我這個爹的來給我的女兒取個名字好了。」

無憂不禁白了他一眼，轉而伸手把孩子從沈鈞的手中接過來，道：「這孩子的名字必須我點頭才算數。」

看到無憂臉上有些不高興的樣子，沈鈞抿嘴一笑，然後轉頭對一旁的玉竹和春蘭道：

「妳們這些日子伺候二奶奶都辛苦了，回到沈家之後我重重有賞。」

玉竹和春蘭對視一笑，趕緊福了福身子道：「多謝二爺。」

「這裡不用妳們伺候了，帶著孩子下去吧！」說話間，沈鈞不由分說地上前把無憂手中的孩子又抱過來，並且交給一旁的春蘭。

「是。」春蘭和玉竹抱著孩子下去了。

見狀，無憂卻有些心慌，趕緊道：「誰讓妳們走的？」

可是，這時候春蘭和玉竹已經走出內室，再說她們也是盼著男主子和女主子能和好如初，所以兩個人故意裝作沒聽到便退了下去。見狀，無憂卻氣呼呼地道：「妳們到底是誰的奴婢，怎麼都不聽我的話了？」

這時候，沈鈞一步走到無憂的面前，穿著盔甲的他此刻顯得更加魁梧，整個人都給無憂很大的壓迫感，她只感覺一陣眩暈。隨後，沈鈞便很霸道地道：「她們是妳的奴婢不假，可是妳是我的，所以她們也應該聽我的話。」

無憂不禁氣惱地嚷道：「誰是你的？你別忘了，我和你早已經簽了和離書，我和你男婚女嫁早就沒有關係了。」

下一刻，沈鈞卻抓住了她的兩隻手臂，氣惱地問：「妳說什麼？妳再說一次。」

無憂卻不怕他，馬上嚷嚷道：「再說一次又怎麼樣？再說一千次也無所謂，我和你就是男婚女嫁早就沒……」

這時候，沈鈞馬上低頭用自己的唇封住了她的，讓她所有的話都吞回肚子裡。

「嗚嗚……」他突如其來霸道的吻讓無憂很氣惱，她使盡全身的力氣想推開他，但是他的身軀實在太強壯，她只感覺自己摸到一層厚厚又冰冷的鐵皮，除了弄疼自己的手，根本就沒能撼動他分毫。

他的吻霸道而熱烈，這許久以來的相思都蘊含其中，她只能抵抗、抵抗，再抵抗。可是，她的力量畢竟是薄弱的，不久之後她就只能像一隻羔羊般任人宰割……

門外的縫隙中，有兩個腦袋密切注意屋內的情況，當看到這臉紅心跳的一幕之後，那兩人便輕輕地退出去。

「我就說嘛，二爺和二奶奶其實都還想著彼此的，只不過是二奶奶嘴硬罷了。」春蘭笑道。

玉竹也附和道：「是啊，二小姐就是那種外剛內柔的人。」

「這下妳也高興了吧？」春蘭的肩膀碰了玉竹的一下。

「二小姐和姑爺能夠破鏡重圓，我這做奴婢的當然高興了。」玉竹笑道。

「我說的是妳自己也偷著樂，這次如果回了沈家，妳和彬哥兒……」春蘭笑著沒有再說下去。

「我……我和他不會有結果的。」說到這裡，玉竹明顯地擰了眉頭。

「這個也沒準兒，誰知道妳以後沒有造化呢？唉，想那麼多幹麼，咱們高興一天是一天才是。」春蘭寬慰玉竹道。

「是啊，只有把握住現在才能想將來。」玉竹點了點頭。

不知道過了多久，沈鈞的唇才算是放開她的丁香，就要窒息的無憂靠在他的肩膀上拚命地呼吸著新鮮空氣，感覺自己快要虛脫了。看到她臉龐紅暈地靠在自己的肩膀上，沈鈞的眼神灼熱地望著她，伸手撫摸著她那柔順的頭髮，彷佛在摸一塊上好的綢緞。

過了一刻，當無憂略略好受了一些後，才推開他的手，向後退了一步，道：「別碰我。」

沈鈞卻不聽她的話，雙手握住她的肩膀，認真地道：「還在生我的氣？」

「你是我什麼人？我為什麼要生你的氣？」無憂冷笑地望著別處。

看到她如此，沈鈞笑道：「我是妳的夫君，更是妳女兒的爹。」

「女兒的爹我不能否認，不過你現在已經不是我的夫君。對了，你現在已經有姨娘了吧？你是秋蘭的夫君才對。」無憂說這話的時候明顯是帶著醋意。

聞言，沈鈞卻笑了一下。

看到他突然發笑，無憂便瞪著他問：「你笑什麼？」

「妳吃醋了。」沈鈞笑道。

無憂的臉更是一紅，氣惱地道：「誰吃醋了？你別瞎說。這裡不歡迎你，你趕快給我出去。」說完，無憂便使勁推搡著沈鈞。

沈鈞一把攔腰抱住無憂，任憑無憂怎麼推搡就是不鬆手。直到無憂感到筋疲力盡了，沈鈞才低頭認真地對她道：「我被皇上赦免之後便將秋蘭打發出府了。」

無憂不禁一怔，然後道：「那和我有什麼相干？」

下一刻，沈鈞把無憂緊緊地抱在懷裡，喃喃道：「無憂，不要再生我的氣了好不好？」

聽到這樣的柔聲細語，無憂心裡一動，眸裡迅速透出了淚光，說：「你知道那些日子我有多傷心嗎？」

「我知道，都是我的錯，我只求妳的原諒……」他在她的耳邊喃喃地訴說著。

無憂閉上了眼睛，兩行清淚流淌在臉龐上。

耳邊聽到她的抽泣聲，沈鈞輕輕地推開她的肩膀。看到她臉龐上的眼淚，不由得蹙了下眉頭，然後輕輕地用指腹為她抹去淚水，他小心翼翼的，生怕會弄疼了她，眼光中盡是溫柔和小心。

感覺到他的溫柔，無憂的心中莫名地一陣悲傷，然後便哭泣得更加厲害，彷彿想宣洩這麼長時間以來的所有委屈和不滿。

望著她哭泣的模樣，沈鈞心如刀割，眼眸就此望著她一眨不眨。最後，她哭鬧了一會兒，突然抬起小拳頭打在他的胸前，可是剛打了兩下，卻停了手，皺著眉頭喊道：「唉唷。」

看著她吃痛的模樣，沈鈞趕緊抓住她的手腕問：「怎麼了？」

「你的盔甲弄疼我的手了。」無憂的語氣已經有些像在撒嬌了。

沈鈞二話不說，便低頭三下五除二脫掉身上的盔甲和頭盔。隨後，一副鎧甲已經放在八仙桌上。沈鈞的身上穿著一套藏藍色的布袍，腰間繫著白色腰帶，袍子的周邊也用白色的布鑲嵌著邊，很英武的樣子。穿盔甲的他威風凜凜，脫了盔甲的他玉樹臨風，除了臉上露出的疲憊之外，他跟以前沒什麼兩樣，還是那個意氣風發的沈鈞。

看到她的眼光望著自己，他不由得上前拉起她的手問：「看什麼呢？」

「你回沈家了嗎？」無憂問。

「還沒。」沈鈞搖了搖頭。

「那你可覲見皇上了？」無憂又問。

「剛剛面過聖。無憂，跟我回家吧？」沈鈞熱情地道。

聽了這話，無憂卻抽回自己的手，說：「回去？我要以什麼身分回去？別忘了我和你已經和離了。」

「我已經請求皇上收回成命了。」沈鈞笑道。

無憂卻瞪著他道：「皇上答應了？」

「答應了。」沈鈞回答。

「你問過我同意了嗎？沒問過我你就去求皇上收回成命？」無憂氣惱地問。

沈鈞卻一臉無辜地說：「妳當初要和離也沒問我同不同意啊？妳只是讓皇上給我下旨，我這次也和妳一樣啊。」

「你不講理……」無憂剛說了一句。

沈鈞再也按捺不住了，上前一步就抱著她的腰身，低首壓住她那粉嫩的唇瓣，並且一雙大手也開始不安分地在她的身子上下摸索起來。無憂當然開始是掙扎的，但是她的掙扎在他的眼裡都是扭捏，讓他更加熱烈，她終究抵不過他的熱情和蠻力。不久之後，床幔便散落下來，男人的衣服和女人的衣服相繼扔在床下，床幔裡也斷斷續續地發出低吟和粗重的喘息聲……

許久許久之後，一切歸於平靜，床幔裡的兩人在被子裡相擁說著悄悄話。無憂躺在他的臂彎裡，那久違的感覺又回來了，尤其是她萬萬沒有想到她和他真的還會再重逢，重逢後還會再續前緣。

「無憂。」他在她的耳邊低聲喚著。

「嗯？」無憂的手撫摸著他那健美的胸肌。

「謝謝妳給我生了一個這麼漂亮的女兒。」沈鈞在她的額頭上印下一吻。

聽到這話，無憂微笑道：「她也是我的女兒。」

「不如就叫明珠吧？」沈鈞提議說。

「明珠？掌上明珠？」無憂一邊想一邊道。

「對。掌上明珠，她就是我們的掌上明珠。而且還是還君明珠，妳和她這顆明珠都又回到我的身邊了。」沈鈞笑著撫摸她那光滑的臂膀。

聞言，無憂揚著下巴笑道：「看在這個名字還算好聽的分上，我的女兒就叫明珠好了。」

「是我們的女兒。」沈鈞糾正道。隨後，他又說：「無憂，跟我回沈家吧！」

「不要。」無憂想也不想地道。

「為什麼？難道妳還沒有原諒我嗎？」沈鈞緊張地問。

無憂不禁幽幽地道：「其實有什麼好原諒的？你做的一切也都是為了保護我，可是我真的不喜歡這種方式。夫妻應該是患難與共的，並不是為了保全一方而讓另外一方什麼都不知道。你並不知道，另外一方非常痛苦，比殺了她更加的痛苦。」

「我知道，我都知道，對不起……」沈鈞摟著懷中的人不斷地道歉。

聽到他的道歉，無憂不禁眼圈紅了，看到他是真心實意的，她以往的堅持和任性也都在土崩瓦解。她的手摸著他的胸肌，當她看到他胸前有好幾道傷疤的時候，不由得問：「這是怎麼回事？我記得你以前這裡沒有傷疤的？」那傷疤看得出是時間不長的，而且有好幾道，很明顯是刀傷，傷口應該很深，看得讓人觸目驚心。

沈鈞卻說：「沒事，一點小傷而已。」他想輕描淡寫地掩飾過去。

無憂卻仍舊追問。「到底是怎麼回事？怎麼會有這麼多傷疤？」

「是這次打仗的時候負傷的。」沈鈞只好回答。

「可是你是全軍的統帥，你總不會和敵人真刀實槍地去拚命吧？」無憂好奇地問。

「這次戰爭非常慘烈，而且敵眾我寡，最重要的一次戰役中幾乎每個人連燒火的伙夫都加入戰鬥，我這個統帥自然也不能閒著，在戰爭的尾聲我自己也加入刺殺敵人的隊伍中，所以就受了些傷。沒事的，已經全部都好了。」沈鈞笑道。

看到他那輕描淡寫的模樣，無憂的手摩挲著那一道又一道的傷口，不禁嗔怪地道：「還沒事？當時傷口一定很深。」

無憂大概能想像得到當日戰爭的慘烈，也許他很有可能就回不來了，如果真是那樣，大概她也永遠不會知道他們之間事情的真相了。現在她真的應該感謝老天，能讓沈鈞平安回來。這一刻，能有什麼比心愛的人平安更重要的呢？也許他們已經蹉跎太多的時間了，不應該再計較那些前塵往事，珍惜現在才是最重要的。隨後，無憂便讓自己的臉貼在了他的胸前……

良久後，沈鈞的手摸著她的頭髮，大概也能感覺得到她已經不生氣了，所以他的心情很好，眼神也很溫柔，再次開口道：「無憂，跟我回家吧？」

「不要。」無憂這個時候卻撒嬌地道。

「為什麼還不跟我回家？」沈鈞又問。

「我以什麼身分回去啊？」無憂問。

「那我就再重新娶妳一次，明兒就派個八抬大轎來停在宮門口接妳回去好不好？」沈鈞忽然道。

無憂卻抬起頭來，說：「我才不要，人家還以為我要改嫁呢！」

「呵呵……不要的話，就趕緊跟我回去。」沈鈞笑道。

「等我考慮一下再說。」無憂仰著下巴故意逗弄著他。

聽了這話，沈鈞揚起眉毛想了一下，忽然說：「好，妳好好地考慮，我先做完我想做的事情再說。」

「你要做什麼？」看沈鈞就要撲上來的樣子，無憂不禁把雙手抵在胸口前。

「妳馬上就知道了。」隨後，沈鈞便翻身壓在無憂的身上。

「你……討厭啊……」他對她上下其手，無憂自然是尖叫出聲。

很快之後，那尖叫便成了低吟，幾次三番之後，她已經化成一灘泥，再也沒有一點力氣，不得不求饒道：「不要了，真的不要了。」

沈鈞便乘機道：「那妳考慮得怎麼樣了？」

「啊？我還要再考慮考慮……」

無憂還沒有說完，沈鈞就又要進攻，無憂見狀只得道：「好、好，我跟你回去好了。」

聽到她終於答應了，沈鈞便道：「那現在就回去。」

無憂只得又求道：「你讓我休息一個時辰好不好？」

看她可憐，沈鈞又怕她變卦，只得道：「那就讓妳休息一個時辰，不過妳要是到時候說話不算數，我可就……」說完，沈鈞便透出一抹灼熱渴望的眼神。

「我說話肯定算數的，先讓我休息一下……」無憂翻身過去閉上眼睛，她已經太疲倦了，很快便沈入夢鄉。

沈鈞看到她睡著了，便咧嘴一笑，手臂攬上她的腰身，也閉上眼睛和她一塊進入夢鄉。一路快馬加鞭地回來，他已經兩日都沒有合眼了……

第七十七章

沈鈞和無憂一直睡到了第二天的清晨，大概兩個人都太疲倦了吧……

第二日一早，無憂帶著孩子跟沈鈞回了沈家，回去拜見老夫人。沈鎮、姚氏和沈家人自然都十分高興，並分別給明珠很多的見面禮。兩人回去之後，自然是更加恩愛，都珍惜這得來不易的幸福。

這日午飯後，沈鈞坐在書案前看著文書，無憂則抱著明珠玩，一旁的玉竹伺候著，春蘭站在一旁，拿著帳本唸著。「紅瑪瑙串珠一串，碧玉鑲金玉如意一柄，上等白狐皮兩張，赤金菊花紋首飾一套……」

還沒有聽完，無憂便不耐煩地道：「別唸了，我的頭都疼了。」

春蘭笑著翻看一下那帳本，道：「二小姐，這後面還有好幾張沒唸呢！皇上賞賜的東西可真多，整整西廂房的三間屋子都堆滿了呢！」

還沒等無憂回應，坐在書案前的沈鈞便說話了。「春蘭，妳剛才叫的什麼？」

「啊？」聽到這話，春蘭不由得怔了。

「什麼二小姐？妳找打是不是？」這個稱呼讓沈鈞不高興了。

春蘭趕緊伸手打了自己的嘴巴一下，笑道：「對、對，都是奴婢的錯，奴婢前些日子叫順了嘴，這幾日還改不過來。奶奶，奶奶，奴婢以後再也不會叫錯了，要不然二爺可得打斷奴婢的腿呢！」

最後一句話把眾人都給說笑了，抱著孩子的無憂抿嘴一笑，然後望一眼坐在書案前的沈鈞，只見他也正用一雙灼熱的眼睛望著自己，她不由得臉上一紅。就是這種眼神，這兩日她每日裡都能看到，而且他每天夜裡都纏著她，讓她都要對黑夜有所恐懼了。

這時候，外面小丫頭進來稟告道：「二爺、二奶奶，大奶奶來了。」

無憂便道：「趕快請進來。」

「是。」那小丫頭趕緊去了。

無憂轉頭對沈鈞笑道：「我回來這兩日，大嫂已經來了兩次，還拿了許多東西過來，抱著明珠也喜歡得不得了。」

「妳不知道大嫂有兩個兒子，一直都想要個女兒，不過一直都沒能如願。」沈鈞道。

這時候姚氏走了進來，無憂早已把手中的孩子交給玉竹，便起身迎接道：「大嫂來了？」

「想著你們午後肯定歇著，我就緊趕著吃過飯就過來了。快給我倒杯茶，午飯吃得鹹了。」姚氏說著便不客氣地坐在八仙桌前。

無憂趕緊要春蘭去倒茶，然後坐在一旁笑道：「大嫂，您趕過來是有事？」

「是有一件事，我等不及，所以就趕過來了。這件事我還得請二弟幫忙呢！」姚氏說著便轉頭對書案的方向說了一句。

聽了這話，沈鈞放下手中的文書，起身走過來，笑道：「大嫂有事儘管說，咱們一家人還需客氣？」

這時候，春蘭已經上一杯茶來，姚氏先接過茶碗喝了半杯，然後神采奕奕地道：「這不是彬哥兒馬上就要二十歲，早該是訂親的時候了。」

一旁抱著孩子的玉竹不禁怔了，傻愣愣地盯著姚氏看。無憂轉頭望了玉竹一眼，知道她有心事，便說：「玉竹，把孩子抱出去給奶娘看著。」

「是。」玉竹聽了，趕緊抱著孩子出去找奶娘。把孩子給奶娘後，她便站在外邊把姚氏的話都聽得一清二楚。

聞言，沈鈞很興奮地道：「彬哥兒確實已經到了該娶親的年紀，是我這個做叔叔的疏忽了。」

無憂看了沈鈞一眼，然後笑著問：「大嫂可有心儀的姑娘？」

「算是吧！」姚氏高興地點點頭。

「不知大嫂看中的是哪一家的小姐？」無憂問這話的時候朝外面看了一眼。

姚氏便昂著頭很興奮地回答：「我看中的是怡親王家的大郡主。」

聞言，無憂輕輕擰了一下眉頭，心想——平時她也知道姚氏對於兩個兒子的婚事很重視，想攀個高枝之類的，不過沒想到姚氏的眼光還真高，竟然看上了當今皇帝親叔家的女兒，那也就是只比公主矮那麼一分的郡主，要知道這位郡主又品貌出眾，好多高門子弟都求不來呢！

沈鈞當然和無憂的想法是一樣的，兩個人互相對望一眼，沈鈞便問：「大嫂，這件事老夫人和大哥知道嗎？」

「我都已經說過，老夫人和你大哥都答應了，只是我想著誰去說親好呢？當然得找個能拿得出去的人物才行，我想啊想，還是二弟你去比較合適。這次皇上已經封你為一品武將，頭上又有爵位，這次又立了大功，深受皇上器重，而且你又是當今賢妃娘娘的妹婿，這身分怡親王肯定會高看一眼，說不定這親事就成了。」姚氏笑著道。

沈鈞看了無憂一眼，無憂道：「大嫂，妳可打聽這位郡主現在許配了人家？」

「當然沒有了。這個我當然得先打聽明白呀。」姚氏道。

無憂便道：「大嫂的意思是直接讓二爺去提親？」

姚氏看了無憂一眼，說：「我也正想和你們商量，到底怎麼樣才好呢？」

無憂微微一笑說：「這件事無憂感覺不宜直接就去求親，雖說咱們彬哥兒才德兼備，是個難得的好孩子，但對方畢竟是只和公主差一級的郡主，而且我也聽說過這位郡主自視甚高，去怡親王府求親的人也是絡繹不絕，難免這位郡主會挑花了眼。不如讓二爺先去探聽探聽口風，如果對方有意，咱們再準備去求親；如果對方沒意，咱們也不至於失了面子，咱們就回來再從長計議。不知道大嫂意下如何？」

聽了這話，姚氏便一拍桌子，笑道：「我就知道找弟妹商量是找對人了。對，對，就這樣辦。本來我也覺得心裡沒有底的，雖說咱們的門第不如怡親王府，但到底也是要面子的，被人拒絕了確實是不好看。那不如明日就麻煩二弟一趟？」說著，姚氏便轉頭望著一旁站著的沈鈞。

沈鈞便笑道：「正好怡親王這兩日說要宴請我，那我明日晌午就準備了禮物過去。」

聽到沈鈞這般爽快，姚氏趕緊站起來道：「禮物我這就回去準備，一會兒就給二弟送過來。」

這時候，無憂也站起來，說：「大嫂這是哪裡話？難不成我們為姪兒還拿不出這點禮物嗎？正好皇上賞賜了二爺好多東西，我讓人挑兩件好的帶過去就是了。」

姚氏笑道：「彬哥兒真是有福氣，有你們這樣的叔叔和嬸娘。罷了，等他娶了這門好親事，讓他自己過來給你們磕頭。」

「只要彬哥兒好，我們就高興了。」沈鈞道。

姚氏一揚手心裡的手絹，道：「好了，我先回去了。二弟，我等你的好消息啊。」

「大嫂慢走。」無憂起身把姚氏送出門外。

待姚氏走後，無憂轉頭一望，只見玉竹傻呆呆地站在門前，一副失魂落魄的樣子。無憂自然知道是怎麼回事，便轉頭對沈鈞柔聲道：「你趕快去歇一會兒。」

「我們一起吧？」沈鈞單手攬住無憂的腰身，眼中彷彿帶著些許的曖昧。

無憂卻推著他往裡走道：「我去看看明珠，你先去睡。」

「那我等妳。」沈鈞的手在無憂的腰上掐了一下。

「嗯。」無憂會意地點點頭，才把沈鈞打發了。沈鈞走後，無憂轉頭走到玉竹的跟前，望著她看著姚氏離開的方向發呆，不禁說：「妳打算怎麼辦？」

「這能由得了我嗎？」玉竹說這話的時候十分幽怨。

無憂不禁嘆了口氣。「唉，其實這天早晚會來，妳和彬哥兒也該想得到的。」

「是啊，男大當婚嘛，更何況是彬哥兒這樣的高門子弟。」玉竹說。

「既然這樣傷心，不如就讓彬哥兒跟他的父母說清楚。」無憂看著玉竹也實在是心裡難受。

「說了又能怎麼樣？大奶奶這樣的人是絕對不會同意我一個丫頭做她兒媳婦的。」說完，玉竹便扭頭回了自己的屋子。

無憂剛想說什麼，春蘭卻走過來，說：「奶奶，玉竹難免想不開，您放心，我去勸勸她。」

無憂點了點頭，說：「我剛才在大奶奶面前沒有完全應承下來，就是想著玉竹和彬哥兒的事，只要這親事一天沒有定下來，他們就一天還有希望。」

「奶奶的心思奴婢怎麼會不知道？只是這也就是能拖一些時日罷了，就算不定下這怡親王家的郡主，那還有別家的小姐呢！」春蘭道。

聞言，無憂蹙了下眉頭，說：「等我再想想還有沒有別的辦法，妳這幾日好好看著玉竹，可別讓她想不開。」

「奶奶放心，我也會吩咐人看著的。」春蘭點了點頭。

無憂才放心地轉身進了屋子，心裡彷彿被一塊石頭壓著。玉竹是她從娘家帶來的，而且她很欣賞玉竹，再加上玉竹又對自己忠心耿耿，還跟著自己共患難過，所以無憂很是同情和心疼她。自己也是愛過的，自然知道相愛的人不能相守的痛苦。

回到房間裡，看到沈鈞靠在床鋪上正翻看一本書，無憂不禁問：「你怎麼還沒睡啊？」

「在等妳。」沈鈞一邊說一邊將手中的書放在一邊，然後拉住無憂的手。

無憂上了床後，便躺在沈鈞的懷裡，手臂緊緊地抱著他的腰身，心想——其實自己是幸運的，在這個世界上好多相愛的人卻不能相守，她愛的人也愛著她，而且他們已經有了可愛的女兒，又可以白頭偕老，相互廝守下去，又夫復何求呢？

看到她默默地摟著自己，沈鈞摸著她的頭髮，問：「在想什麼？」

可是，沈鈞卻沒有等到無憂的回答，下一刻，只見無憂抬起頭來，用雙臂抱住了他的脖頸，然後便送上自己的唇，主動地吻上他。

無憂這突如其來的動作讓沈鈞很吃驚，過了一刻，他便推開她，疑惑地盯著她問：「無……無憂，妳……這是怎麼了？」

「想你不可以嗎？」無憂反問了一句，又繼續自己的動作。

沈鈞在愣了一下以後，突然翻身反轉了姿勢，他已經從防守轉變成了進攻……

翌日傍晚，姚氏迫不及待地過來問消息。

「二弟，怎麼樣啊？怡親王到底怎麼說的？」姚氏坐在八仙桌前問著站在一旁的沈鈞。

「看把大嫂急的，我其實晚飯過後就想去大嫂那裡向大嫂彙報呢！」沈鈞笑道。

「你還不知道你大嫂我這個人，我可是個急脾氣，更何況是彬哥兒的事，所以我便等不及過來問了。」姚氏笑道。雖然是笑著，但是可以看得出姚氏心裡還是有些緊張。畢竟這門親事要是成了，彬哥兒以後可就是郡馬。怡親王是當今皇上的親叔叔，而且又一直和皇上親厚，那彬哥兒以後的前途還不是平步青雲嘛。

沈鈞道：「我和怡親王只是閒聊幾句，問郡主是否已經許配人家了，沒想到怡親王很熱情，說是郡主眼界高，一直都沒有合適的，而且還問起彬哥兒。畢竟彬哥兒也剛剛嶄露頭角中了進士，怡親王也直誇彬哥兒一表人才，還問彬哥兒是否訂了親，可見怡親王大概也是有意的。我今日帶的禮物怡親王沒有推辭都收下了，我想怡親王也是看出我的意思吧，所以便回來稟告大哥大嫂，看看下一步該怎麼辦。」

姚氏自然是興高采烈地道：「唉呀！真沒想到怡親王這麼看得起我們，那還能怎麼辦？不如就打點好最上等的禮物去求親啊，我看這次我和你大哥親自去好了。」

坐在一旁的無憂聽到這話，不由得心裡酸酸的，彬哥兒和玉竹的事情畢竟在這個時代是為人所不容，所以她不能告訴沈鈞，還不知道結果怎麼樣，不能害了玉竹。不過就算告訴了沈鈞，大概他也沒有什麼辦法，也只徒增他的煩惱罷了。

自己的親姪子能夠得此良配，沈鈞自然是異常高興，便趕緊道：「正好妳弟妹帶著下人這兩日正在收拾皇上給我的賞賜，不如就讓妳弟妹在裡面挑幾樣上等的給彬哥兒添上做聘禮好了。」

姚氏自然有些受寵若驚，說：「那敢情好，我還怕我和你大哥的東西拿不出手，讓人家怡親王笑話呢！皇上賞賜二弟的東西自然都是好的。」

無憂雖然心裡有所不願，還是笑道：「過會兒我就讓下人挑幾樣好的給大嫂送去。對了，大嫂，這門親事彬哥兒可知道？畢竟是他自己的事，要他自己點頭才可以。」

聞言，姚氏卻道：「彬哥兒啊，書呆子一個，我前兩日跟他說這事，他還直搖頭說什麼中不了狀元不娶親，妳說說他是不是讀書都讀傻了？再說這門親事可不是誰想求就能求來的，聽說這位郡主很得皇上寵愛，這門親事估計怡親王也是向皇上透露過的，大概皇上也同意，說不定皇上還會親自賜婚呢！不過說到底也是彬哥兒沾你們兩口子的光，二弟受皇上器重，咱們跟賢妃娘娘又是親戚，皇上自然也是心裡向著咱們的。」

無憂也不好再多說什麼，只是陪笑道：「大嫂言重了。」

隨後，姚氏說要去跟沈鎮商量，趕忙就走了。

姚氏走後，沈鈞很是喜悅，說：「一轉眼彬哥兒也要娶親了，我這個叔叔也有些老了呢！」

無憂卻坐在八仙桌前，眼眸看著一旁的奶娘抱著明珠，不知道這件事要怎麼幫玉竹？她此刻又能做什麼呢？

見無憂半天不說話，沈鈞走過來道：「妳這兩日怎麼總是愣神，到底有什麼心事？」

無憂抬頭望望盯著自己看的沈鈞，知道這件事跟他說也是無益，況且如果不成的話，倒是把玉竹的名節也搭進去了，便笑道：「我還能有什麼心事？大概是回來這幾天太累了吧！」

聞言，沈鈞拉著無憂的手，一臉認真地道：「都是我的錯。」

無憂有些詫異，道：「關你什麼事啊？」

這一刻，沈鈞卻有些曖昧地望著無憂，無憂一下子就明白了他的意思，他是以為這幾日他沒黑沒白地纏著她把她弄累了吧？這一刻，還有抱著明珠的奶娘在一旁，無憂一下子就臉紅到脖子根，心裡不禁抱怨，這個沈鈞，現在怎麼說話這麼沒有遮攔？在下人面前就這樣說話，傳出去也不怕被人笑話？

無憂白了沈鈞一眼，抽出自己的手道：「今兒早上我去給母親請安，母親的身子不太好，你還不去看看？」

聽到這話，沈鈞皺著眉頭道：「自從我這次出征，母親的身體就一直不好，這次我回來之後好像更是不如從前了。聽說妳上次開的藥，母親吃了很見效，這次妳不如再給母親開些藥吃？」

說到老夫人的病，無憂也是愁眉不展地道：「母親現在所有的臟器都在慢慢地衰竭，就算是靈丹妙藥大概也不能妙手回春了，眼下也只能靠藥物維持著，我也是沒有太好的辦法了。」

聽了這話，沈鈞不由得內心一驚，緊張地問：「妳的意思是母親……難道時日不多了？」老夫人年事已高，最近兩年更是體弱不堪，其實沈鈞早就應該料到的。

看到沈鈞很緊張，無憂只得安慰他道：「這個也不好說，到這個歲數，真是一點風寒都禁不起的。你和大哥能夠的話，就多陪陪她，也許她心情一好，身子能緩緩也有可能。」

沈鈞是知道無憂說的話的意思，臉色也凝重了起來，隨後，他起身道：「我去看看母親。」

「嗯。」無憂點點頭，目送沈鈞離開。

沈鈞離開後，無憂叫春蘭進來，支走了奶娘，問道：「玉竹怎麼樣了？」

「知道了怡親王對咱們家彬哥兒很有意思後，玉竹更是坐臥不寧了。唉，我勸了她兩句，她大概也是聽不進去。奶奶，其實這要是在尋常人家也是平常的，以後把玉竹收房不就行了？可是好像玉竹心氣高，她是不肯做妾的。就是不知道彬哥兒怎麼想的？到底是圖了一會兒的新鮮，像別的公子哥兒一樣和丫頭們鬧著玩，還是動了真感情？」春蘭道。

聽了春蘭的話，無憂心想——春蘭說得也對。這還得看沈彬自己的意思怎麼樣。也許他和玉竹只是一時的感情，也許他也很願意娶怡親王家的郡主呢？如果是那樣倒也好說了，只是玉竹受些感情上的傷罷了。如果玉竹以後不願意在這府裡，她就把她送回薛家和莊子去都可以。如果沈彬和玉竹一樣癡情，那倒是棘手了，不知道沈彬會不會極力反抗這門婚事？如果沈彬非玉竹不娶，那她也許能想辦法成全這樁婚事，雖然很難，但玉竹畢竟是自己的人，又是和自己共患難過的。隨後，無憂吩咐春蘭道：「妳這幾日看好玉竹就是了。」

「是。」春蘭點了點頭，下去了。

這日晚間，無憂帶著春蘭去西廂房，選了幾樣比較貴重的禮物給姚氏送去。姚氏看到這價值不菲的禮物又不用花自己一兩銀子，自然是異常高興。

第二日姚氏和沈鎮便帶著禮物去怡親王府，等到午後才回來。回來後就帶了令人振奮的消息，怡親王已經收下他們的聘禮，也就是說沈彬和郡主的婚事是板上釘釘了。

一時間，沈老夫人、沈鈞等沈家上上下下都十分高興，這晚沈老夫人特意在她的屋子裡擺兩桌，沈家的正牌主子以及奴才裡幾個有頭有臉的都被請去，一時間好不熱鬧。

無憂面對這種情況，也只能冷眼旁觀著，席間當然也看到沈彬，他跟平時沒什麼兩樣，看不出高興，也看不出不高興，只是飯桌上表現得很沈默，幾乎沒有說過幾句話。這樣的場合，觸景傷情，無憂自然是讓玉竹待在家裡，沒有讓她過來。

看到沈彬的表現，無憂不禁在心裡想——彬哥兒到底是怎麼想的？她還特意打聽了一下，好像彬哥兒並沒有對這門親事提出多少異議。平時看他也是個重情義的敦厚好孩子，難道這次想想能當上郡馬，搭上怡親王這樣的老丈人以後就可以平步青雲，他也忘記自己的感情了嗎？想到這裡，無憂倒是為玉竹感到幾分寒心，不過仍然不動聲色地看著事情的發展，希望事情不是她想的那樣。

接下來幾日，沈家自然是忙碌於沈彬的婚事，什麼文定擇日等等，姚氏是跑上跑下，興奮加上喜悅的，據說連日子都定好了。

這幾日玉竹則躲在房裡不出來，無憂知道她心裡不好受，便不讓她做事了，就在房間裡歇著。

這日早上，無憂穿衣起來，剛剛坐在梳妝檯前，拿起梳子想梳頭髮，不想門突然被推開，只見春蘭慌慌張張地跑進來。「奶奶、奶奶！」

這時候，沈鈞已經上早朝去，明珠在奶娘那裡，所以只有無憂一個人在房裡。轉頭看春蘭那急切的表情，無憂不禁心裡咯噔了一下，不由得問：「怎麼了？是不是玉竹……」

「是玉竹……不見了！」春蘭著急得舌頭都打結了。

聽到這話，無憂一驚，手裡的梳子也掉在地上，問：「怎麼不見了？她是不是去外面逛著玩了？」

「沒有，是出走了，您看看她的床上還留了一封信。」春蘭趕緊把一封信交給無憂。

無憂拿過信來，趕緊拆了，一看，只見信紙上只有兩句話——

「知遇之恩，來生再報。」

看到這八個字，無憂不禁慌了神，心慌地道：「這是什麼意思？難道她會想不開？玉竹應該不是這樣的人。」

這時候，春蘭看了一眼那紙張上的八個字，趕緊說：「應該不是想不開，因為玉竹的衣服和她的體己都不見，應該是出走了。」

聽到這話，無憂才略略地鬆了一口氣，蹙著眉頭想了一下，自言自語地道：「她是自己走的？還是跟……」說到這裡，無憂轉頭望著春蘭。

春蘭會意，很快就想到了無憂的意思，便說：「奶奶，奴婢去彬哥兒那邊打聽打聽消息。」

「記住，先不要聲張玉竹的事。」無憂囑咐道。

「奴婢明白。」春蘭便趕緊去了。

無憂在椅子上是坐立不安。

過沒多久，春蘭又慌慌張張地跑進來，稟告道：「奶奶，不好了，彬哥兒也不見了！」

聽到這話，無憂印證了自己剛才心裡的想法，心裡倒是鬆了一口氣，畢竟玉竹和沈彬一起走的話，說明他們兩個只是私奔，她不用擔心玉竹想不開了，而且在這個封建禮教的時代，他們兩個要想在一起，也就只有這個法子了。隨後，無憂便問：「大奶奶那邊現在怎麼樣？」

「奴婢是偷偷向一個小丫頭打聽的，據說是彬哥兒留書出走了，大奶奶和大爺都急得不得了。看樣子是深夜走的，現在大爺已經差了家裡所有的家丁去找，大奶奶在屋裡哭泣不止呢！」春蘭回答。

「那彬哥兒在留的書信裡有沒有提到玉竹？」無憂又問。

「這個奴婢也不知道，不過這件事要是追查起來，大概也瞞不了多久，因為下人中有些靈通的大概都知道彬哥兒和玉竹的事。」春蘭說。

「知道了，妳這幾日警醒著點，有什麼消息趕快過來回。」無憂吩咐道。

「是。」春蘭點頭答應了。

果不其然，過了兩日沒有找到沈彬，沈鎮和姚氏便將平時伺候沈彬的下人都叫去訊問。那些下人便將平日裡彬哥兒和玉竹的事情說了出來，並且種種跡象顯示彬哥兒就是和玉竹一起私奔了。

沈鎮還罷了，姚氏聽到這樣的消息可真是呼天搶地，本來已經求了一樁這樣好的婚事，眼看就要娶親，卻又出了這樣的事，她真是無地自容，跑過來生氣地說了無憂幾句，無憂也只能好言相勸，畢竟她也是同情姚氏這個做母親的。

後來怡親王府也知道了此事，怡親王感覺很失面子，便把沈鈞兄弟兩個叫去狠狠地罵了一頓，可是也無計可施，總之怡親王府這次也是栽了顏面的。

沈老夫人本來就年老體弱，又有舊疾在身，這次的事情對沈家來說也是奇恥大辱，公子跟一個丫頭私奔，簡直氣壞了沈老夫人，沒兩日沈家就傳出沈老夫人病危的消息。雖然無憂和幾個太醫都在沈老夫人跟前侍疾，但是幾日後終究是無力回天，沈老夫人還是病逝了。

喪母之痛，沈鈞自然很傷心難過，無憂幫忙料理喪事之後，也只能儘量地寬慰陪伴。

這一日的晌午時分，無憂看到沈言行色匆匆地過來回了沈鈞什麼話，沈言走後，無憂進屋子詢問道：「沈言什麼事這麼慌慌張張的？」

「找到彬哥兒和玉竹了。」沈鈞回答。由於還在熱孝中，沈鈞和無憂都是一身白色的衣裳，無憂的頭上也戴著白色的絨花。

聽到這話，無憂心裡咯噔一下，趕緊問：「現在他們人在哪裡？」

「泉州。」沈鈞回答。

聽到這個地點，無憂道：「泉州是茯苓待的地方，難道他們去投奔茯苓了不成？」

「不錯，我就知道他們在別處也沒有什麼熟人，很有可能去投奔茯苓了，所以便派人在那裡等候他們，他們果然去了那裡。」沈鈞說。

「那你打算怎麼辦？」無憂問。

沈鈞蹙了眉頭，道：「大哥和大嫂為這件事差點氣死，母親多少也是因為這件事才病逝的，兩人要是被捉回來，大哥是不會饒了他們的。」

無憂也擔憂地道：「不但如此，現在怡親王也很生氣，郡主委屈得天天以淚洗面，聽姊姊說就連皇上也震怒了。這次彬哥兒和玉竹要是回來，大概怡親王府是不會善罷甘休的。」

「所以我才在躊躇，這件事究竟該怎麼辦才好。」沈鈞站起身來，雙手揹在身後來回地走動著。

本來無憂想替他們求情，但是又怕沈鈞不同意，畢竟這次他們可是間接地氣死了老夫人，沈鈞是個孝子，便沒敢明著勸，沒想到沈鈞也還算清醒，很是顧慮沈彬。下一刻，無憂便道：「玉竹是我的人，按照私心我是不想讓他們被捉回來，可是現在的情況彬哥兒和玉竹要是回來，真的是凶多吉少。」

「妳的意思是……」沈鈞轉頭望著無憂問。

「如果彬哥兒過上幾年再回來，到時候都已經塵埃落定，大概這件事也都被大家遺忘了，而郡主也應該另有了良配，大哥和大嫂也消了氣，那就好辦多了。畢竟是親兒子，以後再有了孫子，自然也就沒什麼事了。」無憂道。

沈鈞沈默了一刻，來回走動兩趟，又說：「妳說得也在理，可是大哥的人現在不停地找，怡親王府的人也在找，就算我不說，大概過不久他們還是會被捉回來的。」

聞言，無憂低頭想了一下，笑道：「不如我給他們指一個去處，大概是找不到的。」

「什麼去處？」沈鈞疑惑地望著無憂問。

只見無憂走到書案前，提筆在紙上寫一行字，遞給沈鈞看。

只見紙上寫著——「連翹可以去火消疼」，看到這幾個字，沈鈞蹙了下眉頭，才抬頭說：「妳是說讓他們去找……」

「嗯。」無憂笑著點了點頭。

「這倒是個好主意。」沈鈞說了一句，又低頭想了一下，然後轉頭走到門前，對外面喊道：「沈言。」

「二爺？」沈言馬上就出現在門前。

這時候，無憂已經把那張紙放入一個信封，然後又拿了幾張銀票放在信封裡，交給進來的沈言道：「把這個信封交給他們。」

見沈言疑惑的樣子，沈鈞又吩咐道：「你馬上去泉州一趟，這件事不許聲張，讓他們趕快走。」

這時候，沈言馬上明白了，接過那信封，道：「是。」隨後，便趕緊去辦。

「沒想到你會這麼爽快地就下了決定。」沈言走後，無憂笑著望向沈鈞。

「我希望有情人終成眷屬。」沈鈞笑著握住她的肩膀。

無憂會意地微微一笑。

三個月後——

轉眼之間明珠也六、七個月了，白白胖胖的，十分惹人喜愛。這日，沈鈞和無憂坐著馬車帶明珠去城外玩耍。

城外的林子樹葉碧綠而茂密，波光粼粼的湖面甚是好看，周邊還有綻放的牡丹，風景甚是迷人。

「好久沒有騎馬了，要不要咱們去那邊騎馬？」沈鈞忽然興致大發地指著一個方向道。

無憂自然是回應道：「好啊。」

隨後，兩人便把明珠交給奶娘和春蘭，兩人上了馬後便一路朝前方奔去。無憂的馬術很不錯，所以和沈鈞互相賽跑著，一路上不時地就響起兩人的歡笑聲。

他們騎了很遠，累了之後便下馬走著，看到前面有個村莊，沈鈞不由得道：「渴了吧？不如我們去前面討口水喝？」

「嗯。」無憂點了點頭。

兩人便牽著馬兒進了村子，在村口一處草房前看到一位穿著藍布碎花衣裙的婦人正在井口打水，無憂便上前笑道：「大姊，我們走累了，可否給我們一瓢水喝？」

那頭上包著花布的婦人一抬頭，那個婦人看到無憂的時候，明顯地一愣。無憂看清楚那婦人的容顏時，也是一怔。

無憂不由得叫道：「蘭馨？」她真沒想到會在這裡看到蘭馨，這幾年自己還真是有些擔心她，也曾經派人尋找過她和秦顯，但是一直都沒有他們的消息。

此刻，蘭馨身上頭上都是藍色帶碎花的花布，早已經沒有了當日大理寺卿夫人雍容華貴，但是她的臉上倒是從容淡定，並沒有落魄頹廢的神情。

那婦人愣了一下之後，便彎腰從水桶中舀了一瓢水，遞給無憂道：「當然可以，雖然咱們素不相識，但我還是願意與人方便的。」

聽到這話，無憂不禁愣了，素不相識？難道蘭馨還在生自己的氣嗎？不過在她的眼神中卻絲毫沒有嫉恨的光芒。下一刻，無憂接過那水瓢，低頭喝了一口，然後轉身把手中的水瓢遞給身後的沈鈞。

沈鈞看到蘭馨也有些奇怪，他也是認識秦顯夫人的。

就在沈鈞低頭喝水的空檔，那婦人又道：「這是妳的夫君吧？你們真是相配。我的夫君去城裡賣畫，我就在家裡看孩子，我們也很恩愛的。」

聽了這話，無憂一怔，她都有孩子了。這一刻，無憂似乎明白了，蘭馨是不想與自己再來往了，她隨後點了點頭，道：「是嗎？那真是太好了。」

就在這時候，茅草屋裡一個丫頭抱著一個小女孩出來，那小女孩很小，還沒有周歲的樣子，只見那丫頭喊道：「小姐，小小姐要吃奶了。」

那丫頭無憂當然認得，是蘭馨的貼身丫頭夏荷，不過當夏荷看清楚自己的時候，也是明顯地一愣。這時候，蘭馨笑道：「我女兒餓了，失陪了。」說完，對著無憂一笑，便轉身走到夏荷面前，抱著小女孩回屋了。

愣了半晌，夏荷看到無憂後說話也不是、不說話也不是，因為她大概也看出了主子的意思。

無憂走到夏荷的面前，從衣袖中拿出一張銀票，說：「這是我給那孩子的見面禮，以後大概也不會再見面了，妳轉交給妳家小姐。」隨後，便把銀票塞給了夏荷，轉身牽著沈鈞的手離開了。

回來的路上，沈鈞不禁感慨地道：「這幾年我一直都沒見過秦顯，沒想到他竟然在這裡生活。」

「大概他們也都不想見咱們，不過看到他們生活得很好就放心了。」無憂笑道，心裡卻仍舊感慨當日的好姊妹現在卻要裝作不認識。

正在兩個人說話的時候，只見春蘭跑過來喊道：「二爺、二奶奶，剛才宮裡來信，說是賢妃娘娘生了，讓二奶奶趕快進宮去呢！」

聽到這個消息，無憂真是高興死了。「是嗎？賢妃娘娘可平安？」

「平安！母子平安，娘娘生了一對雙生子。」春蘭笑道。

無憂不禁喜笑顏開，道：「這次姊姊可是隨了心願了。」

「是啊，皇上一下子就有了兩位子嗣。」沈鈞也道。

「我現在就進宮去。」無憂說著便騎上馬兒，朝城內的方向飛奔而去。

「等等我。」沈鈞在身後追著，他現在可是夫人去哪裡，他就去哪裡的。

——全書完

情有靈犀・愛最無價／靈溪

2016年1月出版

藥香賢妻

易得無價寶，難得有情郎。
榮華富貴她可以不靠男人、自己掙得，幸福姻緣卻是可遇不可求的，
何況她要的還是在古代女人想都不敢想的「唯一」，
而他，竟願意……

文創風 365 **1**

她是現代女軍醫，莫名穿越到大齊王朝一個小吏家中。
生不出兒子的娘備受爹爹冷落，她這嫡女淪落成被人嫌棄的賠錢貨。
親娘軟弱，祖母刻薄，爹爹不喜，二娘厭惡，庶妹狠毒，
她更是被認為是一個和傻子差不多的呆子。
扮男裝溜出去行醫之後，意外地廣結善緣，
之後開藥廠，買農莊，置田舍，鬥二娘，懲庶妹，結權貴……
從此娘親重獲寵愛，祖母爹爹視若掌中寶，她從無人聞問到桃花大開……

文創風 366 **2**

嫁漢嫁漢穿衣吃飯，從古到今的道理就是女人得依靠男人，
但她可不這麼認為，買莊子、過好日子，她只想靠自己的能力，
要是都靠男人，男人便自覺可以在外面肆意妄為，
說納妾就納妾，說喝花酒就喝花酒，甚至回來還拿老婆、孩子出氣……
這種嫁啊，她還不如不嫁呢！
她靠自己的本事，就算不嫁，日子一樣過得舒服愜意啊……

文創風 367 **3**

想她薛無憂的名聲雖然被二娘搞壞，從此無人問津之外，
連閨譽名節都差點被個腦滿腸肥、心術不正的男人給壞了，
上回那個解籤大師還說她紅鸞星動，嫁個豬哥算什麼紅鸞星動啊！
幸好、萬幸！她的桃花運可不差，皇上竟將她賜婚給威武大將軍，
雖然不知對方喜不喜歡她，皇上指的婚也沒得挑，
但至少兩人曾打過照面，她覺得他看起來還算順眼……

文創風 368 **4**

雖然皇上將兩人湊對成了親，但兩人說好先當名義上的夫妻，
在外人面前演恩愛，私下各過各的、房門一關分床睡。
當個朋友一樣相處後，她發現，這男人還挺君子的，
雖然是個武將，凡事想得周到，也算體貼入微，對她照顧有加，
擔得起大男人的責任，卻沒有大男人那些把妻子當附屬的心態，
在他面前，她不用偽裝，可以盡情地做她自己，生活過得挺舒心的。
只是這人前恩愛夫妻的戲碼演久了，似乎是日久生情了？

文創風 369 **5** 完

歷劫歸來之後，原以為兩人會如之前那般恩愛，如膠似漆，
不料兩人竟走到和離這一步……
她不懂是他變了，還是自己哪兒錯了？她跟他究竟是怎麼了？
她死了心、瞞著他獨自生下孩子，打算這輩子就過著沒有他的日子之後，
這才發現他緊守的一樁秘密心事……
而且，他竟拿命來博回她的愛……

嗔癡愛恨　化作一聲嘆／微漫

2015年10月出版

吸金妙神醫

妙手回春已經讓她很忙了，偏偏她還長得傾國傾城，
這一個個國之棟樑紛紛被她迷倒，令她好生困擾，
畢竟古人三妻四妾是慣例，可她有潔癖，無法與人共享一個男人啊！
而且她這個人懶散慣了，加之沒啥上進心，完全就是個生平無大志的人，
真要說她畢生有何願望的話，那就是賺大錢、過上舒爽日子而已呀……

文創風 340 1

前世她拖著病重的身子，年紀輕輕就蒙主寵召，
幸好上天垂憐，給了她重生，但……重生就好了，為啥還得穿越啊？
她是不奢求穿成大富大貴啦，可穿成個窮得快死的小姐是哪招呀？
據忠心丫鬟小翠的說法，這碗棕色又帶一點黑的碎米糊是很珍貴的飯，
唉，她就納悶了，她沈素年家是有多窮，小姐居然得吃這種東西？

文創風 341 2

這樣下去不行，她難得中大獎獲得重生，豈能活活餓死？那簡直太虧了啊！
伙食問題無論如何都得先改善才行，家裡沒錢，那就賺唄！
前世受病痛所苦，故她略通醫術，若上山採藥販賣應該能賺不少錢吧？
不料她押錯寶，採的是沒啥賺頭的藥草，簡直就是白做工啊！
唉唉，看來得重新想想其他能賺錢的活路才成啊～～

文創風 342 3

她沈素年繪畫之技頗佳，畫出來的花樣子又很不一般，
由繡功不錯的丫鬟小翠繡成帕子、荷包等繡品拿去賣，著實進帳了不少，
可她覺得不應該把人生浪費在女紅這種極耗時間又費眼力的事情上，
她想買大宅，養批奴僕伺候，整天舒服過日，所以趕緊賺大錢才是正經的，
雖說她真的沒啥生存技能，可她不還有一手針灸好本事嗎？

文創風 343 4

醫娘的身分卑微，還有男女之防的禮教大帽子在那兒，
但她是誰？她沈素年骨子裡那就是個現代到不行的現代人啊！
這些不過是雞毛蒜皮大的小事罷了，壓根兒都難不倒她的，
在她這個大夫面前沒有男女之分，亦無性別之異，看到的就是一團肉啊！
看著有錢人那隨隨便便就是百兩起跳的診金，她開心得嘴都合不攏啦～～

文創風 344 5

針灸治人已成為沈素年吸金生財的主要來源，
連醫聖柳老都驚喜於她的一手好針灸，自此纏著她、硬要她拜師習藝，
自從拜師後，師父一心傳授她醫術及如何周旋於達官貴人間，
但不是她自誇，她這個人就是懶了點罷了，
真要論起這周旋之道，她可是比師父還厲害啊……

文創風 345 6 完

她希望一天當中最大的煩惱就是苦惱下一頓要吃啥，成親不在她的煩惱內呀！
不料她那個廚藝極佳的忠心丫鬟小翠竟撂話說啥「小姐不嫁我就不嫁」！
開玩笑的吧？想娶她家俏丫鬟的那可是皇帝的兄弟、堂堂的王爺啊！
這種等級的人物，她一個小小小小的醫娘能惹得起嗎？
要不……她乾脆從愛慕她的那堆男人裡隨便挑一個嫁一嫁算了？

世道忠奸難辨，唯情冷暖自知／朱弦詠嘆

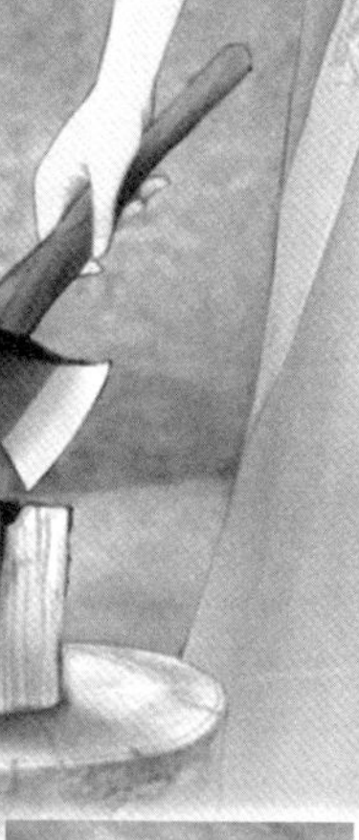

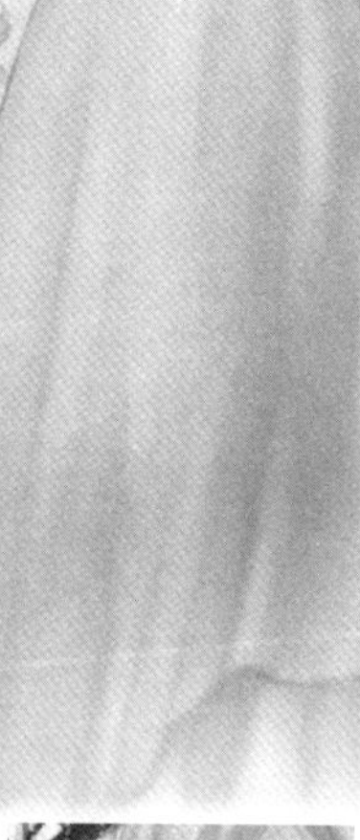

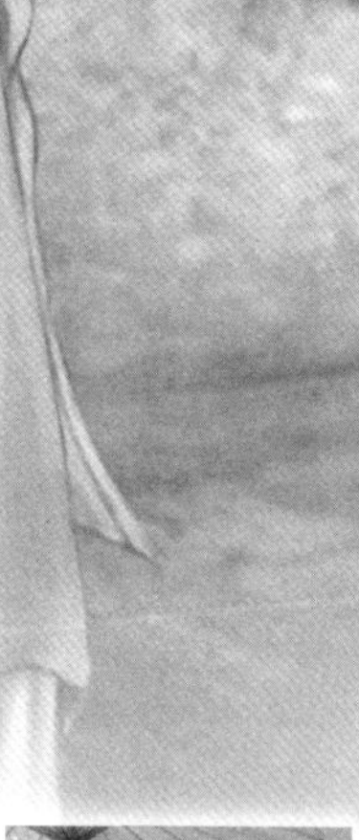

2015年9月出版

嫵妹當道

父親是清流良臣，丈夫乃弄權奸臣，
雖說忠孝情義自古難全，
可於她而言，父母之恩得報，夫妻之情也不得棄！

文創風 335 1

她曾是在刀口舔血下過日子的精英特務，
因一場意外而穿越到這大燕朝來。
當今世道是國將不國，清流之首的親爹偏又得罪寵臣霍英而下了詔獄。
為了救父，素有京都第一才女之名的長姊不惜委身於這廝，
孰不知，惡名昭彰的霍英竟看上了她，還指名要娶她為妻？!
想她蔣嫵也絕非善類，外無賢名，還是個眾所皆知的「河東獅」，
與這謠傳以色侍君、擾亂朝綱的大奸臣倒堪稱「絕配」！

文創風 336 2

霍府中姬妾成群，雖說她言明不與人共事一夫，
卻沒想到夫君當真守諾獨寵她一人，著實讓她驚喜萬分，
當夫妻倆的感情正漸入佳境，趕巧碰上金國和談一事，
由於清流一派的推波助瀾，霍英被迫立下軍令狀，
若和談協議失敗，便要奉上自個兒的項上人頭。
明知父親是為國除奸而後快，可夫君對她的疼惜又不似作假，
於她而言，這父母之恩要報，夫妻之情也得守！

文創風 337 3

與他相處日深，她越發難辨世人眼中的忠奸，
當長姊與小叔情意暗許之事浮上檯面時，
以清流自許的父親為了聲名，竟不惜棒打鴛鴦、賣女做妾；
反觀，她的夫婿對外頂著罵名搶親下聘，讓有情人終成眷屬，
暗地裡又為了保護小皇帝而與居心叵測的英國公周旋，
他忍辱負重至今，於她心中，孰高孰低，早已分曉……

文創風 338 4

霍英手握天子暗中交付的虎符，以病癒為由先行回京，
雖說暫且鎮住英國公奪權篡位的心思，
卻斷不了小皇帝服用禁藥「五石散」的癮症。
好不容易勸服了皇上戒除藥癮，
哪知他一片赤誠之心，竟換來君王的疑心與猜忌，
還派出影衛來截殺出遊避禍的霍家人？!

文創風 339 5 完

自扳倒英國公以降，夫妻倆便打算功成身退、退隱朝堂，
小皇帝卻為了留下霍英，不惜於千秋大宴上安排刺客，
還利用他愛妻如命之心，將心思算計到懷有身孕的蔣嫵身上，
種種舉措已令君臣心生隔閡，
不意他一時直言為忠臣求情，反而觸怒龍顏，身陷囹圄，
虧得她臨危不亂，出謀劃策大造輿論，使小皇帝收回成命，
卻未料，才剛救夫出獄，她赴邀入宮就遭人下藥險些難產喪命……

文創風 369

藥香賢妻 5 完

國家圖書館出版品預行編目資料

藥香賢妻 / 靈溪著. --
初版. -- 臺北市 : 狗屋, 2016.01
冊 ; 公分. --（文創風）
ISBN 978-986-328-542-7（第5冊：平裝）. --

857.7 104024664

著作者 靈溪
編輯 王佳薇
校對 黃薇霓 周貝桂
發行所 狗屋出版社有限公司
地址 台北市104中山區龍江路71巷15號1樓
電話 02-2776-5889～0
發行字號 局版台業字845號
法律顧問 蕭雄淋律師
總經銷 知遠文化事業有限公司
電話 02-2664-8800
初版 2016年1月
國際書碼 ISBN-13 978-986-328-542-7
原著書名 《医路风华》，由瀟湘書院（www.xxsy.net）授權出版

定價250元
狗屋劃撥帳號：19001626
網址：love.doghouse.com.tw E-mail：love@doghouse.com.tw